他们看我不顺眼

柳恋春 ◎ 著

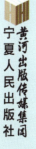

黄河出版传媒集团
宁夏人民出版社

图书在版编目（CIP）数据

他们看我不顺眼 / 柳恋春著.—银川：宁夏人民出版社，
2011.12

ISBN 978-7-227-04883-1

Ⅰ.①他… Ⅱ.①柳… Ⅲ.①短篇小说—小说集 —中国
—当代 Ⅳ.①I247.7

中国版本图书馆 CIP 数据核字（2011）第 248422 号

他们看我不顺眼   柳恋春 著

责任编辑 唐 晴 勉向进
封面设计 杨祎霞
责任印制 李宗妮

黄河出版传媒集团
宁夏人民出版社 出版发行

地　　址　银川市北京东路 139 号出版大厦(750001)
网　　址　http://www.yrpubm.com
网上书店　http://www.hh-book.com
电子信箱　renminshe@yrpubm.com
邮购电话　0951-5044614
经　　销　全国新华书店
印刷装订　宁夏精捷彩色印务有限公司

开　本　720mm×980mm 1/16　　印 张 16　　字 数 250 千
印刷委托书号　（宁)0009217　　印 数 3500 册
版　次　2011 年 12 月第 1 版　　印 次 2011 年 12 月第 1 次印刷
书　号　ISBN 978-7-227-04883-1/I·1268

定　价　32.00 元

目录
CONTENTS

情感守望

乡村回眸

目录
CONTENTS

社会观察

情感守望

供 应 粮

临近傍晚,爸爸说:"春娃,去把箩筐拿出来!"

我望着爸爸,眼里带着一些疑问。因为生产队并没有通知分粮食啊,拿箩筐出来干什么呢?再说,就是生产队分粮食,也基本上与我爸爸无关,总是通知我妈妈负责。因为我爸爸不是农民,他与生产队的事情无关。

爸催促我:"去吧!"

爸坐在院坝里,卷了一支叶子烟在吃。叶子烟是生产队种的土烟,每家每年都能分上一点,以供各家男人消乏解困用。爸爸自然没有资格分,是吃的妈妈那半份。好在妈妈不吃烟。这样爸爸在家独自一人就吃土烟,当在外面或者请客的时候,就吃"经济",或者"合作",或者"川叶"。总之,爸爸在外吃的都是纸烟。一个国家人,在外面不吃纸烟总是说不过去的。很多次爸爸都对妈妈这样解释,为自己那无意义的消费作无罪辩护。爸爸是妈妈的骄傲,也是我们全家的骄傲,在我们生产队,只有爸爸和刘成龙是国家人。爸爸是教书的老师,刘成龙是国营煤矿工人。20世纪70年代,作为一个国家人,是很骄傲的。意味着旱涝保收。不像农民,要靠天吃饭,要靠工分吃饭。

其实,妈妈是从来不干涉爸爸吃烟的,岂止不干涉,简直把爸爸当做菩萨供奉。那是个靠工分吃饭的年代。我们一家五口人,除爸爸外,有妈妈、我、弟弟、妹妹。一家四口的基本口粮都要靠工分去分。妈妈每天的工分是八分,全劳力才十分。按说,妈妈每天应该和队里的妇女一样,只能有六分或者七分。

但是，对妈妈近两年来多拿一分或者两分，社员们都没有意见。这当然是爸爸的功劳，这功劳是在人们对国家人的敬仰和独特的供应粮中产生的。因此，爸爸除了教书外，基本上不挣任何工分。每天回到家，要么看看书，要么在田间地头转转。在田间地头转的时候，队里的人都争着和他套近乎。此外，爸爸最多就是在家做做饭而已。队里人都说，这才像个国家人，种田挣工分的事，本该我们农民做的，如果让柳老师来做这个，就错了，农民们喊着我妈说："老黄，你不要让柳老师太累着了！"我妈妈就不好意思的笑笑。这笑的含义不明，也可理解为根本就没那一回事，还可理解为我的男人我不心痛谁心痛？总之，爸爸好像成了一个公众人物，社员们都在关心着他的一切。这让妈妈既高兴又骄傲。

箩筐放得很高。我们的家具并不多，只有一个装粮食的扁桶。那一挑箩筐就是放在扁桶上的。为防不多的粮食受潮，爸妈特意加了两条凳子，把扁桶垫得更高一些。我虽然已经长到了十岁，由于长期缺乏营养，我长得特别瘦小，像猴子一样。但在班上，没人敢喊我的小名猴子。因为我爸爸是班主任。有次二班的胖子放学后，大呼我："猴子，我们一起走！"我爸爸听见了，狠狠地批评了他一顿。说学生之间不能乱喊绰号。又警告说："以后再乱喊，就喊你爸爸来学校，当众撕你嘴巴。"吓得胖子一看见我爸爸就躲。小学生是最怕老师喊家长的。家长白天晚上都忙，要挣集体工分，到学校来就耽误了做工，气冲冲的来了，那学生肯定要遭受皮肉之苦。可是，别的学生互相之间乱喊，我爸爸都视而不见，像没有听见一样，也不阻止。

我明显伸手够不着箩筐。这一点，爸爸肯定也知道。但他并不帮我。他站在院坝里，一直看着我，看我怎么把这个箩筐拿下来。我找来一把椅子，再拿来一根扁担。站在椅子上，用扁担把箩筐撬了下来。爸爸赞许了我的智慧，他开心地笑了："春娃能干！"他亲昵地喊着我的乳名，这乳名是爸爸妈妈共同取的，我出生在三月八日，春天。春娃当然是恰如其分。

爸爸指挥着我把箩筐拿到院坝。又对我说："你好好检查一下！"

我说："我不会！"

爸爸摇摇头，笑了："吃面你会不会？"

我说："我会，我喜欢！"这个时候，我知道取箩筐的用处了。

弟弟妹妹一听，在一边也围着爸爸说："爸爸，我也会，我也喜欢。"

爸爸喊弟弟妹妹过来。爸爸本来是坐在椅子上吃烟的。他这一喊，弟弟妹妹就扑了过去。他连忙丢掉烟头，把弟弟妹妹抱在自己的腿上，一边坐一个。我比弟弟妹妹大，自从有了弟弟妹妹，爸爸就很少抱我了。我特别喜欢爸爸的体味，暖暖的，还有烟草的味道。我也特别喜欢和爸爸睡觉，我爱睡在另一头，抱着爸爸的脚，闻着他脚的味道很香甜地进入梦乡。

我羡慕弟弟妹妹，爸爸每天回来都要抱抱他们。有时说，阳阳又长重了，书书又长高了点，弟弟妹妹就呵呵地笑，爸爸妈妈也笑，我在一边倒像是成了多余的人。弟弟妹妹还在撒娇："爸爸，我饿了！"爸爸就放下他们，手一挥："喊你妈妈做饭。"

说是饭，那年月谁也做不出什么来。每家每户都一样，凡是可以吃的，都分来吃了。米很珍贵，其他都是粗粮，最多的是红苕。妈妈很会过日子，把红苕切成片晒干，然后再磨成面，做成馍。这样，就避免了每天都是红苕稀饭或者包谷面稀饭。稀饭也是清汤寡水的，几粒米在锅里翻来覆去，煮得再久，水都不浑。妈妈做饭的时候，一般都是我打下手，我就不停往灶里添柴。做好饭后，爸爸总是给大家都先舀了，再舀上自己的一碗。往往轮到他时，汤水都能照出人影。很多时候，特别是晚上我都听见爸爸妈妈的肚皮饿得咕咕叫。望着我们的吃相，他总是笑呵呵地对我妈妈说："老黄，你看看你儿女的饿痨相！"妈就责怪："谁叫你生这么多？"我们三兄妹就不说话了。尤其是弟弟妹妹，他们可能感到，多生的应该是指他们。爸爸说："我喜欢啊，我的孩子我都喜欢，我不怕多。"爸爸这样一说，气氛一下又好了起来。

这箩筐是我小舅编的，农村人一般都会编筐啊、扎扫把啊、修理农具啊什么的。房前屋后，大都自己栽了竹子，竹子在农村可是有大用场的，谁家也离不了。小舅送来箩筐的时候是个晚上。已经过了吃饭的时候，但他不走，就摆一些家常里短。妈妈看时间不早了，就问："黄之，你不回去吗？"我小舅就不好意思的说："走路有点打偏偏。"那年月，人人都吃不饱，满地找吃的也找不到，对于一个干重体力活的人，饿得更快。我小舅的意思很明显，连我都听明白了。

妈妈岔开话题。问我小舅："妈还好吧！"这明显是没话找话，都住在一个队，三天两头见面的，人人都饿得皮包骨头，怎么好也好不到哪里去。

沉默了一会儿，爸爸说："给老弟煮碗面吧！"我们那一带，土地金贵，都是用来种红苕、包谷等，生产队也不种小麦，小麦产量低。因此，全年都难吃上一顿面条。要吃面条，得拿大米去公社换，谁家也没有那个胆量，本来米就少，还得一斤三两米换一斤面。

爸爸这样说，我们都不相信。连小舅也不相信，小舅的这种惊喜是在情里之中，预料之外。谁都知道，家里有面条的人家，就数我家和刘成龙家。

妈妈虽然一万个不情愿，但还是去了。小舅说："姐姐少煮点！"小舅以这种虚伪的招呼来掩盖自己的窃喜。因为面条，在红白喜事时，一般都是用来当最好的下酒菜的。

妈妈给小舅煮了小半碗面条。舅舅做出不想吃独食的样子，给我们三兄妹每人喂了两根面条。他把两根面条绞在筷子上，卷成一坨，我们都爱这样吃面条，这样吃的最大好处在于，免得面条掉在地上。

小舅送来的箩筐一年也真正难得用上几次。一般是一季度才分一次公粮。就是分粮，箩筐也不是能装多满，平时分的都是红苕、包谷什么的。分花生是用不着箩筐的，端一个撮箕就够了，平时，妈妈挣工分也不用箩筐，她是半劳力，只做较轻的活。

箩筐总是躺在扁桶上睡觉，也见证着我家和整个农民的艰辛。然而，这个时候，也应该是箩筐最骄傲的时候了。出生在我们家的箩筐，有着不止一次光荣而艰巨的任务，那就是最多每季度要去公社粮站装一回供应粮。

供应粮，是多么崇高的字眼。农民们每年都没有固定的标准，这完全要看天和农民的辛劳程度来决定，而供应粮就不一样了，它不管天干水旱，每月总能准时显示出那一成不变的数字：二十七斤！这二十七斤可以由主人买米、买面、买豆、买玉米等等一切主食或者副食。一般都是买大米。只有这才是最实惠的，也是最合适的。

我爸爸要我检查检查，是检查箩筐的安全。长久的放在扁桶上，箩筐极有可能生霉变质或者腐烂。特别箩绳，总是被耗子咬得东断西断。如果在箩筐任何地方粘点猪油，保证一夜之间，箩筐就被耗子啃完了。不止是箩筐，那年月耗子逮什么都啃，不只是磨牙，主要是充饥。我们家的扁桶，四周沿盖子的地方，被老鼠啃出了无数的洞。我爸妈就用石块把这些洞堵上，耗子的牙齿再厉害，也不会去啃石头。就是在石头上抹上极罕见的猪油,耗子也只会舔,不会去咬着吃的。

我不知道怎么检查。对于十来岁的孩子,安全意识是极差的。当然,爸爸也可能不是非要我搞这个检查,这样庄严的事情,哪怕就是我检查了无数遍,他也会亲自把关的。

果然,爸爸放下弟弟和妹妹,把箩筐翻来覆去地看。这个时候,社员们都开始收工了。爸爸很庄严地做着这一切。他把箩筐先翻过来扣在地上,看看底子是否损坏,还用手用力压压,看看结不结实。

按说,只检查一遍的话,最多十分钟就应该结束。但是,爸爸都检查了至少一个半小时。每个社员都说:"柳老师,你要去开供应粮啊!"

我爸爸就嗯了一声,忙着把箩筐翻来翻去的检查安全。

有时,爸爸停下给大家发一支烟。爸爸停下的时候,农民们就主动承担了检查任务,他们的动作也一样,先把箩筐反扣在地上,也用手压压。然后,再检查箩绳。

都说,一定要检查好,不然……

不吉利的话,都不应该说出来。这是我们农村的规矩。

这些农民都检查几遍了,还不走。就坐在我家摆起了龙门阵,大家谈生产队的事情,说我妈如何能干,样样农活都拿得起、放得下。

我爸爸就笑。

天渐渐黑下来。社员才恋恋不舍的样子,对我爸说:"柳老师,我可以不可以籴一斤面。"说这话的时候,社员们是忍辱负重的。

我爸就沉默了。谁都知道,供应粮中的米才是正事,如果要面条,更难虚度过这饥荒的岁月。

我爸想了一会儿就说:"可以!"

"那我也要半斤。"又有人小声说。我爸仍然爽快地答应了。农民们才欢快地走了。

后来,队长也来了。我爸连忙让坐。队长偶尔也吃纸烟,也是"合作",他给我爸发了一支,装着不经意地问:"柳老师明天去开供应粮?"我爸说:"就是,家里揭不开锅了。"队长也跟着感叹,看这样子,今年粮食产量可能还要降下来。

队长又望着天,在院坝里走来走去的,一副心事重重的样子。

对于农话,我爸插不上话。

队长东拉西址了一会儿,才说:"柳老师,我可以不可以籴一斤面?"我爸说:"没有问题!"队长喜滋滋地走了。临走,还骂骂咧咧:"都是我那婆娘和娃儿嘴馋,要不也不麻烦你!"

我爸就说:"哪麻烦,我开回来就是。"

这个晚上,最后来我家的是田婶的男人刘铁锤。刘铁锤是生产队的骄傲,力大无比。生产队没有他做不下来的活路。他是全大队独一无二的高工分:十一分。想想,满分才十分,这多出的一分,对他该是多大的奖赏。比劳模还劳模。修大寨田,他一个人可以顶两个,甚至三个。公社书记看见了,就表扬他,刘铁锤记十分工确实委屈了,应该比所有人都高才对。书记的话一锤定音,刘铁锤就一直拿十一分。队里任何社员都没有意见。

刘铁锤来的时候,很是不安。别看他做农活得心应手,所向无敌,这个时候却带着哭腔:"柳老师,我也籴一斤面行不行?"

我爸爸真沉默了。田婶和我们家有过结。有年年终时总决算,我家的工分仍然最少,要分回四个人的基本口粮,还得补钱,我爸有二十七斤供应粮外,还有每月固定的工资。补钱当然不是问题。问题是在拿钱也买不来食物的年代,钱远没有稻谷红苕重要。我们家补齐让交的钱后,在分口粮的时候,田婶却跳出来说话了。她说,老黄家占了便宜,没出力只拿钱就算了工分,这让她家很吃亏。还说,多的粮食都是我家刘铁锤挣的。

田婶的话还是有些道理。她这样说的时候,社员们都不表态。原因是她后一句话把大家都得罪了。人人都在农业学大寨,都在流汗,甚至流血。每年队上的粮食交了公粮才把剩下的当做基本口粮分,凭什么是你刘铁锤的功劳?

场面当时有点尴尬。我爸爸妈妈心里也虚。如果基本口粮都拿不到手,家里准会饿死人。那年月,人们没有尊师重教的说法,工分才是硬道理!

队长沉默一会儿后,把手一挥。会计和保管员很快就给我家称好基本口粮。

后来,基本口粮稍微分得够吃了。大家就想改改口味,提高享受待遇。去年以来,很多家庭都想吃那个难得一见的面条了。

刘铁锤见我爸爸不表态，就望我妈，我妈心软，天天还得出工面对社员，就望向我爸说："就一斤吧！"

刘铁锤马上接过话："都怪我堂客不懂事，乱说话，柳老师不要见气。"又可怜兮兮地说："半斤也行，尝个味道！"

我爸说："听老黄的，就一斤吧！"

天刚亮，爸爸妈妈就起了床。妈来摇醒我："春娃，快起来，和你爸爸一起去粮站！"

我一个激灵醒了，这是我梦寐以求的事情。不但可以上街看稀奇，更有吸引的是还可以吃一个馒头。馒头也是面食，面食真是好东西，比大米杂粮饭好吃多了。

我和爸爸吃了红苕稀饭就出发。一上路天已经放亮了。去公社还要走一个小时的路，爸爸的意思是早去早回。

"儿子想吃面吗？"爸爸改了称呼，问我。

我咽了一口口水，回答说："爸爸，我想吃。"

爸爸说："哦。"又问，"那怎样才能有面吃呢？"

我想了想就说："好好读书或者当解放军，成为国家人，以后才有面吃。"

爸爸不说话。走了一段路，该下山了。

爸爸问："儿子，累吗？"

我用臂弯在额上一抹，果然出了不少汗。就说："还没有打偏偏。"

爸爸放下箩筐，对我说："进来吧！"我站着不动，爸爸就把我抱进箩筐，在另一头，就放了一块石头，这样就平衡了。有次爸爸去开供应粮，一头挑着粮食，一头挑着弟弟和妹妹。弟弟妹妹回来说，坐在爸爸的箩筐里真舒服。更舒服的是，爸爸还给弟弟妹妹一人买了一个馒头。当然，馒头我和妈妈也吃到了，爸爸带了几个回来。

我坐在箩筐里，爸爸挑着我继续前行。风阵阵吹来，我却感觉爸爸的背上热汗直冒。我说："爸爸，我想走路。"爸爸回答："坐好，再坐一会。"

快到公社的时候，我才出来。在箩筐里蹲久了，脚有点麻，一时还站不稳。爸爸抱出我的时候，拍了拍我的脑壳："你说得对，要好好学习，"还在我脸上扭了一下，"爸爸给你买馒头！"

我笑了。

我们让粮站管理员大吃一惊。我爸爸掏出粮本的时候,管理员说,米不多了。

我爸爸就掏出一张纸,那上面记录着各家需要的面条数量。或二两,或三两,或半斤,最多的一斤。

我爸说要二十斤面。

管理员不相信地望着我爸。面条是奢侈品,国家人都以米和粗粮为主,每当开供应粮的时候,米最先开完。最多的也就是只要一斤或者两斤面条。

我爸开口就要二十斤,这简直如平地惊雷。

保管员再次问了一遍:多少?

我爸平静地说二十斤。

保管员马上笑了。好,好,好!他连说了三个"好",看来,他这个月的面条开出任务,我爸帮了他的大忙。

面条是一斤一把的。保管员把二十把面条放在一起。又称了七斤杂粮。管理员说好了。

我爸却说:"够了吗?"管理员就脸红了一下,说:"称称也好。复一下秤,大家放心。"

把二十把面条放上秤的时候,问题就来了,面条加带纸包装只有十九斤六两。保管员就很无辜地嘀咕:"日怪了,日怪了,怎么少了四两?"

我爸是开面条的大客户,当然理直气壮,就开玩笑说:"面条怎么长了脚,自己跑了?"

保管员就另外拿一把面条抽出四两补充上。讪讪地说:"柳老师,不要出去乱说哈,我的娃娃是个馋猫。"我爸就打断他:"我啥都不知道啊,乱说什么?"

开好了供应粮,爸就说,我们去街上。这是我最喜欢听的,这就意味着马上有口福了。爸爸问:"儿子,想吃什么?"

我说:"面条!"

爸爸说:"回家再吃面条。爸爸给你买馒头!"

我说:"好,快走吧!"爸爸再次检查箩筐,把绳子拴牢在扁担上。挑上肩,豪迈地宣布:"走,去吃馒头!"

爸爸买了五个馒头。递了一个给我,儿子,吃吧!我把馒头放进口袋,咽着口水说,回家和弟弟妹妹一起吃。

爸爸说,儿子懂事了!这样也好,回家一起吃最好!

由于面条,爸爸和我都很兴奋,恨不得马上就到家。我们便往家赶。爸爸说,你走后面。

我也是这个意思。爸爸挑着面条走前面,我必须走后面。因为,我在后面才能真正担负起检查的任务。

万一绳子滑落了呢?

万一扁担要断了呢?

这些只能由我来发现。我走在后面,眼睛始终盯着扁担两头的绳子。爸爸走在前面,扁担吱嘎吱嘎地叫,我的心也随着这叫声一颤一颤的。

我走路的样子很奇怪。手里按着衣兜里的馒头,按了一会儿,就拿在手上。感觉这样更踏实,可是眼睛没法看路,只能凭感觉,因此,走得一摇一摆的。

爸爸问我,儿子你算算怎么二十斤少了四两?这是个高难度的问题,我回答不出来,我们坐在半山腰歇气,爸爸说,看来,你确实算不出来。

我问,爸爸,称好的面,怎么少了四两呢?

爸爸说,每把面抽几根出来就自然少了。我说哦,原来是这样的,看来,保管员的学习一定很好,不然不会想出这个好办法。每把面抽几根,单独放上去称的时候,基本上看不出来什么的。

我们生产队的这个中午,真是一个过节的中午。我们到家的时候,还没到收工时间。可是社员们都早早在我家等着了。院坝里坐满了人。生产队长也在,大家都早早把籴面用的大米称好给妈妈了。我爸爸妈妈是一斤面只籴一斤米。这样,社员们都占了大便宜。

我们家太热闹了。大家自由组合分面条,拿着小称称来称去的。要把一把面二两、三两的分开真不容易。社员们总把两三根面条拿来拿去的,感觉放进去也对,拿出来也对,在热闹的气氛中终于分完了面条。各家主人都吆喝着自己的孩子,口气很大地说,走!回家!遇着贪玩的娃儿,大人就吼,老子不给你吃面。大人这样说,头也不回地往家走。娃儿迅速地跑着跟了过去。

这个中午，真是一个盛宴的中午。我们生产队的上空都飘荡着面条的香味，久久不散。

　　补记：谨以此小说纪念我的爸爸。我的爸爸柳坤信老师，因患食道癌，于二〇一一年三月八日，在我四十五岁生日的时候，因病痛和无法进食而痛死、饿死。爸爸享年八十一岁，愿他在天堂不再因病痛而受折磨。不再因缺少食粮而饿死！

彼此彼此

我妈从小舅家吃酒回来,就对我爸讲了吃酒的经过。说小舅这次满五十大寿,共办了三十桌。每桌都有鸡、鸭、鱼肉,还上了一个团鱼!妈啧啧地赞道。

团鱼,就是甲鱼。老实说,农村生活的大变化,仅从办酒席上就可以看出来。现在的农村大人小孩过生,都跟城里人一样摆酒席,而且,一点不比城里的办得孬。

"还上了团鱼?"我爸问。

我妈说:"是啊,每桌都上了一个半斤左右的团鱼。"边说,妈还边用两只手的拇指和食指比画了一个饭碗大小的圆圈。

我爸问:"不是野生的吧?"

我妈说:"可能不是,如果野生的三百元一桌怎么办得下来?"

我爸说:"哦。"又问我妈来了哪些客人。

一谈到我妈那边的亲戚,我妈顿时眉开眼笑了。妈说:"该来的都来了。村里也来了不少人。"

我妈介绍说:"大姐一家来了十五个,女儿、女婿、儿子、媳妇都来了。二姐一家来了九个,王三娃在重庆做工,没有回来,也随了一百元的礼,让二姐带来的。如果王三娃能够在重庆找个女娃儿结婚,二姐就省心了。"

我爸始终笑眯眯地看着妈的脸,给妈倒了一杯蜂蜜开水,鼓励她继续说下去。妈看着爸就不知该从哪里说起了。

我爸想了想,问:"黄芬、黄菊回来没有?"

黄芬、黄菊是小舅两个已出嫁的女儿。小舅就这两个女儿,黄芬嫁在了邻乡,黄菊嫁在了本乡,两个女婿都在广东打工,家里的活就全靠自己。农村活路多,一年到头难得回来看看。

我妈马上接了话说:"都回来了,黄芬的男人还在广东打了电话回来。"

我妈脸红的补充了一句:"朱老师也来了!"

我爸一听就来了兴趣。先点上一支烟,扎扎实实的吃了几口。等着妈说下去,妈却看着爸一脸的无助。

朱老师是小舅的亲家,在村小学教书,是真正的国家人,领着工资,穿得也干净。在 20 世纪,农村人、城镇人户口很严的年代,拥有一个城镇户口,再有个售货员之类的工作,都是很了不得的,就叫国家人。朱老师虽然是国家人,但却讨了一个农村女人,因此,这样的家庭就叫半工半农。有句俗话,半工半农、一生不穷。试想,老婆孩子有田地种着,蔬菜、粮食自给自足,自己有份工资拿着,完全够家里的重要开支和人情往来。这样的家庭,在 20 世纪七八十年代,自然人人羡慕。朱老师是国家人,教村小,走的路和农民们一样,正因为他是老师,是国家人,因此他在农民面前老说一些成语和文言文,以显示自己的与众不同和才华出众。

小舅和他打上亲家后,小舅的感觉就异常良好。小舅一家一直是农民,因此,感觉这样的亲家是自己高攀了。每次去朱老师家,小舅都要背一块腊肉或捞一条两斤多重的鱼。尽管这样,朱老师却背着手,看着小舅一样一样地往外拿东西,像一个领导一样围着蹲在地上的小舅走圈圈:"两袖清风嘛,何必如此俗不可耐!"

小舅听不懂亲家说什么,只是带着一脸憨笑:"朱老师,这两样东西你下酒好!"

朱老师就摇着头,无可奈何的样子:"下不为例,下不为例哟!"

小舅就站着搓手,搭不上腔了。

爸虽然也是老师,但和朱老师很少见面,只是在外婆八十岁的生日上见过一次。凡国家人,在农村亲戚家都是应该坐上席的。小舅就把爸和朱老师安在了上席坐同一条板凳。

没入席前，爸就注意到了朱老师。一般的客人就是坐在那里喝茶、吃烟，聊聊农事啊、收成啊什么的，我爸正坐在一边喝茶，静静地听农民摆谈农村的趣事。朱老师走了过来，还是双手背在背上，学领导干部。长年的傲慢，使朱老师没有首先招呼人的习惯。

我爸就掏出烟来："来，朱老师，吃烟！"

朱老师接烟的手停了一下，因为我爸递的是"龙凤呈祥"，十元一包，这在农民眼中，是好烟，很少抽过。朱老师并不认识和知道我爸，很冷漠地接了烟，边吃边到处走，边走边到处喊："黄云，这个菜还要上点火！""黄云，酒准备好了吗？"

都在静静的或者小声做事聊天，因此，朱老师的声音就显得更加嘹亮。连打麻将的那些客人也基本上不说话了，闷着头打。

朱老师显然成了外婆八十岁生日宴的总指挥。

我爸看着朱老师到处背着手巡视，就摇摇头，笑了："这个朱老师，真有意思！"

我爸和朱老师入席坐在一条板凳上后，果然，朱老师有意思了。他大呼小叫的："黄云，快拿酒来！"

我小舅就抱着一个塑料小壶来了，满满的十斤散装白酒。朱老师就开始发号施令："都倒上！"

一个挨着一个倒了一大杯。小舅抱着酒壶来到我爸面前，我爸用手捂住杯口。朱老师愕然了，小舅每给人倒酒，都是在朱老师的注视下战战惊惊完成的。而每个接酒的人都满含笑意，笑容都是对着朱老师的，很谦恭。

倒酒就卡在了我爸这里。小舅看看朱老师，又看看我爸，就带了一丝哭腔："柳哥，倒半杯吧！"

小舅一喊"柳哥"，朱老师就明白我爸的身份了。可能小舅早就介绍过，只是没有见过面。他马上笑脸相迎，很热情用右手压着凳子，勉得凳子翘起来，就站了起来。

我爸也站了起来。朱老师双手就捧了过来："柳老师，如雷贯耳，久仰久仰！"

我爸仍笑笑："朱老师，听我家老黄说起过你，很不错嘛！"我爸一生都习惯叫我妈老黄。

朱老师竟脸红了一下："还很不够，以后还得多向柳老师学习，希望柳老师不令赐教！"

我爸见在农村，老这样说来说去的，不合适，就对小舅说："开始吧！"

农村的风俗，年老的老人过生，就由儿子主持酒宴。我爸是外婆的女婿，自然就该小舅承担主持工作。

没想到，朱老师端着酒杯自告奋勇地站了起来，他小声征求我爸的意见："柳老师，我先说几句？"

我爸就点头："好，你说吧！"

朱老师就站了起来："请大家举杯！在这举国欢庆的日子里，我们迎来了大娘八十岁生日，怀着无比激动的心情，为了一个共同的目标，我们走在了一起。来，大家干杯！"

这就是我爸和朱老师的第一次邂逅。

我爸对我妈说："这个朱老师真有意思！"

我妈就告诉我爸，小舅这次满五十，朱老师老拉着自己摆龙门阵，还老问你怎么没去。

我爸就笑笑："你们摆了些什么？"

我妈脸又红了。每当她感到不好意思的时候，脸就红了。

我妈就介绍说："那个朱老师，一个劲地夸我、夸你。说大姐啊，你和柳老师真是不简单啊。"

我爸笑得更响了："夸我做什么？他了解我多少？"

我妈就继续说："朱老师夸我们教子有方啊！夸我们家和气顺啊！夸我们社会和谐啊！总之什么好听他说什么。"

我爸把一个橘子递给我妈，让她边吃边说。

我妈突然不说了。

我爸问："老黄，怎么了？"

我妈说："柳老师，他说的很多我都听不懂，所以我不知道怎么回答他，就他一个人在说。"

我爸说哦。

我妈就不好意思了，把剥开的橘子递几瓣给我爸："我是不是出了洋相，给你丢了脸？"

　　我爸把橘子喂进我妈嘴里,在我妈肩上拍了拍:"老黄,没有什么的,哪叫出洋相,更谈不上丢脸!"

　　我妈就带了一丝感激,对我爸说:"柳老师,如果下回他还这样,我应该怎么回答她？"

　　我爸说:"我教你怎么回答!"

　　我妈一生中有无数弄不懂的问题,都是靠柳老师解决的。

　　三十一岁的柳老师还是一个小伙子。留着当时流行的三七开发型,站在黑板前正在一笔一画地写着"山、水、鸡、鸭……"

　　教室是个仓库。底下坐了满满一屋子人,年龄相差很大,小的十来岁,大的八下。

　　这些听课的全是农民。我爸从城里支教来的。

　　屋内光线不好,白天农民都要集体出工、出劳,只有晚上,才组织起来学习文化。农民们对学习文化没有兴趣,几盏昏黄的马灯照在四角。他们昏昏欲睡。白天劳动的劳累,加上从来没有学习的习惯,他们如坐针毡,这是工作组要求的,大家还不得不这样坐着。

　　我爸很卖力,板书好后,就拿一根竹棍开始上课。

　　"山!"

　　底下就有气无力的跟着念:"山!"

　　这样教了几遍后,我爸教得声嘶力竭,底下跟着念得索然无味,于是,我爸就开始讲解每个字的意思。

　　"山,就是大山、小山。比如我们这里的鸡公山,就是这个山字。"

　　我爸又讲"鸡""鸭"。

　　听课的农民已经是嗡嗡一片了,有的还打起了鼾。

　　我爸就不讲了,问:"有不懂的,请大家提问。"

　　没有人理他。每次都这样,一问这句话就说明要解脱了。所以,有的农民就站了起来,开始伸懒腰,做着回家睡觉的准备。

　　没想到的是,这时,一个十八岁左右的少女站了起来:"柳老师,哪个字是鸡,哪个字是鸭,好像都一样的嘛!"

　　顿时安静了。这个女孩是第一个提问的人,有的农民还瞥了她一眼,瞥出

一个意思：多事！

我爸也怔住了。支教快四个月了，从来没有人提过问题，他开始打量这个提问的女孩。女孩梳着一个长辫子，额前留了一撮刘海。刘海弯弯的，一看就是用火钳烫热弄成的。那个时代，爱美的女孩都喜欢把刘海烫卷。女孩低着头，脸早已绯红。

我爸的心怦然动了一下，接着又动了一下，像有什么东西扯了一下。心里就有点狂乱。忘记了她提的什么问题。就语无伦次地说："放学吧！"

农民们顿时高兴起来，纷纷往外涌。

我爸来到她身边，神色慌张地说："这两个字呢，是不同的！"

两人站了起来，边走边聊。

女孩仍然低着头。手里拿着一个向日葵秆做的火把，和我爸并肩走着。

"其实，两个字的右边是一样的，只是偏旁不同。'鸡'字是'又'做偏旁，'鸭'字是'甲'做偏旁。"

我爸这样一解释，女孩更听不明白了，越听越糊涂。我爸仍沉醉在自己的思维中，问："还有什么不懂的吗？"

女孩就抬起了头，盯着我爸。她弄不明白，同样是肩膀上面架个脑壳，脑壳同样是一张嘴、两个耳朵、一对眼睛，一只鼻子。为什么我爸的脑壳里面就是不一样。

我爸就认真近距离的看着女孩的眼睛。这一看，就彻底把我爸击倒了，他看见的是两汪清澈如镜的湖水。

我爸是因为叛逆才跑出来的。大学毕业后，不听从我爷爷的安排回上海老家经营产业，而是跑来四川一个城市教书，并且一跑出来后就与家里断了联系，一个人在外过着教书育人的生活。

工作组组织教师支教，他第一个报了名，于是就来到了这个偏僻的响水大队。他是抱着远大理想而来的，准备教会农民们普及完小学的知识，教了几次后，我爸感到了任务的艰巨，自己的目标不可能实现。于是有点心灰意冷，准备再有两个月，凑足半年支教时间就回城里继续教书。

没想到这个女孩的出现，改变了我爸和她一生的命运。后来，我妈说："如果不是我把你爸留在了这里，你爸可能早就当上国务院管教育的副总理了！"

我爸只是嘿嘿笑,笑里还带着一点不怀好意的意思。

这个女孩从此就感到了我爸的神秘。对他的脑壳想展开系统研究,她为此付出了代价,她用一生都在研究这事,可是从来没有得出自己想要的答案,好像没有一点研究进展,我爸对她来说,始终是一座高山、一座矿藏,里面的神秘与深邃,她一直充满着崇敬。

我爸来支教,一直住在大队长家。吃住由大队长照顾。从此,每天晚上上课结束后,女孩就来到大队长家,向我爸请教每天的学习。我爸就耐心地讲解。女孩就睁着一双清澈的眼睛盯着我爸,她的心思早已化作一根探头,伸进我爸脑壳里面研究去了,至于我爸讲了什么,她一概不知。

我爸问:"明白了吗?"

女孩说:"明白了!"

女孩站了起来,脸红了一下:"我该回家了!"

我爸又有了为人师表的乐趣。试想,一个老师,没有认真的学生,即使讲课,也是多么的乏味。女孩就充当了这个认真学生的角色。

后来,好像我爸课也讲得离题了,两人在一起的时候,就只盯住女孩的眼睛,在对方的眼睛里,我爸看见了自己的双眼在熊熊燃烧。

女孩就从衣兜里掏出一枚煮熟的鸡蛋递给我爸:"柳老师,你吃!"

我爸把右手伸过去,握着女孩的小手,眼神迷离地说了一句:"我还想吃你!"

这个女孩就成了我的妈。她叫黄小庆。

结婚后,我爸就不想再回城了,在响水大队兴办了第一所小学。他准备在这里扎根了。这样的举动,无疑是响水大队的福音。从此,响水大队有了小学,孩子们再不用跑老远的路去上学了。

学校就在原来晚上给农民上课的仓库里。

结婚后,我爸除了教书,什么都不做。家里的事全是我妈黄小庆一手包干。尽管这样,我妈还忙完家里,忙生产队的工分,那个勤劳啊。我妈的小姐妹劝她:"喊柳老师多做点家务嘛!"

我妈就甜蜜地笑着:"我家柳老师只会教书,其他劳动不会干!"

我妈对我爸地崇拜一直到我的出生,才稍微有了另外的认识。我出生于

1966年,正是物资紧张的年代,我爸有工作,我妈有土地,生活当然比别的农民好一些。可是,在过日子上,我爸却是相当的弱智。我一来到这个世界,就喜欢哭。我妈躺在床上,我一哭,她就喊:"柳老师、柳老师,儿子哭了!"我爸就两手相搓,一副手足无措的样子。

我爸就抱起我,双手把我抱得很紧,我妈就指挥他:"把儿子脑壳放手臂里平着抱!"我爸就照着做,又怕我摔地上了,越抱越紧。我妈盯着我爸的脑壳,第一次对他的聪明产生了怀疑。

尽管这样,我妈对我爸的崇拜仍然不减。我妈一直认为,我爸的聪明,是在教学上,也就是她认为的科学上。

看我这么难侍候,我爸就着急得笑了:"老黄,我们这个儿子好像是个当大队长的料!"

我妈也高兴了,因为大队长就是官,整天声音很大安排农民干这干那。我的声音完全符合了当大队长的条件。

我妈笑了,含情脉脉地看着我爸:"柳老师,儿子以后做什么,全靠你教育了!"

我爸说:"当然,这么多学生我都能教出来,未必还教不好自己的儿子吗?"

在我三岁的时候,我爸就开始加紧我的学习了。每天晚上,妈坐在灶前做饭,我爸就借着煤油灯逼着我背"床前明月光!"我妈幸福地忙碌着,我背一句,我妈就问一句:"柳老师,床前明月光,是该床前明—月光,还是床前明月—光?"我爸就慢慢地讲。我却不管该怎么背,背通顺就可以了。我没有我妈那样的求知欲。

我妈对我爸知识渊博,永远充满了崇敬。她不知道的任何知识,都能在我爸那里找到答案。

在我妈心中,我爸是无所不知的宝藏。

后来,我又有了弟弟和妹妹。生活更加清贫而忙乱,可就是这样的生活,显出了我妈超人的持家本领。粮食很少,我妈就用红苕、蔬菜、玉米等粗粮间着做出可口的饭菜。比如:我妈就用很少的米与萝卜混合煮,叫蒸萝干饭,有盐又有味。比如:冬天的时候,我妈把红苕切成小块晒干,磨成面,再用苕面做成馍,这样吃起来就很可口。

在生活料理上一堆糟的我爸，对我妈的精心制作叹为观止。他老是对我妈赞叹："老黄，真看不出来你啊！"我妈就笑，脸红红的："过日子嘛，不精打细算怎么过？"

我爸对我妈在生活上的打理，佩服得五体投地。他们的结合，简直是天衣无缝。

我爸一心教书和教育我们三兄妹。我妈就只管料理家务，专心的相夫教子。

我爸的书教得好，那个年代，正规大学生很少。尤其是我爸，名牌大学中文系的高才生，在全县都没几个。因此，他的教学质量让人刮目相看，震惊全市。

我爸就被直接调入城市中学。我们一家也随之入城，与土地彻底告别。

临入城那天，我们一家人坐在爸妈亲手建起的三间土房里。我爸的心情是复杂的。从大城市的资本家庭跑出来，又跑到乡下，现在又由乡下跑往城市。他感到，似乎有种冥冥的东西在掌控着人的命运，本来想在农村扎根一辈子，没想到这又直接调回城了。我爸围着房不断地绕行，烟不离手的在转啊转啊。

我妈就很激动。她和我爸结婚时，并没有长远的眼光，没有想着日后跟着我爸飞黄腾达地过好日子。她只是对爸的脑壳充满了无限的敬畏，每天能够看着这个脑壳，听着我爸的声音就完全满足了，没想到，运气说来就来了。全家的户口都变了，一夜之间就是城里人了。这都什么事啊！我妈的脑壳一直反应不过来，就像是在做梦。她反复问我爸："柳老师，这是真的吗？"

我爸说："是真的，你和儿子、女儿也是城里人了！"

我妈就担忧了："你不会不要我和儿子吧？"

我爸一时没反应过来，盯着我妈看，我妈就低下头，底气不足地解释："我知道你不会当陈世美！"

我爸听明白了。笑了，对我说："儿子，摸一下你妈的额头是不是发烧了？"我就看看爸爸，又看看妈妈。弟弟妹妹看着我。我就不好意思了，对我爸说："要摸你摸！"

我妈就用一双企盼的眼睛盯着我爸。我爸就走了过去，用额头亲了一下我妈的额头，只这一下，我妈就哭了。哭得很伤心。我们三兄妹感到，爸爸可能真的不要我们了。

我爸站了起来，大声说："收拾东西吧！"

入城后，爸爸还是教书，妈妈暂时没有工作，每天在家煮饭，到下午才去街上买最便宜的菜，一日三餐我们吃得很简单，可是其乐融融。爸爸在饭桌上讲学校的事情，妈妈听得一脸崇敬，有时也插一句感叹："这些国家人也真是的，有意思！"我爸就笑着反问："你们现在不也是国家人了？"我妈就看我和弟妹，对这种角色的转换，她心里还没适应。

我考上北京大学后，弟妹也相继考入了重点大学。

我和弟妹一离开家。我妈就感到了生活的空虚。这时，爸就每天晚上和假日陪她上街散步，一同接受着我爸同事的恭维。每到这时，我妈就挽住我爸的手臂。因为她心里发虚，不知道怎样文绉绉地回答别人。

入城后开始，我妈就特别想念农村的亲戚。她还没有完全融入城市，感到除了家人外，没有可以交流的人。她特别喜欢农村的亲戚入城来。当然也不断的有农村亲戚入城，他们或进城买东西，或卖土特产。每遇到，我妈就留人家在家里吃住，拉住就聊个不停。问乡间自己熟悉的人和事。

我妈还特别喜欢回农村吃酒。入城后，我妈成了在农村亲戚中最受欢迎的人。把乡下亲戚每人的生日都牢牢记着，并准时去。我妈一去，就成了座上宾。都争着敬她酒。人人对我妈充满了敬佩。我妈在这种荣耀中，往往就很豪气的喝上几杯。亲戚问："柳老师真忙啊，怎么没回来？"我妈就装着难为情地炫耀："要退休了，还当那个校长干什么？ 整天忙！"

妈六十大寿时，突然打电话对我们宣布，要在"大富豪"摆二十桌。我和弟妹大学毕业后，都在不同的城市工作安了家，每年春节，一家人也很少在一起团聚。因为各自的家庭和工作，基本上很少有时间能够同时团聚在一起。我爸就接过电话对我们一一交代："你们一定要回来！"

于是，我们三兄妹赶快安排好自己的工作，匆匆往爸爸妈妈住的城市赶。我们知道，爸是从来不管家里生活的，每月的工资全部交给了妈，由妈打理一切。以前，妈离开爸几天都要把爸的生活准备好，爸只在锅里热一下就吃，如果在乡下多住了一天，爸就站在阳台上望，心里犯嘀咕："老黄怎么还不回来呢？"在乡下的妈也一晚难眠，心里很难受："柳老师在家吃饭了吗？吃的什么？"所以，爸妈决定办六十大寿，肯定是妈的主意。

妈的六十大寿当天，狂风暴雨，看着二十桌酒席，我们三兄妹都在心里着急："这下雨天，进城的路很多都被洪水冲断了，又有谁来吃酒呢？"我妈的亲戚都在农村，这样的天气，从农村到城里有两个小时路程，暴雨如注，谁还有那心思来呢？没有想到，临近中午，居然来了二十一桌客人。我爸我妈看着满身泥水的乡下亲戚，心里是说不出来的感动。他们有的提着鸡，有的提着糯米，有的提着鸡蛋……

我们兄妹三家人，也被这样的场景感动着。亲戚们围着我们，眼光看着爸爸妈妈："这是老大吧，以前啊……"又说："这是三妹的孩子吧！"我们忙着应答，亲戚们就历数我们当年在农村时的种种逸闻趣事。大家无拘无束的欢笑着。妈的六十岁大寿，成了城乡的大联欢。看着我爸妈的三个儿女都有出息，乡下亲戚对我爸妈展开了轮番的恭维。那酒就一杯一杯的喝下去。有的劝："柳老师，你真是能干啊，来，敬你一杯！"又敬我妈："黄小庆，你真是劳苦功高啊，看你儿女多有出息！"

我爸和我妈都喝醉了。

小舅的五十大寿，妈仍然去吃了酒。她这次遇到的问题，是自己怎么也无法解决的。朱老师的成语和文言文，让我妈又想到了只有依靠爸才能解决。爸认真的听完，就说："老黄，下次朱老师再那样考你，你就只回答四个字！"

我妈一脸茫然。人家朱老师一口气说那么多，自己只说四个字，能解决问题吗？但我妈一直是以爸的思想决定自己的语言的，就企盼地问："柳老师，说哪四个字？"

我爸就笑着说："彼此彼此！"

"彼此彼此？"

我爸就点头。

我妈又糊涂了："什么叫彼此彼此？"

我爸就解释："就是，你，我不分上下，一样一样的意思！"

我妈就乐了："原来这么简单！"她眼神虔诚地看着我爸的眼光，"柳老师，你太有文化了！"

我爸受了表扬，就开始表扬我妈："你也聪明啊，一教就会！"

我妈就笑得更加开心了："柳老师，彼此彼此！"

·彼此彼此·

明月当空照

人在意识到自己将要死去的时候,是不是一定要做两件事呢?一是回忆总结过去自己走过的这一生。二是把最要紧的事情或者说是后事亲手做个了结,这样才死而无憾。别人在临死时怎么想,想了些什么,马玉珍老太婆不知道,也不愿意去深想。她现在要做的事情是回忆自己走过的七十六个年头的事和怎么了结自己的心愿。

马玉珍老太婆躺在床上。身上盖着一床补丁重补丁的薄被子,这样的天气,本来是不用再盖什么东西的。人一上岁数,好像就特别的怕冷。不盖点什么,心里不踏实。马玉珍老太婆,用手扯扯被子,稍微一活动,就感到胸口气闷,忍不住就咳了起来。先还是断续的咳了几声,后来,就咳不止了。咳得身体都在上下颤动。"哦……"喉管里全是喘不停的气流。

门外传来刘老太的声音:"马大姐,马大姐,你怎么了?"

边问,刘老太就边推门走了进来,看见马老太在床上咳得抖,就用手拍着马老太的后背,边拍边带了一些哭腔:"马大姐,不要吓我啊!你忍忍,我马上去叫王老师……"刘老太给马老太倒了一杯凉开水,安慰道:"你先喝口水,我马上去叫他们!"

刘老太匆匆地出了门。

马老太喝下一口水后,感觉稍微好了一点,就静静地躺着不再动弹,脑袋昏昏的,像是糨糊搅在一起,浑浑噩噩理不清爽。她轻轻摇了摇头,试图把头摇清醒,可是仍然感觉不行。马老太长长地叹了一口气,就叹出了一个意思:大限到了,该交粮本本了!

马老太虽然从来没有过过自己的生日,但是,对自己的生日,她是记得特别清楚的,旧历六月十三日。旧历比农历要早一个月左右,有时早一个月不到,有时又早一个多月,每年基本上都不一样。都说,有福之人六月生,无福之人六月死。对这句话,马老太现在已经完全的不相信了,自己生在六月,但却从来没有感到自己是个有福的人。

十八岁那年,那时的马老太还不是马老太,一个十八岁的姑娘,扎着两条小辫子,穿着一件红衣服就这样嫁到了响水大队,做了王有贵的媳妇。那时是个什么光景呢?每天大喇叭一响,全大队的社员就出工了,跟着大队长、小队长往田里走,往地里走。然后,大队长,或小队长就开始分工。除了翻苕腾、薅秧草等少数农活,男女在一起劳动外,其他时间都是男女分开参加,男人做重体力活,女人干稍微轻松的活。这对于刚结婚的马玉珍来说,时时刻刻想见着王有贵的想法就不现实了。劳动见不着心爱的人不说,苦日子开始了。

每天一收工,马玉珍就连忙赶回家,家里还有一个瘫在床上的婆婆。

苦日子就这样熬啊熬,终于把婆婆熬死了。

又过两年,公公也一病不起,在床上痛苦两个月后,也见老婆婆去了。

马玉珍和王有贵感到了少许的轻松。看见已是一岁多的儿子王天才,两口子就有了生活的希望,他们用稻草把房屋翻新了,把土墙房子的漏洞补了,把这两间土墙房子彻底的整治了一遍。

接着又添了二儿子王天富。后来又添了三女儿王天梅。

真正的苦日子开始了。大的七岁,中的四岁,小的一岁,三年一个,马玉珍也不明白,农活那样辛苦,生活那样艰难,自己怎么就一个一个的生了出来。农村风俗,每生一个小孩,都要坐月子的,坐月子就是坐在床上静养,好吃好喝的侍候着。再穷的家庭,也会杀上一只鸡,煨成汤,大补。那汤香喷喷的诱人。一家炖鸡,整个生产队都能闻见那味道。

在生了王天才后,马玉珍吃了一只炖鸡。家里就两只鸡,一公一母。马玉珍是坚决舍不得杀的。每家规定,只能养两只鸡,多一只都是资本主义尾巴,要挨割。杀了公鸡的话,母鸡孤单。杀了母鸡的话,少了自己的小银行。还靠母鸡下蛋买盐哩。

王有贵毫不犹豫地杀了公鸡。马玉珍躺在床上,看着王有贵在忙碌,心里既心痛又感到幸福。心痛的是公鸡被杀了,幸福的是,只有两只鸡的情况下,王有贵都舍得杀一只给自己吃,说明他对自己、对儿子是多么的喜爱。王有贵把公鸡追得呱呱地叫,马玉珍躺在床上,把儿子抱在怀里,对儿子说:"儿子,爸爸在杀鸡给你吃。"儿子王天才睡着了,粉嘟嘟的小脸红红的,小鼻子在嗡嗡动着,呼出淡淡的奶香味。

王有贵把公鸡杀好,烧开水把毛烫了,一股鸡腥味弥漫在空气中,那腥味也是难得一闻的,闻着就有吃腥的享受。马玉珍用鼻子使劲闻了闻,再呼出一口长气,喷到儿子脸上:"天才,鸡好香啊!"

王有贵把扯下的鸡毛放在簸箕里,等到晒干后,还能卖上两角钱。就开始用柴火炖鸡,水一烧开,鸡的味道就慢慢出来了。里面只放了一小点花椒、生姜,避腥味。就是不避腥味,那味道也是少有的鲜类。

真正的鸡香味在空气中肆意飞扬。

正在这时,队长来了。队长是很少到王有贵家来的,出工都是敲村头黄桷树上半截铧犁作为信号。队长一来,就在院坝里喊:"有贵,在搞啥?"

王有贵连忙迎了出去,递一匹叶子烟给队长:"队长,你先裹烟抽。我在给玉珍炖鸡!"

队长就直接进了屋里,坐在灶膛边,使劲吸了一下鼻子,说:"玉珍生了娃儿,你是应该给她好好补补!"

王有贵就显得很不好意思,往灶里加了一把柴,拍了拍手上的灰:"没得肉,就炖了一只公鸡!"

队长说:"有贵,西山边那片地,你说是种红苕呢,还是高粱?"

队长开始谈工作。哪里种什么,怎么种,都是队长说了就行了。西山那块地,地质好,带沙性,种出的红苕特别面和甜,年年都种红苕,年年都是好丰收,因此,无可争议的该种红苕。队长这样问,究竟有什么考虑呢?王有贵把握不准。

王有贵凭着老经验,说:"还是种红苕比较好!"

队长说:"我也这样想,种其他没有把握!"

这样有一搭无一搭的扯了一会,鸡就炖好了。王有贵就舀了一碗递给队长:"队长,你喝口鸡汤吧!"

王有贵舀了几节鸡颈和一大碗汤,队长不接,略显生气地说:"赶快端给玉珍,人家坐月子,需要补。我又没生儿,喝那么多汤干什么?"王有贵僵了一下,就汕笑着说:"要得,玉珍先喝!"

王有贵又舀了一碗。特意舀了一根鸡腿,王有贵在锅里用力切鸡腿,把鸡腿按在锅里来回摩擦了几下,只把鸡皮切下一小块,王有贵泄气了,舀上这个鸡腿递给了队长。

队长接了,自嘲道:"你看,你看,我又没生娃儿?!"

队长不再客气了,先喝了一口汤,又把鸡腿放在嘴里,哽着喉咙说:"有贵,你也吃啊!"

王有贵说:"我不饿!"

马玉珍生了三个儿,就只吃了这么一只鸡,每次坐月子都没超过三天。三天一过,就下床,跟着社员们出工。

有了二儿子王天富后,日子日渐贫穷。一个半劳力的工分,要养活四张嘴,确实有难度。每天晚上收工回来,王有贵看着锅里清汤寡水的红苕稀饭,再看看正在闹着要吃要喝的两个儿子,心里就难受。特别是看见老婆玉珍的身体日渐衰弱,由于两个儿子全靠玉珍的奶水喂养,原来丰满的双乳,已经开始瘪下去,软塌塌的,小儿子还咬住不放。让两人心焦的是,玉珍又怀上了。

王有贵望着马玉珍,马玉珍不言语。王有贵说:"玉珍,我还是想弄点钱!"

马玉珍脸都吓白了,连忙把头伸出大门外,除了自己的看家狗,没有一个活动的人或动物了。马玉珍才嘘了一口气:"有贵,我怕!"

王有贵说的弄钱,其实就是用自己的技术搞资本主义尾巴,王有贵会篾活。编个筐、背篼、撮箕、簸箕啥的,很是了得,编出的篾活实用,特别有看相。响水大队地处三县交界,往东走,过一条河就是邻县的红旗公社。红旗公社就是个大集镇，每逢三、六、九赶集。街上卖些篾货什么的，是周围最闹热的街。

王有贵想用自己的技术，编些篾货去卖。

马玉珍的担心并不是多余的。队上一个叫王国文的人，也会篾活，偷偷摸摸的编了一些篾货去红旗公社卖，结果被社员告发了。队上连续批斗了王国文七天，接着大队又把王国文弄去斗了七天，发动全体社员来割王国文的资本主义尾巴。

终于把王国文"割"疯了，"割"神精病了。凡是听见谁大声说话，王国文就一个劲地发抖："我不敢了，再也不敢了！"

当天晚上，王有贵就偷偷地砍回了几根竹子，关上门，悄悄地干了起来。

编了五个之后，天不亮王有贵就出发了，等社员要出工的时候，他就赶回来了，马玉珍看见王有贵平安回来，心里也踏实了。王有贵关上房门，从口袋里掏出两个锅盔，把一个搬成两半，递给两个儿子。儿子拿着锅盔就往嘴里送，咬了一口，就说："爸爸，好吃！"

从此，白天两口子按时出工，晚上回来就关上门"长尾巴"。

渐渐有了积蓄。王有贵对老婆说："玉珍，我们过年就把稻草换成瓦！"马玉珍也特别高兴，是啊，儿子慢慢长大了，老是稻草房可不行，怎么给儿子找老婆？

没到过年，却出事了。王有贵卖篾货的时候，突降大雨，被暴涨的河水冲走了。出事那天凌晨，小女儿王天梅出世。

从此，马玉珍老人出工时带着三个小的，去挣那每天的七个工分。

大家都劝："玉珍啊，再找一个吧！"马玉珍就摇头。担心继父会对三个孩子不好。

队里的光棍尤莽子趁翻苕藤的时候，老往马玉珍身边蹭，并趁机在马玉珍屁股上、腰上摸一把。马玉珍也不说话，掉转身，去另外的地方继续做活。大儿子王天才见了，睁着一双眼睛看尤莽子。捡起一个土块，向尤莽子砸去，尤莽子痛得"哟、哟"地叫。顺手捡起一个土块向王天才砸去。王天才拔腿就跑，边跑边喊："尤莽子，我日你先人！"

看见哥哥这样，二儿子王天富也跟着喊了起来："尤莽子，我日你先人！"

社员们都笑了："尤莽子，你还没日到玉珍，你先人就被别人日了！"

028

尤莽子脸红红的,他明白自己这一辈子没法日上玉珍了。

一天晚上,马玉珍正在做饭,队长上家里来了。队长一来,王天才、王天富就用憎恨的眼睛盯着他。队长说:"看你们日子过的,你明天还是去翻苕藤吧。给你计十分工。"

马玉珍说:"这样不好吧,别人要说的!"

队长不做声,跟着马玉珍来到里屋,从后面抱住了她。马玉珍挣扎着。队长喘着粗气,手脚并用的把马玉珍往床上弄。正要得逞的时候,队长腰上挨了重重的一锅铲。

他回转身,看见王天才手握锅铲,正准备再次向自己打来。王天富手抓水瓢,也有向自己攻击的意思。队长啰嗦:"你们,你们……"

马玉珍连忙喝住了王天才、王天富。

队长慢慢地侧身出门,灰溜溜地走了。

第二天开始,队上果然就给马玉珍记了十分一天的工。晚上回到家,大儿子王天才恶狠狠地瞪着她:"你为什么要和队长那样?"

马玉珍望着儿子:"我哪样了?"

王天才、王天富不说话,就这样恶狠狠地盯着她。马玉珍的心突然就抖了一下:"儿子,怎么了?"

老大王天才瞪了一会儿,把弯刀在地上磕了磕:"再那样,杀了你!"马玉珍就泪流满面了。

说变就变了,仿佛是一夜之间的事情。土地分到户了,鼓励大家致富了。

三个儿女也在疯长。马玉珍始终没有嫁人,独自一人拉扯着三个儿女。还坚决把大儿子王天才送去乡上读了初中。把老二、老三也往村小送。

大家都劝她:"你家里缺劳力,就把天才留在家里帮你吧!"马玉珍摇摇头。马玉珍就开始了学习犁田打耙。这在以前,生产队分工全是男人的活,马玉珍没有做过。四十岁的人了,开始了涉及所有农活。

四个人的责任田,落在一个妇女身上,其辛苦程度难以言表。马玉珍不仅养了猪,还养了牛。整天忙得连轴转。

农闲的时候,马玉珍都不闲着,她背上一个大背篼到处去捡矿泉水瓶和别人丢下的一些可以利用的废物。再顶着烈日,把这些废旧品背到镇上去卖。一揣上钱,就直奔学校。探头在窗户上:"天才、天才!"这样一喊,全班都向窗户张望。老师说:"王天才,你出去一下!"

王天才就脸红红的走了出来。马玉珍连忙递上刚换来的一两元零钱给他:"天才,拿去多吃点!"

王天才压低着声音说:"妈,以后你不要来学校了!"说完匆匆的进了教室,马玉珍望着儿子的背影出神。

王天才不声不响的进了屋。

马玉珍艰难地欠欠身子:"老大,你来了?"

王天才也不言语,挨着妈坐了下来,把被子给妈拉了拉,说:"我已告诉天富和天梅了。他们马上赶过来!"

马玉珍老人终于露出了一丝笑容。咳嗽着问:"小菊哪里去了?"

说到小菊,王天才就气不打一处来,没好气地说:"死了!"说了这话,王天才就低下了头,把花白的脑袋留给马玉珍。马玉珍的心颤了一下,就用颤抖的手去摸儿子的头发,又摸儿子的脸,就摸着两滴泪,马玉珍老太婆就长长地叹了一口气:"老大,是妈害了你!"

在王天才的心里,确实是妈害了他一辈子,王天才初中毕业后,在家务了两年农。就当了村里代课老师。一个十八九岁的农村青年,早已经应该有说亲的人了。可是由于马玉珍家太穷,王天才的婚事老没有人提,按说,像王天才这样的人才,还有一个代课老师的名分,是应该好找老婆的,可是,谁愿意去服侍一个老太婆,还要拉扯两个弟妹呢!

最关键的是,马玉珍已是一个全乡的名人。她的出名就在于全乡几乎每个人都认识她。长年累月不间断的走乡串户,"讨口子"的名声早已声名远扬了。全乡的人有不知道乡长是谁的,却没有不知道马玉珍是谁的,谁家小孩不听话了,父母就吓:"再不听话,让马老太婆捡去!"

马玉珍为儿子的婚事着急。到处托人介绍,可是却没有哪个愿意进她家门。后来，马玉珍一狠心，就在离自己较远的地方，给王天才盖了两间瓦房，好不容易找了一个"母老虎"。王天才过上了暗无天日的日子。母老虎小菊一手遮天，在家里、外面从来都对王天才想骂就骂，王天才走到哪里都是垂头丧气的倒霉样子，心里一直窝着火，没处发，就把这笔账记到了马玉珍头上。

老二一家闹闹哄哄的来了。老二媳妇的声音大得惊人："她死了不打紧，又要让你出钱埋。这个老太婆，一辈子抠，一辈子穷，到现在一分钱没有。"

马玉珍听见二儿媳这样吼她，望了望大儿子王天才，王天才好像没听见一样。

老二王天富对马玉珍的气，是由老大王天才引起的。给老大王天才修房造屋后，家里实在穷得没办法了，就劝老二辍学，说："老二，家里已经没有能力供你上学了。"老二王天富成绩很好，刚上初一，老师说这娃儿以后最有可能成为国家人，照他的成绩，考进县中，再考上大学没有问题。王天富说："妈，我想读书！"马玉珍为难了，狠狠心说，那你继续读书吧，妈就是捡一辈子破烂，也要供你上学。马玉珍拓宽了捡破烂的领地，她的名声更大了。老二在学校都抬不起头。同学们都说："王天富，我看见你妈妈了！"王天富就脸红了。有同学问："哪个是王天才的妈妈？"回答说："就是那个叫花子。"

王天富自己跑回了家。后来，马玉珍又给他在不远处修了两间瓦房。王天富找婆娘倒没有费太大劲。结婚的时候，二儿媳提出要买个电视机，王天富就叫苦了："看我妈那样，哪有钱？"二儿媳就忍了，忍了原因是肚子里有了，再不结婚就要露丑了。两口子认为，要不是妈成了讨口子，要不是为了大哥，老二两口子肯定早进城当国家人了。

王天富两口子来到屋里的时候，看见大哥王天才坐在马玉珍床前，二儿媳就冒了一句："大嫂呢？"

王天才就说："在家喂猪。"

马玉珍又欠起身看看，声音很轻地说："把我孙子都叫来吧，我可能马上要走了。"

老大老二互相看了一眼。就朝屋外走去。

剩下二儿媳在屋里。马玉珍说:"妈这一辈子啊,欠你们太多……"

二儿媳不言语,马玉珍说,我想喝水。二儿媳迟疑了一下,还是给马玉珍舀了一瓢凉水。马玉珍老太婆满意地笑了。

为喝水,马玉珍是有感触的。农忙季节,她自己一个人的田地都不抢种抢收,而是轮留去两个儿子家干活。在哪边干活都一样,只一门心思干活,也不在儿子家吃饭。有次,给二儿子打麦场,汗如雨下,全身都湿透了,那喉咙就干燥得要冒烟一样难受。马玉珍就进屋去舀水。刚舀上,二儿媳一把夺过水瓢,把水泼在地上:"喝你妈个×。"

马玉珍愣了很久,就往自家走去。舀了一瓢水,坐在那里却怎么也没有了喝水的欲望。只感到心里有个东西堵住了,硬生生的痛。

晚上九点,全部都到齐了。

两个孙子和一个外孙都站在马玉珍床边。马玉珍说:"乖孙,让奶奶摸摸你!"

三个孙子看看自己的父母,父母都扭过了头。马玉珍轮留摸着孙子:"乖孙啊,以后奶奶就没有办法给你们买锅盔吃了。就是想买,也怕没有那个命了。"

孙子们不像父母那样,憎恨叫花子老太婆马玉珍。马玉珍每次卖完废旧回来,就都买上三个锅盔。三个孙子每人一个。大热的天,她自己却舍不得买口水喝。马玉珍有了经验,再出门捡废旧时,就背上一大壶水,渴了就喝一点,常常是早上出门,天黑回家,中午从来不吃饭。再到乡上卖了废旧品,买了锅盔才慢慢拖着疲惫的身子往家走。有天捡的东西太多,背着东西去乡场,又累又饿,等换成几元钱时,接近虚脱。闻见馆子的面味道,她的清口水就不住地往外淌。她不自觉的走了进去。老板早已经认得她了,就说马老太吃二两面么?马玉珍摇摇头:"我想喝一碗面汤!"老板舀了一碗面汤递给她,摇摇头:"你活起也遭罪哟!"马玉珍抹抹嘴,朝老板憨憨的一笑。

马玉珍老人说话的语气越来越小了。两个儿子、一个女儿三家人都围在屋里,等着马老太交付后事。都知道,这个后事,无非就是叫三个儿女每人出多少钱把自己埋了,免得死在家里烂掉。马玉珍老太婆是有儿有女的人,一辈子不服输,再能干的人也不可能自己埋自己。

马玉珍气若游丝地说:"老大、老二、老三……"

屋里很静。

"妈这一辈感觉对不起你们。没有让你们吃好、穿好,也没有让你们好好地读书……"。

人之将死,其言也善。马玉珍说到这里,三个儿女的心就突然抖了一下。

马玉珍抬起有气无力的右手,向米柜指了指:"老三,去把那个小箱子拿来!"

王天梅就到处看小箱子。王天才、王天富也到处看。他们什么也没有看见。自从马玉珍给他们另起新房居住后,他们就再也没有踏进这个养育他们的家半步,对马玉珍家里的一切摆设都很陌生。

"我是一个叫花子,影响了你们,让你们感觉抬不起头。但是,妈这一辈子没偷没抢,把你们养大了。你们身体没灾没病,就是我最大的福气。"

大儿子说:"妈!"

马玉珍摆摆手,制止王天才说什么。又指了指那个米柜。

王天才就走向米柜。把盖子揭开,里面是半柜子米和包谷颗粒混在一起的粮食。

马玉珍向下指指,示意王天才往下挖。

王天才用手拨开一层粮食,就看见了一个竹子编成的小箱子。他把竹箱子抱了出来,递给马玉珍。

马玉珍抚摸着竹箱。眼泪就流了出来。儿女们都看见了,这个小竹箱是父亲在世时编的,非常精致。

马玉珍让王天才把小竹箱打开。

里面整整躺了三万元百元大钞,还有一些带着汗味的角币。看着突然发生的一切,儿女、孙子个个都惊的目瞪口呆。

"这里有三万元,我准备存上三十万,好给你们每人十万,现在我没有那个力气了。"

"妈!"

大儿子、二儿子、三女儿跪了下来。

"妈!"

大儿媳、二儿媳、三女婿跪了下来。

马玉珍笑了,笑得浑浊的眼泪一个劲往下流:"你们终于喊我了!"

"妈!""妈啊!"

马玉珍平躺在床上,继续交付:"我死了,你们把我埋了就行,不要浪费钱,把钱用在该用的地方,妈这一辈子啊……"马玉珍说不下去了。只有眼泪在往下流。"妈高兴啊!扶我起来!"

没有点电灯,只有马玉珍那屋顶的洞透着光。

马玉珍就怔怔盯着屋顶。大家都往上看,透过缺瓦的屋顶,就看见了天空。

天空中的明月,以她的光辉正映照着大地。

冬去春来

王大明决定找一个好时机和儿子王童认真的谈谈,好好的沟通沟通。他甚至还设计了沟通时的每个细节:先给儿子讲个笑话,打开尴尬局面。两人喝着茶,像朋友一样的拉家常,然后再进入正题,摸清儿子的所思所想。

回家已经两天了,王大明一直在找这个突破口,一直在等待。等待的日子是令人烦躁的,因此,老显得坐卧不安。母亲刘老太在一边着急:"大明,千万不要打小童,有事好好说说!"

王大明望了一眼妈,心里就酸了起来。父亲死时,大明才十九岁,母亲一人把自己和妹妹都拉扯上了大学,妹妹在另一个城市安了家。自己和母亲一直住在一起。后来母亲一手张罗着给大明找了一个媳妇。母亲这一辈子真是苦啊,没有再婚,先照顾大明,后来又照顾大明的孩子。

王大明低下头说:"妈,我知道!我和小童一定好好谈!"

王大明这次匆匆赶回来,就是决定和儿子好好谈的。出门在外三年了,猛一回家,感到一切都陌生起来。妈更加苍老了,头发全部白了,风一吹,就无序的在空中飘来飘去的,显出一种荒凉,如冬天枯死的垂柳。儿子已经长得和自己差不多高了,只是瘦小,如果再长胖点,就是一个五大三粗的壮汉了。一米七的个子,看着就不由得让人幻想,他才十五岁啊,还是正在长身体的年龄,如果到了自己现在的年龄呢,儿子有多高多壮啊!这些都是王大明在家里感到的变化。这个城市似乎变得更加陌生,街道变漂亮了,城市变整齐了,城区扩大了,

老实说,与南方发达地区的城市比,已经不相上下了。

　　早上,儿子王童照例背着书包去上学。王大明望了一眼儿子上学的背影,问妈:"妈,小童上初二了吧?"妈说,嗯。妈就说开了:"大明啊,你没回来这三年,特别是近半年来,小童基本上晚上不回家,和一些不良少年混在一起,我一说他,他就叫我不要管!"妈边说边叹气,还揉了一下眼睛。

　　王大明理解妈的辛苦。小童是妈带大的,从小就宠着溺着,记得在小童一岁多的时候,吃饭是个大问题,王大明和老婆秀芬就吼儿子,儿子就抓住奶奶一个劲地哭。奶奶就生气了:"你们年轻人,一点耐心都没有!你们不喂我喂!"妈就拿一个小勺,还拿一个拨浪鼓,摇得"嘣嘣"的响,待把小童逗笑了,再喂一口。

　　王大明问妈:"秀芬按时给儿子寄生活费了吗?"

　　妈说:"不但寄了,还私下给了小童不少钱!"

　　王大明就哦了一声,闷头抽烟。

　　妈说:"你们两个也是,唉!"

　　妈这一声叹息,就叹出了一个"不应该"或者"惋惜",或者"怎么会这样?"的意思。

　　王大明和秀芬本来是很恩爱的一对夫妻。这样的夫妻,在城市里占大多数。秀芬是丝绸厂的工人,虽是辛苦一些三班倒,可是毕竟有工作。王大明是车辆修配厂的技术员,对于工作王大明特别满意,大学学的是机械,完全对口。妈是一般的机关退休干部。这样的家庭,怎么说在城市里算不上起眼,也算不上落魄的,一家人对这样的状况很满意。作为一个人、一个公民,他们也没有想到要升官发财。他们知道,升官发财那些事,对自己太遥远,根本不切实际,因此,就不多想。一心过好自己的小日子,一家人健健康康的活着,最享受的是吃晚饭,妈在家把几个菜弄好,儿子、媳妇下班回来了,孙子小童放学回来了。大家坐在一起开始吃饭。王大明总要喝上一小杯泡酒,他的心情是舒畅了,愉快的。还讲了厂里的事情,总是情不自禁的说:"厂长又表扬了我,月底给我要加100元奖金!"一家人都很愉快。老婆秀芬也讲了厂里的一些事情,讲的多是小姐妹之间的一些鸡毛蒜皮的事,但这并不影响大家的好心情。往往这个时候,王大明不忘关心关心儿子的学习。

如果一直沿着这规定的生活轨迹走下去，生活倒也平淡而稳定。然而，这条轨迹却在中途拐弯了。这个弯拐得是那样突然，不但看不到弯的尽头，更改变了行驶速度和方向，一句话，就是脱轨了。先是老婆的丝绸厂倒闭了，接着王大明的机械厂也倒闭了。一家四口人，除了一个儿子上学外，家里就三个大人闷坐，突如其来的变化，打乱了一切，让王大明理不出一个头绪，大脑空空的。两口子心里都憋着一股无名火，感觉世界末日来临一样，充满了怨恨、绝望。人在这种困境中，往往就喜欢纵向比较，秀芬就想，当时自己怎么没有答应嫁给副厂长的儿子呢？那小子花是花，可是再怎么也不至于自己现在还得到处找工作啊！王大明也开始比较了，没下岗前，老同学在南方建了一个厂，要他去做副经理，老婆秀芬说："你去帮同学，那叫打工，你现在是有单位的人，跑那儿去干什么？"要是早去几年就好了，王大明在心里也吸了一口气。

妈见王大明不说话，又没话找话的说："我每月都给了小童三百元！"

"三百？"王大明抬起头来，不解地望着妈。妈就解释："你看小童不是正长身体吗？他要增加营养！"

王大明嘴动了动，低声地问："他在家吃得饱饱的，每月三百怎么花？"

当初就是为了钱，两口子才离了婚。下岗后，心情都不好，为了一点小事就吵、就闹，看什么都不顺眼，索性就离了。老婆去了福建，王大明去了广东。

妈开始自责："我就是感觉小童不对劲，三百还不够，老找我要，怕出事，所以喊你回来！"

王大明说："妈，放心，明天我就准备找小童谈谈！"

妈再三强调："明天是小童生日，不要打他，好好谈！"王大明说："妈我知道。"

第二天一早，儿子背着书包出门后。王大明就提了一个篮子往市场走去。出家门就是一条长长的巷子，再走过一条街就是市场。一出门，王大明不由打了一个寒战，他把衣领向上理了理。这个城市的气候很怪，热起来热得很，冷起来冷得遭不住，才立冬半个月，已经很冷了。这个时候的南方还有二十八度左右，是最好的天气。巷子长长的，很多认识王大明的就打着招呼："大明，回来了？"王大明一路回应着，给熟人递了烟，站下摆上几句。一人问："大明，不要只顾自己发财，要管好小童啊！"王大明心一惊，忙问小童怎么了？那人就望望其他几人，苦涩地笑了一下："没怎么。我是说，现在的小孩子啊，不学好的多了，要注意！"小巷里还有不少老年人、年轻人端个茶杯已经开始凑角子打麻将了。这个时候，广东的人也应该开始喝早茶了，可是那里根本没有麻将，谈的是生意或者国家大事。这样一比较，王大明就叹了一口气，叹出一个不明不白的惆怅来。巷子里的人，望着王大明的背影开始嘀嘀咕咕。

来到市场，王大明开始买菜。现在的市场真是太丰富了。特别是水果，南方的，甚至世界的水果都有。王大明买了儿子最爱吃的西兰花，又买了鱼、鸡，还称了了一只卤鸭子。王大明想了想，儿子今天就十五岁了，应该可以喝点葡萄酒了，又去市场的超市买了一瓶干红。

回到家，就和妈开始做饭。王大明不停地看时间。王大明不停地问："妈，小童快回来了吧！"妈也不停地看时间，自言自语地说："应该回来了！"

时间到了十二点，小童还没有回来，菜已经端上了桌，鸡汤冒着热气，香香的味道弥漫整个房间。王大明和妈坐着等小童放学回家吃饭。左等右等，仍没有小童的影子。

家里电话响了。妈奔了过去："小童啊，你在哪里？"妈仍然在喋喋不休，小童只一句话："叫爸爸接电话！"

王大明一直看着妈在接电话，妈把话筒举了举。王大明就过去接了话筒，里面传来儿子很急的声音："爸爸，马上来富豪大酒店樱花厅！"王大明感到很突然，问："去那里干什么？我和你奶奶还等你回家吃饭啊！"

"今天是我生日啊，还回家吃啥饭，你快来吧！"儿子小童在那边说道，那边声音闹哄哄的。放下电话，王大明愣了好久。妈问："怎么了？"王大明说了小童喊他去富豪大酒店的事。

"富豪？"妈颤着声问了一句，"那是有钱人去的地方啊，小童怎么跑那里去了？"

王大明就开始穿外套，说："妈，我马上去，看看小童他们在那里干什么？"

来到富豪大酒店的时候，迎宾小姐把王大明带到樱花厅，轻轻敲了敲门，里面乱哄哄的声音突然戛然而止。王大明就看见了一大桌跟儿子年龄一般大的孩子坐在一起，坐得满满的，已经没有了座位，儿子小童坐在上方，大家先前好像正在热烈地讨论着什么，见到王大明，都失了声，其中几个少年还染了发，本来头发就长，乱作一团，染成了白的、红的间杂，如怪兽一般。还有几个少年一边耳朵戴了一个大大的耳环，边说话，耳环边随着动作晃来晃去的。

王大明如一个不速之名，一下就让樱花厅的空气凝固了，其他人都望了他，又望着儿子："大哥！"

王大明突然脑壳短路了。望着这个被众多少年喊着大哥的人，这个人还是自己儿子吗？没想到儿子小童却挥了挥手，说："各位兄弟，这个是我爸爸！"儿子小童这一介绍，小青年们全都站了起来："爸爸！"

王大明简直气昏了，一时不知道怎么处理这局面，就往外走。儿子跟了出来，其他少年都跟着儿子，儿子手向后挥了挥，就都坐回了桌子。儿子跟到门口说："爸爸，今天是我生日，我请小兄弟们吃顿饭，标准是480，最便宜的，加上拿的烟和酒，一共也就860元，你去吧台把单埋了吧！"

王大明再次陌生地盯着儿子，儿子脸转向一边，也不看王大明："今天是我生日，给我个面子，我在小兄弟面前才有面子！"

王大明嘴动了动，只感觉嘴唇都已经气得开始哆嗦了。但他克制着自己，对儿子说："小童，爸爸给你面子，你也给我一个面子，下午放学后六点前一定回家！"

儿子怔了怔。马上回答："江湖中人，绝不食言！"

王大明自己去吧台买了樱花厅的单。一出富豪大酒店，就冷得哆嗦不停，连打了几个喷嚏，突然感觉自己是那样的弱不禁风。本想自己趁今天是儿子的生日，好好的找儿子谈谈，还准备了一大桌菜。一切准备就绪，却没有想到，生活再次脱轨了。王大明抬头望天，再次打出一个喷嚏，他揉了揉鼻子，感觉眼泪也出来了。

王大明想，必须去学校了解一下儿子的情况。自己去广东时，儿子才上小学六年级，现在读的五中，是自己的母校。应该上初二了，和母亲打了一个招呼后，王大明往学校走去。

五中是全市的重点中学。当时，自己在广东，儿子小童上五中是自己决定的，只是厂里忙，没有回来成，就多交了一万所谓的选校费才进来读了，一切都是妈在家奔跑的，妈也是快七十的人了，这样一想，又感到妈也确实不容易。人家退休老头老太不是打麻将就是跳舞健身,自己的妈还得侍候孙子。看小童现在这样子,王大明就理解了妈的艰难,理解了妈再三催促自己回来的原因了。

来到学校,找到初二班主任老师。班主任老师自称姓杨,说就叫我杨老师吧。杨老师一脸迷惑:"你是……"

王大明马上介绍:"我是王童的父亲,叫王大明!"

王大明在南方工作了三年,说话已是普通话,再加上尾音里老有广东的味道。班主任上下打量了一下王大明。

王大明的穿着是很得体的。作为一个管技术的副经理,总与设计、图纸、计算机打交道,自然和下苦力的大不一样,架一副眼镜,穿着的衣服看似普通,其实质地很好。自然,杨老师是对王大明的穿着心中有数的。

杨老师惊了一下:"你是王童的父亲?"

王大明说:"是啊。"又说自己在广东工作,这次回来就是想了解一下王童的学习情况如何。

"学习?王童的学习?"老师拍着头,自言自语,显出一脸的迷惑不解。

杨老师给王大明倒了一杯水:"这个……家长,你先坐坐!"说完就慌忙地走了出去。

五中真是个好学校。此时,学生们都在安静地上课。王大明想着自己的儿子王童此时正坐在教室里听老师讲课,不由得心就放松了下来。毕业二十多年了,学校已物是人非,教过自己的教师都好像没在五中了。王大明叹道:"日月如梭啊!"

这时,杨老师领着一个人进来了。杨老师介绍:"这是我们的教导主任刘老师。"又介绍王大明说,"这是王童的父亲。"

刘主任坐了下来。有苦难言的样子。过了一会,才问:"可以看看你的身份证吗?"

王大明迷惑地递上了身份证。刘主任翻开一个本子,本子是表格式的。翻到了一页,拿着王大明的身份证反复对照。嘴里喃喃道:"怪了,怪了!"

王大明凑上去看这个"怪了"。一看,确实怪了。表格注明,王童的父亲王大明,可是这个王大明明明不是自己,名字一样,身份证号码也一样,就是人不像,照片是那个复印的身份证,那个王大明一眼就看出是进城务工的农民,哪里有一点有文化的样子,头发乱糟糟的。

都傻眼了。

还是刘主任先开口:"真是怪了!"

班主任杨老师也证实,除了第一次开家长会是王童的奶奶去的,后来,再开家长会,都是照片上的这个王大明。一去就坐在教室里,低着头,一句话不说,一身农民打扮,眼神慌里慌张的。后来杨老师还产生过疑问:"怎么王大明本本分分的,王童却这般不服管!"

接下来了解到的消息,就彻底击垮了王大明。

王童早在三个月前就离开了学校。特别是初二刚开始,便经常旷课,老师作了最大努力,谈心、劝说,仍不见效。五中的教师都自尊心特别强,不希望有学生拉后腿。就要求王童必须按时到校学习。这时的王童已是完全没有心思上课了,一系列行为让刘老师及学生家长们忍无可忍。先是旷课,整天泡在网吧里。后来,某一天,突然带着几个社会不良少年来到班上,要求每个学生交十元保护费。还有的少年拿着刀、火药枪。

王大明听得头都大了。

杨老师继续说:"这样的学生,我们怎么教?家长们都给我反映多次了,所以,我才找主任!"

刘主任点点头。

刘主任接着说:"后来,学校要求请家长来。"刘主任敲着桌上另一个"王大明"的照片说:"这个人就来了,来了也特别干脆,说马上给王童办退学!"

王大明大脑一片麻木。好像在听别人的事情,他怎么也反应不过来,怎么会有这样的事情发生。

刘主任叹了一口气:"现在看来,这个家长是王童自己去人才市场租来的!"

王大明一下就想到了王童每个月要至少三百元的开支了。

王大明垂头丧气地回到家里,把事情向妈妈一说,妈只是一个劲地抹泪:"我的小童啊,怎么这样了!"边说边哭,带着深深的自责。

王大明见了,心就隐隐地痛了起来。

妈继续唠叨:"大明啊,赶快想办法,不能就这样毁了小童!"王大明心里乱乱的,可他不能对妈发火,就忍着说:"妈,你放心,我有办法!"

王大明这样说,只是安慰妈,回来这几天,一切都陌生了,如同滚进了大海,不知道哪里是上岸的路,小童这三年来的变化,足以让王大明想破脑壳也想不出个所以然。邻居们肯定已发现,并已经开始躲着自己这个以前人见人爱的儿子了。心痛加头痛王大明突然感觉自己是那样的疲惫。

不到六点,儿子小童吹着口哨回来了。王大明马上坐直了身子。儿子看了看王大明:"老爸,江湖中人,说话算话,没到六点!"

王大明点点头,并示意儿子坐下。小童不坐,站在那里,两个手反插在屁股后的牛仔裤兜里。右脚实站、左脚虚站的在那里摇头晃脑。

王大明忍了好久:"你给老子站好!"

这一吼,妈就紧张了,就走了过来"大明大明"地叫,就站在了小童身边。

王童用手推了一下:"奶奶,不要你保护!"

王大明再也忍无可忍了。站起来就想给儿子一巴掌。儿子盯着他的手,不躲不闪:"想打架吗? 我见得多了!"

一句话,就把王大明的软肋击中了,他垂下了手。忍着声说:"王童,我们好好谈谈!"

王大明突然感觉无从谈起了。

这时,楼下传来"大哥大哥"的叫喊声。

儿子站了起来,头伸向窗外:"等一下!"楼下就安静了。

王大明突然问:"儿子,每月三百够用吗?"

王童愣了愣,支吾着:"只够上网和抽烟!"

王大明哦了一声。抽出一支烟头吸。儿子看见了,嘴跟着动了一下。

"还想读书吗?"

儿子犹豫着。

楼下又传来"大哥大哥"的叫喊声,已经是一伙人的声音了。

王大明突然提高了声音:"不准出去!"

儿子斜了王大明一眼,抓起了王大明放在茶几上的烟就丢出窗外。楼下立时传来"好大哥、好大哥"的叫好声!

王大明简直惊呆了。

王童说："如果没事了，我先出去了！"

王大明再次说："不准出去！"

可是儿子已经拉开门，径直走了出去。楼下突然传来欢呼声。

王大明感觉天眩地转。

儿子已经不是以前的儿子了。以前的儿子人见人爱，学习成绩也还说得过去。为什么短短三年变成了另外一个人？一个人人见了就躲就骂的人？王大明感觉到自己的脊梁都凉透了。

再也不能这样下去了，哪怕……王大明下定决心，一定要挽救儿子。哪怕就是把儿子现在送进少管所，他也会高兴一些，至少在少管所里比他在外面浪起好，这样下去，说不定什么时候，儿子就会干出什么惊天动地的事情。

对，就送少管所。王大明下了最后决心。

徘徊在街头，王大明在寻找着儿子。街头灯火辉煌，到处流光溢彩。初冬的傍晚，已经凉气袭人，这和南方简直反差太大了。

王大明心情复杂的在街上走着。看见一个网吧就走进去问，老板说："没有！"见这样也问不出一个名堂。于是王大明就装着上网，到网吧走一圈，看看有没有王童的影子。

找到第八家的时候，儿子出现了。他坐在一台电台前，周围围了两个染发少年，其他几个少年坐在另外的电脑旁玩游戏。王大明不动声色地看着儿子。一会儿就有人给儿子点烟。"大哥大哥"的叫得欢。一人问："大哥，你爸回来了，你还带我们吗？"儿子说当然。又有少年问："大哥，以后我们上网，抽烟你还管吗？"儿子说当然。都说，好大哥！

王大明摇了摇头。这时，老板过来问："你干什么？"这群少年都回过头看，就看见了王大明。

老板一看要惹事，就把王大明往外推。王大明站着不动："我找我儿子！"

一少年吼："这是我们大哥，不能带走！"

其他少年跟着吼："不能带走我们的大哥！"有两个小青年甚至还在怀里掏东西，王大明就这样望着儿子。

儿子终于低下了头。

王大明说:"兄弟伙,现在天晚了,我来接大哥回家,明天你们再玩吧!"都看儿子,王童对他的小兄弟们点了点头。才不情愿地让大哥走。

王大明心想,明天你们的大哥就由不得他了。

少年们就送大哥出网吧,一律的手倒插、背佝着、头往前面拱的走路。其他少年送出网吧,就鸟兽散了。

王大明喊:"儿子,想吃什么吗?"眼看这个明天就要送进少管所的儿子,王大明突然的心酸了起来。儿子不理,径直往家的方向走去。王大明在后面跟着。

突然,手机响了。

"大明,处理好没有?"

王大明一听是南方老同学唐总打来的:"处理好了马上回来,又接了几个单,妈的,生意真是越来越好了。"

王大明就说:"唐总,可能一时回来不了!"

唐总突然没有了开始的喜悦心情,连问怎么了?怎么?

王大明就耐心地说了,说到伤心处,自己都哽咽了。由于寒冷,嘴唇一直哆嗦着,解释道:"这里冬天好冷!"

电话那头沉默了很久,才传来唐总悠悠的声音:"大明,没有过不去的山,再寒冷的冬天也要过去,过去后,不还是春天吗?不要急。把小童送少管所办法是好,但不是最好的办法。"突然,唐总兴奋地问:"大明,你知道孟母三迁的故事吗?"

王大明大声答道:"谢谢唐总!"

唐总说:"就这样决定,我马上联系这边的一切!"

王大明连说好好,我马上就和儿子回家了。

野 白 苕

我们每个老师都期待着放暑假。

我们响水中学的老师，大都家在农村，一进入八月，稻子开始成熟，气候也越来越热。中学条件很差，每个教室坐五六十个学生，只有一把吊扇在空中有气无力地旋转，扇出的风也是一股热浪。加上学生都是农村的孩子，上、下学一身汗，回家就干农活，上课再聚到一起，其混合的味道可想而知。

快要收获稻子了，这是农村中一年最要紧的时候，必须趁着炎热季节把稻子抢回来晒干，这样一年的基本生活才有保障。因此，教师们的心思早已飞到了丰收的希望的田野。就是上着课也不时地望向窗外，老担心天要下雨。学生们更是坐立不安，他们的父母进入了紧张的双抢状态，家里的牛啊、猪啊、鸡啊的就等着学生们去料理。每天上学背一个背篼来学校，放学割一背篼草回去。哪还有心思上课哟。

我的心思早已飞到了华蓥山上，因为我答应我的学生徐育才放暑假去他家里吃野白苕。已经失约两年了，再也不能不去了。

我的家没在农村。我爸爸妈妈说希望我放暑假后，好好的回城里休息休息，并给我准备了许多好吃的。妈说："儿啊，怪我们没有本事，我和你爸都只是一个教师，没有本事把你留在城里中学教书，你在农村吃苦了！"

当初，我师范毕业的时候，本想留在城里教书，我爸爸妈妈就专门去找了校长。可是校长答复，按说应该分配到城里，你们都是我们学校的优秀教师，可是,要由教育局分配啊。于是,我爸爸妈妈又去找了教育局,分管副局长说:"你儿子是中师毕业,分配原则只能去农村中、小学。看在你们为我县教育事业作出贡献的分上,这样吧,大锤同志就去响水中学吧!"

我就这样被分配到了响水中学。响水中学在华蓥山脚,只有很简易的公路通往城里,离县城有七十公里。距离不算远,可那路,简直糟透了。从县城到华蓥山脚公路比较好,因为,华蓥山产煤,天天有运煤的车辆出入。华蓥山脚有个镇叫三汇镇,因为是产煤区,又是运煤的必经之地,所以,三汇镇非常繁华。而响水中学离三汇镇的路还有二十公里,向着平坝走。车辆特别少,80年代,还没有交通车。响水是个公社,只三条街,而中学就修在街边。周围是农田,属典型的农村。

我父母送我到响水中学报到后,说了一句话:"这里的生活太苦了!"

乡场并没有集日,乡里要求过一号和十五号赶集,可是,周围全是农民,他们有干不完的事情,这场还没兴起,就已经寿终正寝了。除了乡上的工作人员,就只有几个教师是国家人。农民说:"赶场干什么?他们又不买我们的东西!"没有集市,物资自然就更加匮乏。我爸爸妈妈来我们学校,那天,校长喊炊事员好不容易去三汇镇买了几斤猪肉,烧了一个红烧肉。十多个教师坐在一起,感叹:"我们都快半个月没有吃上肉了!"平时,老师们很多时间就只是用豆瓣下饭。我看见我妈妈眼睛红红的盯了我一眼。

教师的生活是这样安排的,每天教师和在校吃饭的学生一样,用一口搪瓷缸装上米,由炊事员统一在蒸笼里蒸。学生一次是交两分柴火钱,高年级的学生端上饭就走,吃自己从家里带来的咸菜和泡菜。教师每顿有一个炒素菜,星期五晚上,教师们可以吃一次肉,所有生活费,教师来平摊。

我教的初二。我当时的年龄是十九岁,我班上的学生很多都比我年龄大,其中有个插班来的学生叫徐育才,名字取得好,可是,就是很难育才,我第一次注意到他,是他的绝技。那次在操场上他给学生们表演前翻、后翻,接着来了两个空翻,20世纪80年代前期,正是武侠小说和武打片盛行的时候,空翻只能在电视、电影里看到,因此,他的表演就格外引人瞩目。只这一次表演,徐育才就奠定了他在学生中的威望,全校就五百多学生,人人都认识了他。课余时间就向他靠拢,为的是请他再给大家表演一下。

徐育才的年龄只比我小一岁。我们也成了好朋友。我选他当了班长。他成绩只是中等,由于他的人气,把班里管理得井井有条,对我这个班主任来说,就特别的轻松。我们成了无话不谈的朋友。

我问:"你怎么会扁挂呢？"扁挂,是我们那里的方言,意思是练家子、好把式、懂拳脚的意思,如果形容一个人会儿下,可以打赢一两个人,人们就说,这个人是操扁挂的。

徐育才说:"柳老师,你不知道我的家庭情况！"于是,他就告诉了我。他们家兄弟四个,这在农村,要养活四个儿子,不是简单的事。作为父母,单是给儿子修房娶妻就够难受的了,他的三个哥哥都是二十几到三十的人了,没有一个讨上媳妇,原因自然是家里穷,没有哪个姑娘愿意嫁来受苦。一家六口人只三间瓦房,能把新娘安放在哪里？父母的心也很着急,就把徐育才过继给了他的大伯。

大伯大娘对他很好。当时,徐育才正上小学四年级。长得瘦瘦的,身手比较灵活。一次城里川剧团下乡来演出,下午搭台的时候,徐育才在忙上忙下。川剧团团长看了他很久,就叫:"娃娃,你过来！"

徐育才走了过去,团长让他走上台上的高台,示意他做一个动作,还示范地比画了一下,就是像鹞子一样侧翻下来,问他会吗？徐育才说:"我试试！"他就爬上高台,双脚一踩,马上一个侧身就轻快落地了。

团长吃了一惊,又抱着他的腰,让他向后仰,用两手着地,这些,对于徐育才来说,真是轻而易举的事情。

团长笑眯眯地看着徐育才,问了他的家里情况,又问:"愿意来唱戏吗？"徐育才也吃了一惊,那时候不大兴称演员,多指唱戏的。只要唱上戏,就能吃上国家供应的粮食。一个农村孩子,要吃上国家粮,成为国家人,只有两条路,一是认真学习考上中专或大学什么的,二是当兵出去闯天下。没有想到,徐育才却在这两条路之外,找到了另一条通往"国家"的路,他当时虽然只有十一二岁,但已经预见了自己的前途——唱戏。他很激动地回答:"我愿意唱戏！"

团长后来找了徐育才的父母。父母一听满心欢喜,可是大伯却不同意了。团长又去找了大伯大娘,工作终于做通了。这样十二岁的徐育才就进了川剧团。

徐育才进川剧团后,家里的一切都改变了。父母开始经常进城去看儿子,因有这样一个国家人而骄傲,而自豪。大哥、二哥的婚事也有人提了,真是皆大

欢喜啊,那时候,一个家族里能够有一个国家人,在农村是很有脸的事情。

当然也有不高兴的人,那就是大伯大娘,他们只有一个女孩,当初,把徐育才抱继过来,也是有养老送终的意思,哪知道才养了一年,徐育才就高飞了。不仅如此,现在看来,弟弟一家也反悔了,不愿再把徐育才抱给自己了,因此,大伯大娘也经常进城,不是给徐育才带花生,就是带几个嫩包谷,两家人轮留争着的进城,一去就要见徐育才,越看越爱,这样就严重影响了徐育才的学习和训练。团长开始还耐着性子告诉他们,不要经常来影响孩子,孩子现在正是学东西的时候,进步很快,将来肯定会大有出息。团长这样一劝,两家更感到了这个孩子的金贵,去得更勤了,影响更严重了。

团长终于忍无可忍了,对大伯说:"你们把孩子领回去吧!"这是大伯求之不得的事情,当即就把徐育才领回了家。父母找上门来大吵了一架,把徐育才又领回了自己的家,从此,兄弟反目。

一切又恢复了老样,徐育才的哥哥们的婚事一夜之间突然告吹。徐育才才来插班上了初中。

说完这些,徐育才问我:"柳老师,这就是命吧!"我无言。他又说:"现在我怎么成了家里的罪人了?"他的语气是那样的迷惑。我知道他回家后,自己的亲人都看他不顺眼了,老是指桑骂槐的觉得他不好好当国家人,从而引发了一系列不好的后果。

我就劝他好好学习,冲刺一下,争取考个师范,出来当个教师也可以。徐育才摇了摇头,摇出一些苦涩:"我知道自己不行了,上课完全听不进去,脑壳清静不下来。"我也感到徐育才现在的状态,是没有办法进更高的学校的。

初三还没毕业,徐育才就辍学了。入赘去了华蓥山上一家农户做了上门女婿。十八九岁,在农村成婚的很多,并不奇怪。但是,如果要当上门女婿,说明这个家真的是穷到顶了,何况要上门的家庭,肯定是更加穷的家庭。

我只能默默祝福他能够过上幸福的日子。

一放暑假,我就出发了。先坐上过路的拖拉机去三汇镇,再坐上拉煤的汽车向山上进发,沿途的山越来越陡。山脚还是热浪袭人,山中的空气就异常的凉爽了。到了一个煤矿后,司机就不能再送我了,叫我不能再沿公路走,说这样要多走很大一段路,走山民走出的小道,要便捷一些。

我下车就沿司机指的路线踏上了一条小道。我生在城里，虽然在农村生活了三年了，但只是在农村的环境里，并没有参加实质的生产劳动，对大自然的一切感到特别亲切和神秘。满眼望去，尽是绿色。我边走边欣赏两边的风景，顿觉心旷神怡。

　　我问一个在山坡上劳动的男人，徐育才家怎么走，那个山民看了看我，就走了过来，我们一起坐在路上聊了起来。他说，就是那个上门女婿啊？很能干。大队正准备培养他当干部。我吃了一惊，心中一喜，为我的学生有这样的出息而高兴。那人说："这娃儿有文化，比我们山里人文化高多了，大队准备培养他当会计！"我问徐育才家庭情况怎么样？他说："生了一个孩子，是女儿，快一岁了。徐育才这娃儿真不错，家里外面都处理得很好，山里人任何事情找到他，他都帮忙。"还说："是个真正的好人！"

　　他突然问："你是他什么人？"

　　我说："我是徐育才的老师。"

　　他马上肃然起敬，掏出一盒纸烟来，是"川叶"。我说我不抽，感谢了！他说，感谢老师为我们山里人培养了一个人才，凭他的才能他肯定以后可以当我们的大队长，好带领我们过上更加富裕的生活。

　　我眼望四周，指着一片小红点问："那是什么？"山民回答是冷干饭！"冷干饭？"

　　那人不说话，跑去一簇树木里，摘一把给我。我接在手里，看见如蚕豆般大小一粒一粒的鲜红颗粒。确实如煮好的干饭粒般大小，但是怎么叫"冷干饭"呢？他抓了一颗丢进嘴里，示意我也吃。

　　我吃了一颗，酸甜酸甜的，顿时，口舌生津，浸入心脾。他说："这东西可以当干饭吃，经饿，所以叫冷干饭！"

　　我又问："山上还有没有野白苔？"

　　他说："有是有，但太少了。只能看运气了，能去人的地方都被人挖完了。"

　　我说："哦。"

　　他问："你吃过吗？"我的脸就红了一下，说："没有。"他直惋惜："那东西啊，真好吃。再怎么煮都不浑汤。如果炖肉，十里外都能闻到香味道！"我一听就酸水直冒,喉咙上下滚动。

我就告辞了山民。他要我带上冷干饭,说还有一段路,饿了就可吃冷干饭。

我就向前走,沿途看见很多山下上山来割牛草的农民。他们一早上山,割了满满一大背青草开始下山了。很多都是十五六岁的孩子,我对这些从小就在艰苦中拼搏的孩子们是异常怜惜的。如果他们生活在城里,还不知被父母怎么宠爱啊!

我问:"同学们,挖到野白苕没有?"

他们一听,看了我一眼,马上回答:"老师好!"说没有挖到野白苕,那东西太小了,挖的人多,可能已经挖绝种了。我让开道,让这些孩子下山。远远望去,只看见一溜高出人头一半的青草,如一个个草垛在向山下移动。我的心就无端的向下沉了一下,有种被什么扯了一下的疼痛。

一路前行,我再没有心思欣赏风景了。

到达徐育才家的时候,正是下午五点。这个季节,天要八九点钟才黑,山里人习惯节约过苦日子,每天只吃两顿饭。这时间,很多山民才开始吃第二顿饭。徐育才正端着一个饭碗在院坝里吃饭,老远看见我之后,就愣住了。之后就把碗放在地上向我跑来。

"柳老师,真是你啊!"

才三年不见,徐育才已经是一个胡子拉碴的山里汉子了,山里的生活,已经彻底把他改造成了一个山民。比我小一岁,看面相至少比我大了五岁。

一到家,他就忙着给我介绍了老婆和孩子。他老婆是一个地道的山里人,长期的山里生活,有种山里人特有的样子,皮肤粗糙,头发蓬松,爱穿水靴。因为一出门就是泥路,且雨说来就来,所以都喜欢穿着水靴。尽管山下已是二十七八度,但山上始终只有十多度。气候反差很大。

徐育才马上吩咐老婆小惠把腊肉弄下来用淘米水泡起。又对我说:"柳老师,你先坐下歇歇。我去一会就回来!"边说,他边把一圈绳子放进一个小背篼,又把一把短锄放了进去。

老婆显然知道他要干啥,就望了望天,用眼问着徐育才:"真要去吗?"

我问:"你去哪里?"

徐育才说:"我去给老师挖点野白苕回来吃!"我说:"我也一起去。"他说:

"我一会就回来了！"女儿果果迈着蹒跚的步子，奶声奶气地喊："爸爸，爸爸！"徐育才抱起儿女果果，在她小脸上亲了一口："我们果果乖，去和老师叔叔耍，爸爸马上回来！"

我就抱起果果："来，和叔叔耍，叔叔给你讲故事！"果果就向徐育才挥手："爸爸，早，早，早回！"小惠就搭上梯子去取腊肉，梁上挂了一小节腊肉，下面留着新鲜的刀痕。很明显，当有客人来的时候，就割下一小块作招待。小惠把剩下的全部取了下来，足有两斤重。我劝她："小惠，不要煮完了，一半就可以了！"

她说："育才早就盼你来了，我们也没有什么好招待你的，就这点腊肉一直留着！"

边做事，小惠就讲了一些事情。说她比徐育才大一岁，家里有个弟弟，可是父母认为山里的条件比山下好，毕竟有矿藏，还有一些山珍之类，因此，舍不得女儿嫁下山，就招了徐育才上门。徐育才踏实肯干，全家人都特别喜欢他，就专门给他们修了这幢房子。山里的人家都住得特别分散，有时，很大一片山，就只住了一两家人。这幢房子在一个小平坝上，房前周围用小木棍扎了一个篱笆，里面种了一些蔬菜之类。山里山风大，房屋修得都不高，用乱石垒成。哪怕是修这样的房子，也很是不容易的。对于徐育才原来的家来说，简直是不可思议，能过上这样的日子，也算徐育才的福气了。要知道，他的哥哥们都还打着光棍。所以，徐育才很珍惜现在的生活。

这样我们聊着的时候，果果就不断地用手来摸我的眼镜。小家伙很调皮，老让我讲故事。这就开始给她讲"狼外婆"。

天色已渐渐黑了下来，小惠说："果果，快去喊爸爸回来了！"

果果就在院坝里喊："爸，爸爸，回来！"

我问："是不是野白苔很难挖？"小惠说："不是难挖，是难找。"这样回答的时候，她一脸忧虑。自言自语："应该回来了啊！"从此，她的心情沉重起来，就开始了不断张望。

到天黑，徐育才还没有回家。小惠带一丝哭腔："柳老师，我去找爸爸，你先带着果果！"我的心跟着一沉，连问出什么事情了！来不及回答，小惠就跑出了屋。

大约一个小时，小惠的爸爸妈妈弟弟都来了。他们拿着松节火把，带了许多绳子之类。紧接着，又来了不少山民，他们的装备都一样。我也跟着紧张了，

问小惠："到底怎么了？"

小惠的爸爸说："柳老师，可能出事了！"他继续指挥大家说，进山后两人一组分开找！

于是，这些山民举着火把就进山了。立时满山遍野传来"徐育才"的呼喊声。

听着这喊声，我感觉全身都在颤抖。

一天过去了，没有找到徐育才。

两天过去了，没有找到徐育才。

这时，小惠的爸爸才满含热泪地告诉我，说山里有很多溶洞，如果人掉了下去，只有等死，几乎每年都有采药的人掉进溶洞。我的心不断地向下沉。我向来不信神，但这次我是用痛着的心在呐喊："菩萨啊，保佑我的学生平安吧！"

小惠的爸爸说："柳老师，你不知道山里的情况啊！"小惠在一边抱着果果已经是无神无主，泪流满面，果果不断用小手替她擦泪水。

第三天，终于找到了徐育才。

我执意要求去了现场。据山民说，他们是根据悬崖上的一块新鲜痕迹判断出来的。我望向悬崖，崖上有一块被挖动的崖土，下面就是一簇蓬勃生长的低矮植物。据分析，徐育才是在悬崖上挖东西后，落地的时候，被这簇植物麻痹了，他哪里知道，植物就是溶洞的洞口。

我要求下进溶洞。小惠的爸爸说："见见你的学生也好！"

山民用绳子把我和果果放进了溶洞。这个洞洞口小，向下越来越大，足有六十米深，周围全是绝壁，没有可以攀爬的。

溶洞里有六七个山民。我被眼前的一切惊呆了，徐育才躺在地上，尸体开始腐烂，他的短锄已经被摔在了一边，他的右手始终抓着一棵野白苔。我凝视这颗野白苔，足有一斤左右。山民说："这样大的野白苔，真少见！"

果果看见了爸爸，奶声奶气地喊："爸爸，爸爸，起来，回家家……"边说边去取爸爸手里的野白苔。

奇怪的是，洞里的低温让这株离开了泥土的野白苔并没枯萎。

我就跪了下来。从果果手中接过野白苔，久久凝视，心里在一遍又一遍的追问："徐育才同学，老师来看你了，你知道吗？"

野白苔无言，仍以它顽强的生命在生长着、生长着！

许 愿 池

一

　　我绝对没有想到，自己最后的家居然是在这里，每天要做的唯一事情是望着来来往往的人，感叹着人世间的心酸与无奈。我的心五味杂陈，每当看见那些人双手合十虔诚地许下愿，然后再将一些硬币投向我的家后，我就连忙闭上眼睛。我害怕他们良好的祈愿落空，不忍看着他们一脸失望的神情而后痛苦的表情。来这里的人，我相信，他们祈祷的每一个愿望都是美好的。

　　以前，我的家并不在这里，这里既不是我的祖籍，也不是我自己租赁的。我是被我的主人突然决定送给别人的。我之所以用了突然这两个字，是因为我的主人在把我送出去之前，从来没有和我交流沟通，因此，就显得很突然。我已经习惯了主人的挂包。每天和小圆镜、化妆品、手机，甚至卫生巾待在一起，我们已经完全熟悉并接纳了对方，在一起相安无事。我们待在主人为我们准备的家里其乐融融。有时，主人随便使用我们当中的一种，我们就会开玩笑，大家一起分析着主人的心情。我们不分析主人的心情不行啊，我们的小命随时都掌握在主人的手里，我们自己虽然小心谨慎，不招惹是非，但是是非会突然扑上来找我们。那次主人使用了小圆镜。小圆镜回家说："主人脸上长了几颗痘，老是好不了，心情特别烦躁！"我们就提醒小圆镜，不要惹事，免得小命不保。那几天，主人每隔几分钟就要拿出小圆镜照一照，老对着镜子用手挤脸上的痘痘。小圆镜就极力表现自己，试图把主人的脸照得不那么痛恨，然而失败了。主人挤了几分钟后，突然气愤地一摔，就把小圆镜小命要了。所以我们必须随时掌握主人的心情，以便小心行事。当主人使用卫生巾的时候，我们就知道，主人一月一次的"那个"来了。连平时流氓话最多的指甲刀也住了口，小心谨慎的。指甲刀特别爱炫耀，每当主人使用它的时候，它就特别高兴和开心，说主人的手指如何细如葱，嫩如笋，说最喜欢主人使用了，像在亲嘴，说得我们一脸羡慕。但在主人来"那个"的时候，都严肃了，知道主人每次来"那个"的时候，就特别痛，心情就烦躁，容易动怒，谁都不愿往枪口上闯。

应该说，比较起来，我是最不会惹主人生气的，我是她每天都必须使用和离不了的。相当于人们说的首长身边的红人，按道理，主人是最应该珍爱我的，然而，想不到的是，她却把我送人了。

那天晚上，我随主人去赴一个宴会。都说现代人生活好了，压力大了。归根结底就是物质上去了，精神下来了。我不明白其中的意思，我只感觉，他们说的其实就是享受和释放的问题。物质丰富了，吃穿不愁了，但生存压力也增大了，所以需要释放。怎么释放？那就找人倾诉。因此，突然之间，到处都充斥着各种聚会，同学会、老乡会、战友会等不一而足。这天晚上，我陪主人参加的就是同学会。同学相见，免不了叙旧，免不了打听现在谁谁谁的事情。提起以前的谁谁谁，大家笑成一团，说雯，当时是不是谁谁谁追求过你？雯只是浅浅的一笑。马上有人跟着起哄，岂只是谁谁谁，还有更多的谁谁谁追求过我们的校花，想当年，谁不知道我们的校花是才女，经常发表文艺作品。有男同学马上端着酒站了起来，随即朗诵了起来：

你是我生命季节里

一棵睡莲　月光一样安详

于季节外　于寂寞中

竞相开放

男同学声情并茂的朗诵，惹来大家新一番的恭维。我的主人雯也特别开心，还喝了三杯红酒。

当宴会快结束时，话题突然换了。同学中，有一个在市政府办公室工作，都问他："毛大发怎么判了二十年哟？"于是，话题转向本市政治。毛大发是本市建市以来落马最高级别的官员。市委常委、副市长，起因是市中心一幢高层建筑违章扩大建筑面积，这样，市民反映强烈，举报信满天飞。当然，民间力量只是使得风雨满城，匿名信并没引起高层注意。前年，开两代会，不知道通过什么途径，要求查处此建筑的违规问题材料突然递进了会场。很多委员、代表就联名了，这一下就捅了天。

同学说："那个侦破通讯写得好，看起来过瘾！"同学说的侦破通讯，就是写的毛大发整个案子的侦破过程。既有文采，又有故事情节，非一般笔力所能及。就说，这样的人才当记者，简直可惜了，应该去写小说。这个记者叫强，全市重、特大新闻都是他写的。特别是公安、检察院、法院等，每有重大案子破了，都点名要强执笔。可以说，强是一个名记。

我主人不参与这样的讨论。她埋头发了一个信息，就笑眯眯地看着这些同学疯闹。过了一会，手机响了，她看看信息，又坐了一会，就说，还有一个材料要赶，希望大家理解，我先走一步了。都感叹，不知道我们的校花究竟要找一个什么样的男人。雯笑笑不答。都说，政府办第一支笔果然事情多，先走吧！

我的主人并没去办公室加班，而是直接回到了位于江边的小区。我的主人进屋后，先打开音箱，就直接去了卫生间。哗哗的水声，配着音乐，使整个屋子有了特别浪漫甚至爱昧的情调。

我的主人刚走出浴室，门铃就响了。主人围着浴巾，就去开门。一个高大的身影闪了进来，随手关上门后，就抱起了我的主人："宝贝，想你了！"我的主人个子姣小，很幸福地让这个男人抱着，嘴里喃喃着："哥哥，妹妹也想你！"

男人直接把我主人抱到了床上。音箱放出来的轻音乐在空气中奔涌。

暴风骤雨后，我的主人翻身躺在了男人身上。男人就开始说今天去了哪里，做了些什么。我的主人就用手指轻轻括着男人的胸部："哥哥，哥哥，你辛苦了！"

这样，他们缠绵了很久，我的主人突然说："哥哥，我拿一把钥匙给你吧！"男人打了一个哈欠，声音轻微地说："给我钥匙干什么？你没在家，我来了也没意义。你在家，我来也不需要钥匙！"我的主人柔声道："哥哥，这样方便嘛！你有时候可以早来等我嘛！"我的主人撒着娇，摇着男人。男人就在我主人背上抚

摸了一阵说:"好吧!"

我的主人就迅速跳下床,从包里拿出一串钥匙,把我取了下来,又忙着取下男人的钥匙圈,把我就挂在了这个男人的皮带上。这样我从温暖的包里就被送到了男人的腰上。

二

我的新主人是一个记者。一个很有才华的记者,他不但写新闻、写通讯,而且还写小说,在全国各地发表了大量文学作品,是省、市作家协会会员。

雯还是我主人的时候,有天晚上,雯刚到家,强就到了。我是第一次看见强,就问这个男人是谁啊!办公室钥匙告诉我说,你不要乱问,他是强哥,我们主人最爱的男人。我确实不懂什么叫爱。就问,既然爱我们的主人为什么不结婚?都说,感情问题我们怎么知道。我就不再多说了。从小圆镜、化妆品、钥匙它们口中,我知道了主人他们的一些事情。

那一年,雯大学毕业后,被分在乡中学教书。这个乡离城里很近,对于没有背景的人来说,这样的分配,很满足。每每除了认真教书外,她就写散文和诗歌。写了就贴上邮票寄往市日报和晚报,不几天,作品就出来了,不是日报发了散文,就是晚报发了诗歌。半年时间,雯就成了两报副刊的骨干作者。几乎每期都有她的作品。更多的时候,则是和强的作品在同一个版面发表。比较而言,雯感到强的作品不但文学性强,而且有更深的生活哲理在里面,强的散文也好,小小说也好,非常耐咀嚼,强的每一篇文章,她都认真阅读,在读的时候就想,这文笔这么顺畅,立意这么高远,没有一定生活阅历是写不出来的,就猜,强应该是个戴眼镜,至少五十岁以上的男人吧。

由于会写文章,雯很快调进区中学教语文,本来就是中文系毕业,因此教起书来得心应手。区中学看中的不仅仅是雯的散文和诗歌,校长希望她把学校的校风校纪及好人好事反映出去,这对于一个写散文和诗歌的人来说,写新闻报道这样的小小豆腐块文章显然不是难事。她写了很多新闻,比如《校园风光赛景区》《市五中今年高考再创新高》等等,写好后,没有课的时候,盖上学校大印就往报社赶,亲自把稿子交到编辑手里,一次就是三四篇,有的稿子编辑看了,说构不成新闻,发表不了,有的稿子编辑当场就拍板可以用。特别是副刊编辑，当得知送稿人就是雯后，反复交代，多给副刊写稿。这样，雯的文章就三天两头见报，不明真相的人，还以为雯是报社专业记者。

年终，雯终于和强见面了。报社把雯评为"十佳通讯员"，一起受表彰的共十人，都是基层的通讯员，报社为了表彰这些先进代表，特地在市里的五星级大酒店开了一个总结表彰大会。正是这次大会，改变了雯的命运，半年后，就考调到区政府办从事文秘工作。报社的知名记者、主任以上干部全部参加，连市委常委、宣传部部长也到会作重要讲话。会议时间定在星期六。因此，人来得特别齐。会议形式很活泼，圆桌会议，像是很普通的一次茶话会，桌上摆了瓜子水果。雯是第一次参加这样的盛会，自然，在全市新闻前辈们面前就特别低调，在角落找了一个位置坐下来。开完会就吃饭，雯便不失时机地端着半杯红酒挨过去敬酒，并作自我介绍。当来到一个高大帅气的男人面前时，雯无端的心跳了一下。一米七八的个子，像军人一样的俊朗，不超过四十岁的年纪，既有年轻人的阳光朝气，又有成熟男人的魅力。正在不知所措时男人却端着红酒碰了一下她的杯："你是雯吧，我是强，你的散文诗歌都写得特别棒，我篇篇都读过！"雯的脸一时通红，她结结巴巴地说："强老师，你的新闻、特稿、文学作品都是我所崇拜的，请多帮助学生！"说话很不连贯，慌慌张张的。没想到强却哈哈地笑了起来："不要迷恋哥。"大家马上接腔："哥只是个传说。"强却等大家疯笑完毕，再次把没有说完的话说完："大嫂要打人！"顿时哄堂大笑，把雯弄了个大红脸。

吃饭后，强就约雯喝了茶，为自己在大庭广众之下开那样的玩笑而道歉。

三

我的现主人强是一个记者。做记者，表面看来风光，真实也很辛苦。尤其是像我主人这样的名记，就更辛苦。白天到处跑，晚上回到家就写稿，发完稿就倒头大睡。每当看见我主人这样辛苦的时候，我就为他心痛。再怎么辛苦，每天我都看着他和我以前的主人雯通电话。这天是星期六，强说："宝贝，我今天就不过来了。"雯没有问为什么。强继续解释："她和儿子今天要来！"雯只悠悠地说了一句："知道了，注意身体！"就挂了电话，把强愣了好久，才把手机放进口袋里。

057

许愿池·

我终于看见了强的老婆虹和儿子刚。强和老婆大学毕业后,分在了同一所中学教书。他们本来就是同县的老乡,因此,一起分配到学校后,就显得格外亲切,慢慢的恋爱、结婚、生子。儿子一岁时,恰逢市日报招考记者,强就去一考而中。这样就两地分居了。强的老婆很文静,留着一头长发,如瀑布。拉着儿子进屋的时候,抱着强的脖子喊了一声:"强,想你了。"说完就在房间内收拾忙碌。强的儿子就冲了上来,抱着强汇报起自己的学习。儿子三岁了,正上幼儿园,幼儿园里有不少的趣事,说得强哈哈大笑。老婆虹在收拾着床和强换下的衣裤,一脸幸福地看着这父子俩打闹。

深夜,虹抱着强,揉着强的身体,自责道:"强,委屈你了!"边说边行动。强就翻身上去,有点心不在焉地说:"虹,你更辛苦,还要带孩子!"虹就喘着气:"强,爱你,我和儿子都爱你,今天晚上我要好好补偿你!"强就趴了上去,正欲进入的时候,手机信息来了。强无奈地侧身去拿手机看。虹问:"是不是有紧急采访任务?"强说看了才知道。强打开信息,是雯发来的,可是没有任何信息内容,强苦有所思的就关了电话。虹问:"强,什么事?出事了吗?你怎么了?"强愣着说:"没什么没什么!是一个发错了的信息。"

虹就再次抱着强,用心酝酿情绪。强却始终心事重重的样子。虹说:"不要担心,我爸爸妈妈说了,今年底把牛卖了,承包的鱼塘卖了,就能支持我们十万,加上我们的积蓄,这样,我们就可以在城里买个小户型。买了房后,你就不会再住这个出租房了。到时候,儿子先来你这边,让我妈妈先来照顾着你们爷俩的生活。"

强的心抽了一下,抱紧了虹。

这一夜,强的大脑一片迷茫,却又不敢翻身,因为虹一直抱着他甜蜜地睡着。强就注视着虹那已显憔悴的面容,儿子已经三岁了,两年多来,儿子的一切都是虹在操心,这样一想,就更紧地搂住虹,心里突然就酸了起来,情不自禁的就吻了虹的眼睛,强突然感到,嘴唇潮潮的。

早上,强起床后,看着虹在熬稀饭,桌上已经摆好了馒头和小咸菜。强就说,你好久起来的,怎么不多睡一会?虹说,我怕耽误你上班,所以早起来了。强就埋怨,随便上街吃点嘛。虹生气了,说外面的东西不卫生,你的身体是我和儿子的,必须要保护好。不然,我和儿子怎么办?

强无言的吃着早餐。突然看见虹坐在桌边无精打采的。就放下筷子，用手摸了摸虹的额头："不舒服吗？"

虹点点头，欲言又止。强说："如果身体不舒服，我一会就带你去医院检查一下。"虹再次点点头，才悠悠地说："我这半个月来感觉晕、酸、软，可能身体有什么毛病了。"强突然抬起眼，盯着虹看，虹用手抹了一下眼睛。四目相对，均红红的闪着泪光。

去医院一检查，果然出事了，虹得了白血病。

强才想起应该给单位请一段时间假，打开手机，里面突然闯入几条信息，都是雯昨天晚上发来的："哥哥，妹妹想你！""哥哥，我知道不该打扰你，可是我实在控制不住想你啊！""哥哥，生气了吗？怎么不回信息？""哥哥，原谅我，我错了！希望不要生气了！"

强心里乱糟糟的。删除信息后就向单位请了假，之后就把电话关了，为虹住院跑上跑下的交费和办手续。

忙得筋疲力尽的时候，已经到了晚上。强带着儿子来到病床前，儿子马上哭着扑了上去。"妈妈妈妈"的叫喊。虹抱着儿子也泪流满面："我的乖儿子、我的乖幺么。"边说边亲，亲得儿子满脸泪水。强走出病房，来到走廊，打开手机看时间。一开机就出现几条信息。还是雯发来的。强看一条删一条。突然电话来了："哥哥，你为什么关电话，都急死我了？"电话里是雯的哭声。雯在自言自语的讲述着从昨晚到现在的相思煎熬。

"哥哥，你在听吗？"

"妹妹，哥哥在听！"

"你到底怎么了嘛哥哥，说话啊！"

强叹出一口长气，用手抹了一下眼睛。

"哥哥，现在想见你，可以吗？"

"妹妹，现在不行。等哥哥电话吧！"

四

虹住院后，强的生活节奏完全打乱了。他回虹的学校请了长假，把儿子送了回去先交给爷爷奶奶照顾。又接来了虹的母亲帮着照料虹。他每天就在医

院、菜市场和厨房之间奔跑,翻着花样做饭菜、做汤。老实说,强并没好的厨艺,只是能勉强做熟饭菜而已,可每次喂虹吃的时候,虹都说好吃。虹说:"原来我老公的厨艺这么好,真想一辈子吃下去。"停了停,又喝下一口强喂来的鸡汤,有些伤感地补充道:"就是不知道自己有没有这个命!"强态度坚决地说:"有的,肯定有。你和儿子都有这个命。"

虹抬起头,含着泪笑了:"老公,我相信你!"

目前只是住院观察和等待手术阶段。通过几天的调理,虹的气色稍有好转。这天是星期六,强说:"你安心躺着,我去处理点事就来!"虹很理解地说:"你去吧,这里有妈妈在!"对于工作上的事,虹从来不多问。

强就走出病房。走了几步,又返回去。虹问:"怎么了?"强就把被子拉了拉,盖住虹的脚。拉着虹的手说:"等我处理了就马上赶回来!"

"不要急,你慢慢处理,不要担心我。"

强就再次走出病房,走出住院部大楼。强就给雯打电话:"妹妹,哥哥见见你,可以吗?"

"好的,妹妹也想见你!"

见面地方定在西山风景区正大门。强招了一辆的士车,直接去了约定地点。

强刚刚下车,雯打的的士车也到了。一下车,雯就扑了过来:"哥哥,我打电话问了你的单位,我不是故意的,是没有你消息我才急成这样的。我啥都知道了!"强就搂了搂雯,又加重了手势。

"妹妹,今年二十七了吧?"

"嗯!"

"哥哥今天带你爬山好吗?"

"听哥哥的!"这是雯主动要求和强有了第一次后,在强面前说得最多的一句话。有分歧的时候,雯就先这样说。

西山是国家 4A 级风景名胜区。离城十一公里,位于城市的西部,里面有几处重点文物保护单位,原始的森林,加上后来的合理打造,使西山更加声名鹊起,游人络绎不绝。认识两年多来,这是他俩第一次这样在公众场合手牵手的出现。一年前,雯曾搂着强的脖子撒娇:"哥哥,带我去爬西山!"强就沉默了。

雯不再坚持:"我知道哥哥是名人,怕影响!"

强解释说,自己这个名人倒不怕什么影响,反正天天都在抛头露面。只是担心雯受影响。

"你以后还要恋爱、结婚。不像哥哥,唉!"雯就马上给了强一个甜甜的吻:"哥哥,我错了。妹妹听哥哥的!"

而今天,强却主动约雯爬山了。而且相依相偎着一步一步的往山上走。景区内风景特别好,凉悠悠的宜人。树上鸟儿在鸣叫,草丛虫子在唱歌。抬头望天,蓝蓝的天上白云飘。两人很少说话,手拉手,越拉越紧。

路上游人如织,但一路走来,并没有碰见一个熟人和他们打招呼。

他们来到了山巅。

山巅有座大雄宝殿,始建于唐朝。后被毁,20世纪70年代就在原址重建了此殿。宝殿气势宏伟,这是最高处,站在这里,可以鸟瞰整个城市。大雄宝殿的香火非常兴旺,据说,只要心诚,都能实现自己的愿望。但在烧香之前,先要对着古井许一个心愿,在许愿时就知道自己的愿望能不能实现。

许愿池就在大雄宝殿门前。许愿池是一个古井。相传,谢自然在这西山上面修炼数十年后,许愿而后升天的。升天那晚,突然雷声大作,不久后,西山上空仙乐萦绕,随后出现一朵祥云,慢慢降在山顶,然后,一袭白衣的谢自然驾云而去。

后来,古井就成为了许愿池。池里水清如镜,除了井口外,池子扩大了数倍,方方正正的。井口上覆盖了一个不锈钢做的器具,只留茶杯这么大一个洞。人们许愿后,把硬币往这个洞里投,如果投中,就说明,许愿会实现。要投中确实很难,因为要进入这个洞,硬币还要通过至少三十厘米的水面。

这时,已经有不少游人在许愿。强说:"妹妹,哥哥想给你许一个愿。"

雯接过话头:"哥哥,是想祝妹妹以后找个好男人,一生幸福吗?"

强沉默地点了点头。

雯讪讪地说:"可能很难!"强就不说话了,雯说:"哥哥,妹妹也给你许个愿!"

强勉强笑了一下说,先不要告诉我许的什么愿吧。

两人来到许愿池边。周围许多游人都在许愿,然后投硬币,但是,眼看着硬币要进洞了,可是接触到水后,硬币就摇摇晃晃地飘一边了。

强和雯掌心各握着一枚硬币,相互望,无言,眼里充满了坚定。

强就双手合十,在心里一遍又一遍地祈祷:"菩萨显灵,保佑雯找到一个更好更可靠的丈夫,保佑雯终身幸福!"

强虔诚地把硬币抛向水面。然而,硬币在水里旋转着却没有进洞。

雯也重复着同样的动作。投出硬币后,雯就用双手蒙住了眼睛。

硬币在水里顿了一下,直接落入了洞中。

有人鼓掌:"中了,中了!"

雯睁开眼,看着许愿池出神。

强再次掏出一枚硬币,更加虔诚的许愿后,抛了出去。硬币投在洞口正上方,眼看慢慢的往下沉,居然挂在了洞口边,一半悬在不锈钢上。

强的心一阵紧似一阵,在身上到处乱翻,翻遍了所有口袋,都没再找到硬币。情急之中,强就摸在了挂在腰间的钥匙。他仔细看了看后,就义无反顾的取下了我。

这时,我看见我的前主人雯一脸惊讶,更让人惊讶的是,强却跪在了许愿池边,双手合十,把我夹在掌心,连磕了三个响头后,就把我抛了出去。

我落入水中后,拼命挣扎,因为来得太突然,我还处于惊恐之中,并不想进入这个洞,然而,我却主宰不了自己的命运,冥冥之中,毫无心里准备的情况下,我就进了洞里。

掌声四起:"投中了,投中了!"游人都向强投来羡慕的目光。

透过清晰的水面,我看见强和雯都已泪流满面。

二　胡

我突然就想拉二胡了。

那时候,我是一个意气风发的青年,一个充满无限憧景的幻想主义者,我不知道我除了自己可以教书外,还有什么潜力,特别是艺术方面的潜力,没有一点目标,也没有想当什么作家、美术家、音乐家的想法,由着性子,想干什么就干什么,年轻真好!

这之前,我在吹口琴。读师范毕业的那一年,我买了一把口琴,花了七元五角钱。我爸妈给我的零花钱很有限。班上城里的几个学生下课后,就在体育场周围的草地上坐着吹口琴,先是吹得嗡嗡的响,后来,就吹成曲了,什么《敖包相会》《走在乡间的小路上》《垄上行》啊,听着特别舒服,我就偷偷的去买了一把。到了手才知道,二指宽的口琴,双排眼,看似简单,其实,无从下口。

在学校里,我不敢和他们一样在大操场吹,我就跑在学校外面一座山上去吹。把口琴藏在口袋里,像做贼一样溜出校门,装着若无其事的散步,然后,来到山上,找个没人的地方,把口琴拿出来,放在手里把玩一番,两手在裤子上使劲擦了擦,平端着口琴,鼓足气,使劲一吹,口琴就响了。我就这样卖力地吹了十分钟,吹得口干舌燥,还是不成调。我就拿着口琴使劲甩,把口琴里面的口水擦干,又用衣服把口琴反复的揩擦,放进口袋,回学校去。后来,我实习,再后来,我就分配到了响水公社石涧大队小学教书。那把口琴,在师范校只吹了三次。

石涧大队小学在华蓥山脚。三个班,四个教师,学生都是山里的孩子,每天走很远的路来学校,上课的时候,学校还算热闹,可是下午一放学,学校就寂寞得如空无一人般,有两个老师就是石涧大队的,放学就回家了,就剩下我和一个代课老师,代课老师又和大队会计的女儿在耍朋友,放学就去大队会计家干农活了。剩下我一个人在学校不知道怎么过这漫漫长夜。我就翻出了那把口琴,一个人坐在教室里吹起来,对口琴知识我仍然一点不懂,凭着感觉在那里摸索,吹口渴了,我喝一杯水,又接着来。

说实话,我感觉最简单的乐器伴奏除了吹口哨,就是吹口琴了,我在口琴上找感觉,把自己能唱的歌就在口琴上试,不出一周,我就能吹出歌来了,我也只识一点简谱,要吹出曲调来,凭感觉就完全可以了。上音乐课的时候,我说:"同学们,我们现在来唱《学习雷锋好榜样》!"我让大家先听我独奏。全班同学都看着我,这些山里孩子,从来没见过什么乐器,见我掏出一把口琴,都静静地盯着看,我就先奏了一遍《学习雷锋好榜样》。全班寂静无声,这在大队小学用乐器伴奏,还是第一次,同学们带着虔诚的心看着我,看我怎么和他们合作演奏。

我说:"我左手向下一打,你们就开始唱,明白了吗?"

都说:"明白了!"

我就右手拿口琴,对好嘴。大手向下一打。

同学们大声唱了起来:"学习雷锋好榜样!"

我猛然停止了吹奏,手在空中一挥,同学们都不再唱,看着我。

我发现了问题。他们憋着一口气,看见我左手往下一打,就高声大唱,声音起高了,我的口琴跟不上。我说:"我打下去的时候,你们的声音不要太高,跟着我吹的调子唱,不要唱跑了!"

这次他们明白了,不再那样紧张,我们教室里就飘出了和谐的声音。放学了,其他教室的学生都围在我的教室外面看稀奇。我说:"同学们,我们再唱最后一遍好吗?"都异口同声地回答:"好!"

从此,石涧大队小学的四个班,每次的音乐课就由我用口琴伴奏了。石涧大队的学生就对音乐课产生了浓厚的兴趣。

口琴吹到这个分上,我对自己的艺术天赋自信了。对着镜子,我用手指着里面的自己:"你小子,真能干!"又拿开镜子,我摇着头回答:"哪里,哪里,要学的还有很多!"

我又开始做作家梦了。我们石涧大队小学周围有几块农田,每当夏天,夜深人静的时候,各种鸟啊、虫啊就开始鸣叫,我就坐在操场坝里,望着天上的圆月,听着蛙鸣,我就突然来了灵感:写诗!

先在心里反复吟唱后,我就马上跑回寝室摊开作业本,认真地写了起来:

夏　夜

远处的山啊,漆嘛黑

近处的蛙啊,叫不歇

我问山你为什么这么黑

我问蛙为什么叫不歇

山说,天黑我就黑

蛙说,不叫过不得

这是我创作的处女作,一首自鸣得意的诗歌。我用正楷字体抄了几份,分别寄给了《诗刊》《星星诗刊》以及我们的县报。我盼啊盼,几个月了还没有发表,也没收到编辑部的回信,我就怀疑,自己可能不是当作家的料了。

这期间,电视里正在播放《霍元甲》。我们学校没有电视,每天晚上,大队长家里就坐满了人。全大队只有大队长家有一台黑白的电视。我吃了晚饭后,就去大队长家看电视,大队长每天晚上都给我留了一个好位置,让我和他坐在正中,这电视连续剧确实好看,里面的打斗场面,简直太神了。里面的人飞来飞去的,还会钻土,打得尘土飞扬,看得惊心动魄。不但打得热闹,音乐也特别美。

我就不再只看画面了,而是用心欣赏音乐。我在仔细听,是否有口琴的声音,可惜没有,最多的是二胡的声音。听得人柔肠寸断,把我的心突然猛击了一下。我没有想到,二胡的魅力这么大。

回到学校后,我就下了决心,一心来学习拉二胡。

可是,要找到一把二胡却很不容易。大山脚下,读了中学的人很少,爱好音乐的人更少,要找到一种乐器真如大海捞针。公社就那么两条街,是没有二胡卖的,只有县城才有二胡卖。我实在控制不住的想拉二胡,于是,我就死马当成活马医，发动学生。

上课的时候，我就问："同学们，《霍元甲》好不好看？"学生异口同声地说："好看！"一谈到《霍元甲》每个学生都激情澎湃，课间的时候，男学生都学着霍元甲、陈真等英雄人物，在操场追来追去的练习武打。

我继续说："你们只看见武打的精彩场面，而忽视了音乐。你们想想，那音乐是用什么奏出来的？"

都沉默了。很久，才有一个女学生站了起来，怯怯地回答："老师，是不是口琴？"

我说："不是，是二胡。"

全班哄堂大笑。

女学生叫蔡小芬，一个平时少言寡语，学习成绩很好的一个学生，她被大家这样一笑，脸马上就红了。

我叫大家不要笑。于是，我就讲了什么是二胡："二胡由琴筒、琴皮、琴杆、琴头、琴轴、千斤、琴马、弓子和琴弦等部分组成，另外还有松香等附属物。"

怕学生听不懂，我就在黑板上画一把二胡，指着告诉他们，哪里是哪里，叫什么，学生们全都哑然了。没想到蔡小芬又站了起来："老师，我知道二胡，我们家就有！"

都望她。她的脸更红了："我二爸在县里读书买回来的！"

我说："蔡小芬，如果家里有，借来老师给大家拉一拉！"

放学的时候，蔡小芬站在了我的面前，她穿得十分的破旧，衣服上面打满了补丁，脚上是一双大人穿过的烂凉鞋。我曾经作过了解，蔡小芬的妈妈两年前已病故，她爸爸一辈子务农，她二爸在县城读高中，因为大嫂死后，也辍学回家务农了。这一家的生活真够苦的。也可以想象，如果蔡小芬的妈妈不病故，这个家应该还是比较过得去的，试想，农村家里哪个能够买上二胡？

这是一个很乖巧的女孩。我从三年级把她教到了现在的五年级，给我的印象就是沉默寡言，上课很少主动回答问题，也不爱和同学们相处。有时候，来上学还背着一个背篓，有时我问她："蔡小芬，你怎么上学还背个背篓？"她说："老师，我放学后，可以边回家边割猪草！"我的心就颤了一下。

我在她头上爱怜地摸了一下："蔡小芬，给你二爸说说，把二胡借来老师用一下！"

蔡小芬"嗯"了一声，看了我一眼，就回家了。

第二天，她果然把二胡拿来了，二胡是装在背篓里背来的。除了上面的调音把以外，下面用五颜六色的烂布条缠裹着，能够看出来，二胡的主人是很爱惜这把二胡的，对它加以了保护，以免在路上碰伤二胡，尽管如此，还用一根绳子把二胡固定在了背篓里。蔡小芬背着这把二胡，小心翼翼地翻过了一座山，才送到我面前。蔡小芬说："我二爸说，柳老师，这把二胡他送给你了！"

一放学，我就迫不急待的在寝室拉了起来。窗外围了我班上的很多学生，他们有的伸头向屋内望，有的在窗外蹦跶起来看我怎么拉的，我有种特别神圣的感觉。

一拉，我就发觉要拉好二胡的艰难了。我只在师范学习了一点简谱，对吹口琴，是按着自己熟悉的歌在口琴上找每个音节，然后再移动嘴来掌握快慢速度，凭感觉就可以完全熟能生巧。而二胡就不一样，有两根弦，内、外各一根。我把二胡放到腿上，左手握住，右手就开始拉。

"叽、叽……"二胡发出了令人脊背发麻的声音。

门外却异常的兴奋："柳老师拉响了！柳老师拉响了！"

我走出门，把学生们赶走，不能再拉下去了，全校学生都围了过来，还有的学生不断往里挤。

我的心突然颤了一下：要是有一架师范学校那样的脚踏风琴该多好啊！我在读师范的时候，上音乐课，学生们都可以用那架脚踏风琴。坐在那里，两脚踏在踏板上，不断地上下踩动，不停地打气，来维持风琴运转。刚来石涧大队小学的时候，我给学生们讲过。他们都很好奇地问了很多天真的问题。比如："脚踏风琴是用脚踩出的歌吗？"我就同样在黑板上画了一架脚踏风琴，特别介绍了它的构造，并指出它属于键盘乐器。"最好的键盘乐器应该是钢琴！"

下午放学后，我就独自来到操场，端了一条凳子，拉开架式，显然一副二胡大师的样子。

几个学生在远处望着我，我认真地拉了一会，拉的就是《霍元甲》主题曲。我的学生们人人都会哼这个曲了，我有一个强烈的愿望，我想尽快学会这首曲,好给学生们伴奏。拉出的声音艰涩,很不成曲,一点也不流畅,只偶尔有那么一两句还像调子。尽管这样,远处的学生们都异常高兴,他们慢慢向我走来。蔡小芬也背着背篓走了过来,她说:"老师,你在拉《霍元甲》!"我说:"嗯。"

这样拉了一周后,我就开始为学生伴奏《霍元甲》了。学生们对音乐课产生了越来越浓厚的兴趣,每个班都要求我去给他们伴奏《霍元甲》。

我就把全部学生组织到操场。操场被四间教室围成了一个四合院,应该能够围住声音。都用异常虔诚的眼睛盯着我,我顿时有了一种对音乐的神圣感。伴唱了两遍,学生们还意犹未尽,我就说:"要是有一架脚踏风琴,我伴奏,你们唱歌,那才来劲!"

就因为我这一句话,让我的学生对乐器充满了向往。我看到了他们的眼睛,是那种清澈的、透明的,如望远镜般想急欲探看山外面的世界,可是,他们不知道那架脚踏风琴在哪里,更不知道应该向哪个方向眺望。

我的班全部学生顺利升入初中。我也同时从石涧大队小学调到响水公社中学教初中。蔡小芬仍然分在我的班上,进入中学后,我找她专门谈了一次心:"蔡小芬,以你的成绩,初中好好学习,考县师范没有问题,以后一定可以当老师。"她睁着一双大眼望着我:"老师,真的吗?"

我肯定地回答:"完全没有问题。"

她说:"老师,如果我以后也当了老师,我就拿自己的工资给学校买架钢琴!"

我笑了。为我的学生这样的天真而感动。我问:"蔡小芬,你知道老师一个月的工资是多少吗?"

她摇摇头。

我又问:"你知道一架钢琴卖多少吗?"

她仍然摇摇头。

我就很耐心地告诉她:"老师的工资现在是四十二元五角一个月,一架钢琴要卖三四万,你想想,老师的工资可以买钢琴吗?就算老师不吃不喝,要多少年才能买一架钢琴!"

她懂事地点点头,我鼓励她一定好好学习,争取考上师范。

没有想到,蔡小芬却在初中二年级辍学了。她来向我告别。我为她感到诧异,我可以肯定地说,她的成绩是完全可以考入师范的。我问她为什么要辍学。她泪流满面地说:"老师,我爸爸腿摔断了,家里全靠二爸了,我想去广东打工,好医好爸爸的腿!"

我的心一沉。我来响水公社中学已经两年了,每年都有一两个优秀学生因家庭问题而辍学。我这个老师也无能为力。我仍然不甘心地问:"你考虑好了吗?"

蔡小芬的泪哗哗地往下淌:"老师,我考虑好了,我没有选择的余地!"

我无言以对。她怔怔地看了我一会,哑着声音说:"老师,我走了!"话没说完就号啕大哭。我的眼里也噙满了泪,我说:"小芬同学,等一等!"

她站着不解地看了我一眼,用衣袖把眼泪揩干。手一拿开,眼泪又自然地冒了出来。

我拿出那把口琴,递给她:"做个纪念吧!"

她啜喘着说:"老师……"

我背过身去,挥了挥手。等我再回转身来的时候,只望见蔡小芬那削弱的后背和一耸一耸的肩膀,以及那不断用衣袖揩眼泪的动作。

我用手抹了一把脸,手掌上满是泪水。

中学老师的素质相对要高些,业余时间的爱好也要多一些。有的老师打乒乓,有的老师下象棋,有的老师打篮球,有的老师打羽毛球。就是没有一个老师喜欢弄乐器。

我去找到校长:"能不能买个脚踏风琴,这样上音乐课就形式活泼了!"

校长问我:"钱呢? 钱从哪里来?"

我就不知所云了。校长就开导我:"柳老师,升学又不考音乐,再说,学校确实没有钱啊!"

我理解校长了,他脾气是很不好的,能够对我这样,已经很不错了,一是因为我教学认真,班里的成绩好,我是优秀老师,二是因为我也是为教学所想,不是谋私利。

学校同事没有共同语言, 晚上我就拿上二胡到公社文化站长那里去找知音。文化站长是个快五十的男人,我一去,他就紧紧抓住我的手说欢迎。还给我倒了一杯白开水,对我说:"柳老师,先喝水!"

二
胡

文化站长就开始到处翻,翻出几本市、县出的杂志给我看。我在市内刊杂志上看到了他的名字,是写的一个故事,讲的是一个计划生育的事,说有个农村家庭的一对年轻夫妇,如何说服自己有重男轻女思想的父母,不再要求生育三胎的故事。县杂志是发表的一首小诗,诗只有五句。

文化站长说:"当作家真是苦,这个故事我就写了半个月才弄成!"

我问:"你是作家?"

他说:是啊!接着就拿出两个本本给我看,一个是市作家协会的会员证,一个是县作家协会的会员证。我马上肃然起敬,对他说:"王站长,我以前也写过诗,可是没有发表!"他笑笑:"写诗不容易!"

接下来,我们就谈音乐。我自告奋勇的要为王站长献一曲二胡,他点点头。我就拉了我认为最得意的《霍元甲》,他听后,没有说什么,而是取下挂在墙上的一根笛子,对我说:"我也演奏一个!"

于是,王站长就开始吹《牧羊曲》,王站长这一吹,就把我震住了,顿时,随着他的笛声,我的脑海里就出现了《少林寺》里面的画面,如身临其境。

我说:"王站长,你吹得真好!"

王站长笑了,很谦虚地说:"我在全县获过二等奖!"说完又拿出两个本本给我看,一个是在什么大赛上,笛子演奏的二等奖证书,一个是县音乐家协会的会员证。

我更加敬佩王站长。我诚恳地说:"王站长,我的二胡拉得不好,请多指教!"王站长不再客气,对我说:"你再拉一遍我听听!"

我就铆足了劲,再次拉了一遍《霍元甲》,他听后,先点了点头,接着又摇了摇头。想了一会,王站长就问我:"你听过瞎子阿炳拉的二胡曲吗?"我说听说过阿炳,可惜没有听过他拉的曲子。

王站长说:"县音乐家协会主席那里有磁带,我下次召开音乐家会议给你借一盘回来好好听听!"我说感谢!

王站长开始点评了:"二胡曲不是随便拉的,要把演奏者的心融入进去,要用心去感知曲子的内涵,二胡曲多是表现一些柔肠寸断的心情,令人听了欲哭无泪……"

我收到了蔡小芬寄来的一封信,她在信上说,打工的生活很苦,在一个私人厂里做皮鞋，又说，因为年龄小，没有办法办暂住证，老板每晚就把她们二十三个十三四岁的孩子关在一间大黑屋里，平时也不敢随便上街走动，还告诉我，在学校读书的日子真好。最后问我："柳老师，你还喜欢音乐吗？同学们还喜欢你给他们伴奏吗？"

这封信，我读了三遍，每读一遍，心里就无端的抖了一下。凝视信纸好久，我都不知道如何下笔给她回这封信，一连写了三张纸，都只写了"蔡小芬同学"，我就撕了，就是回信，我也不知道该对她说些什么。

我的业余时间都是和王站长混在一起，每次我拉了《霍元甲》后，他都说："拉得没有感情！"他又拿出县音乐家协会印的一本歌曲给我看，里面有他的一首歌词被谱成了曲。

他说："柳老师，不要再拉二胡了，你也学写诗歌吧！我教你！"

我说好。我就开始一心一意跟着王站长学写诗歌。在这三年多时间里，我忘记了好多，也获得了不少。我也加入了市、县作家协会，我写的一首歌词，王站长拿去找了县音乐家协会主席谱了曲，在我们乡（这时已不叫公社了）春节晚会上还演唱了一下。

我就年复一年、日复一日地过着教书育人、写诗的日子。

日子如流水般向前翻着，我就过着这平淡而充实的生活。我也升了副校长。当了副校长，我再也没有心思买什么脚踏风琴了，还是校长说得对，升学又不考音乐，花那冤枉钱买那个干什么？

突然，县报副总编点名采访我。校长很紧张，把会计、出纳和我叫在一起开了一个会，校长试探着问："是不是我们做错了什么被学生家长或者学校的老师告了状？"

我们都一头雾水。

副总编来的时候，在乡领导的陪同下找到了我，副总编很是牛皮，对乡领导和校长手一挥："你们去忙吧，我只单独采访柳大锤！"

我和副总编就坐在了我的寝室。副总编把门关了，环视了一下我的寝室。我的心忐忑不安，不知道他要采访什么。

副总编笑眯眯地问我："柳老师，你以前写过诗歌吗？"我脸红了一下。他接着追问："是不是写过一首题为《夏夜》的诗？"我吃惊了，下意识地张大了嘴巴。

副总编说："我当时在编文学副刊,对这首诗印象很深。倒不是因为诗歌,是你的名字。虽然诗歌没有发表,却记住了你的名字——柳大锤!"

副总编笑了,我也笑了。

接着,副总编马上进入采访正题:"蔡小芬是你的学生吗?"我猛然如电击般一颤,说:"是啊,怎么了?"

副总编说:"她被押回来了,我准备写一个长篇纪实文学,专门探索这些堕落少女的心里蜕变轨迹。"我下意识地问:"她怎么了?"

副总编叹了一口气:"卖淫!"

我僵住了。副总编从采访包里掏出一封信和一把口琴 递给我:"我已经在看守所采访了蔡小芬,这两样东西是她一定要我转交给你的,我也想趁机来见见你!"

副总编说完就走了。

口琴是我送给蔡小芬的那把口琴,保存得异常完好。那封信没有封口,肯定是经过检查才让带出来的。

"柳老师,你好!

我犯法了,在看守所。我是想挣钱给你买一架钢琴好给同学们伴奏歌曲。我已挣了6200元了,可惜都被没收了!……"信我已看不下去了。

我在桌上狠擂了一拳。抬头无助地四望,我望见了仍然挂在墙上的那把二胡。我就取下二胡,慢慢地拉了起来。

二胡声在学校回荡,校长在窗外问:"柳老师,出什么事了,听见你的二胡声就想哭!"

我仍然埋头拉着二胡,我的泪一滴一滴地滴在二胡上。

血　宴

　　村里人爱开玩笑。比如,单身汉李老七老爱在妇女身上占便宜,总盯着大姑娘小媳妇的胸脯看,看着看着,就冒出一句台词:"我饿我饿!"边说边用手指妇女的奶,还嘴巴一努一努的做吃奶的样子。妇女就逗他:"快喊妈妈!"李老七就带了婴儿口吻:"妈妈,我饿!"

　　几个妇女就互相递一个眼色,迅速冲上去,手脚麻利的大嫂就把李老七扑倒在地,扑得李老七一个狗啃屎。李老七意识到了自己的危险,就那样趴在地上,将脸紧紧地贴在地面。可是,妇女们并不会就此罢休,几个人齐心协力把李老七翻过来。马上就有一个正在哺育的妇女掏出奶子,对着李老七的嘴和脸一阵狂射。围观的大声叫好,直到把李老七修理得面目全非才放手。

　　村人都爱看这类大俗的表演。还喜欢开一些玩笑,甚至比较过火的玩笑。村民的房子,茅厕都是在外面,拉屎就蹲在一个石板上,屁股后面就是粪坑,粪坑上面是猪圈。因此,经常有一些饿得慌的小鸡跳下粪坑觅食,哪知下面除一层粪壳外,都是粪水。小鸡下去往往就上不来。村人都不太讲究,要大便了,就随便蹲在哪家的粪坑边解决。这时候如果有人知道了,就对那家的妇女说,你还不快回去看,你家的小鸡掉粪坑了,现在直扑腾,鸡都快要淹死了。妇女丢下农活就往家跑,跑拢一看,原来蹲着一个大男人。顿时,搞得哭笑不得这才知道被别人开了玩笑。知情者便哄堂大笑。然后再一个传一个的。传得大家都知道了这样的事情。自己男人知道后,也不生气,只笑着骂一句:"狗日的傻婆娘!"

这样的玩笑村里随处可见,甚至可以说,开这类玩笑成了村里人生活中必不可少的重要娱乐。再难堪的玩笑,说说笑笑也就过了。

只有王志冒与众不同。

每天这类玩笑在王志冒身边发生时,他就走开,从来不和村里人附和,看见大家因捉弄某一个人成功后,笑得前俯后仰的时候,王志冒就一个人走向远处,甚至还说一句:"无聊!"

与村里人身份不相称的做派,也让大家用异样的眼光看待王志冒。村里人出活都是手执锄头之类的农具。而王志冒除了带着农具外,手里随时都有一本书。休息时,别人抽烟吹牛开玩笑,他却躺一边看书。

石涧村是夹在两山之间的一块平坝上。周围是山,只有平坝周围才有一些种庄稼的实用土地,出门都是山。因此,石涧村一百多人的生存来源,就只周围的那每人七分田,然后,自己再在山上开一些荒地种点玉米、土豆什么的,一年的生活才能勉强维持,大家土地挨着土地,低头不见抬头见,谁家也没有什么秘密,相互之间都了解,正是因为了解,相处得才更加融洽。

看见王志冒这样的做派,村人也理解,都说:"好好的一个娃,受了刺激,和我们肯定不一样!"

王志冒确实受了打击,而且这个打击还不小。自己十年寒窗,终于考取了北京的名牌大学,这是全镇考入该大学的第一人。尽管专业叫什么地质,大家不理解,以为回来后也是种田,还是当农民。可是毕竟是大学,而且还是北京的大学。可是,王志冒放暑假回来后,就发表演讲,说自己以后要当科学家,专门研究地质。村人如听天书,都用异常里带着羡慕的眼神看他。王志冒呢,并不只停留在演讲上,每天在村里转悠,还上山去敲回一块一块石头,摆在自己院坝里翻来覆去的研究,边对着书上指指点点。

村人都相信,王志冒以后要当科学家。因为他从来不开玩笑。而且是个说到做到的人。高考前,王志冒就说,要考北京的名牌大学,结果,果然如此。

打击突然而至,读到大二,相依为命的妈上山种土豆,遇到滑坡一命归天,成了孤儿的王志冒不得不辍学回到了村里,继续当他的农民。

眼看着一个科学家就这样变成了农民,村人都很同情他。

回到村里后,王志冒已经是二十三岁了,从此变得沉默寡言,除了种田、看书,就是整天待在夺了母亲性命的山体滑坡前。都说:志冒是个孝子,每天都去滑坡地方哀悼他妈!

回村的第二年,王志冒有了女朋友。这是一个很好的外村姑娘,叫蔡小玉,也是王志冒的高中同学。在镇里读高中时,王志冒是班长,小玉就朦朦胧胧地追求过他。王志冒一心读书,一点不解风情。后来,王志冒考入名牌大学后,小玉落了榜,把对王志冒的爱深深隐藏,这种单相思一直在小玉的心中没有改变。待王志冒辍学后,她就主动找上门来了。

当时,村人都在为志冒的婚事着急。外面平坝上的女人是不愿嫁进山里来的,村里的女人都想嫁出去,走出贫困。如今,小玉主动上门,村人看着这个小玉就特感亲切。而且,小玉不只是人来,还从娘家背来了三头猪崽,一看就是要和王志冒生活一辈子的样子。

小玉就住了下来,安心养猪种地,王志冒愿干农活就干,爱干什么干什么!对于王志冒整天看书,研究石头,小玉也不生气,还烧好开水递到他手里,把他当老爷供起。都说:"志冒这孩子真有福!"都开他们的玩笑:"好久请我们喝喜酒?"小玉就笑,就等王志冒回答。村人都知道了王志冒才是当家人,都盯着他怎么回答,王志冒就红了脸,一句话说不出来了。就都笑:"王志冒舍不得办喜酒给我们喝!"

进入五月,天气渐渐热了。王志冒晚上就和小玉在村里散步,手牵着手,很恩爱。两人来到村边的一个池塘边就坐下了,这个池塘是因地质变动而行成的,水从山间流下来,形成这个池塘。平时,村里人洗衣、淘菜等都在这里。这时,池塘边还有几个妇女在洗衣服,小玉就把王志冒拉到远处坐下,小玉依偎在王志冒的胸前,柔情说:"我们国庆去办结婚证吧!"

王志冒一阵感动,就用手加了力搂了搂小玉,搂出一个"同意"的意思。

洗衣的妇女一声惊叫。

王志冒连忙拉着小玉跑过去。妇女指着水面,声音都开始打颤:"快看!"

水面上一个一个小脑袋在狂命地游,其中有水耗子,水蛇,青蛙,等等,如一条长龙,游过池塘、向山下逃窜,王志冒一惊,拉着小玉就往家跑。

晚上,家里的耗子不住惊叫着往外逃。

天亮后,村里都知道了这一怪现象。

王志冒就来找村长。把自己的担心说了。

王志冒是个不开玩笑的人,这样一说,村长也担心了。就通知全村人尽快在山外亲戚家去住几天。村长说:"王志冒说我们这里可能马上要发生大的灾难,比如泥石流什么的!"

都疑惑。都不信。都不走。

搬家带口,说走就走,容易吗?

王志冒见大家不信,也没有了办法。想来想去,就缠上村长一起去镇里、县里把村里的反常现象反映了。镇里说,不要大惊小怪。

县里相对要慎重一些,就打电话问省里有关部门,有关部门找了一个专家就现场解答了:"环境变好,动物才和谐群居,集体迁徙属自然现象,与灾难无关!"王志冒就在电话里与专家辩论起来,还说了当地的地质情况,以及近段时间的小滑坡情况。专家仍然说:"没有你想象中那样严重,不要担心,这是自然现象!"

专家这样说了,县里就放心了:"没事,不要大惊小怪!"

村长也放心了,可是王志冒仍然忧心忡忡。

回村的路上,王志冒就说出了自己的担忧:"我担心的是地震灾难后会有大泥石流,我研究了一下全村的地理位置和周围山体,一旦地震,超不过三天,全村都将不存在,必须转移出去!"

村长苦笑着摇摇头。

回到村里后,村长就转述了专家的回答。都笑着说:"王志冒从来不开玩笑,没想到,这次开这么一个天大的玩笑!"

王志冒在一边脸讪讪的,哭丧着脸。

晚上,王志冒又去池塘边和山里转了很久。回来后,就和小玉商量着一件大事情。

第二天天刚亮,王志冒就挨家挨户的通知大家,说今天自己和小玉办喜酒,欢迎全村168人全部都来吃。

正是山里农活不多的时候,都答应一定来。刚听到通知,都不相信:"王志冒,你终于想通了,舍得请我们吃啊!"

王志冒就笑:"一定来哈!"

吃过早饭,村里就热闹了起来。

王志冒把家里三头猪都杀了。村里的人全部围在王志冒的院坝里。杀猪的杀猪,搭灶的搭灶,弄菜的弄菜,做饭的做饭。王志冒却什么都不干,不停地问谁谁谁在哪里?在得到当事人回答在杀猪,或者在摆桌椅板凳后,才问下一个。

下午一点半,一切准备好。在村里的院坝里,一共十八桌坝坝席摆在一起,甚是热闹。大家喝着酒、吃着肉、抽着烟,欢聚一堂。男人们感叹:"看不出来王志冒还这么舍得啊!看,多排场!"

小玉和王志冒一起,挨桌请大家慢慢吃。说:"反正,今天大家谁也不许走,就在我家吃,耍,吃了中午,晚上再吃!"

都回答说好!谁也不准走!

正当大家吃得欢天喜地的时候,大地突然剧烈晃动了起来。

都惊呆了。

王志冒冲向屋檐,把四奶奶连同椅子抱着就往外摔。与此同时,全村的房屋倒塌了,顿时天昏地暗。

十五秒以内,村子不见了。

留下一地坐在院坝空旷地带上的茫然的人。

村长马上高喊:"志冒、志冒!"

四奶奶高喊:"志冒,我的乖孙!

村民齐声高喊:"志冒,志冒……"

只有山谷回荡着:"志冒,志冒……"的声音

椽子打中王志冒脑袋,王志冒已脑浆崩裂,鲜红的血溅到三米以外的酒桌上,那酒席就血红的醒目!

乡村回眸

白 日 梦

幸福来得比较突然。

太阳正一点一点落下华蓥山。这时的阳光已经少了狠毒,给人暖暖的甚至温柔的感觉。阳光洒在树上,洒在房屋上,洒在村子里的每个角角落落,仿佛童话世界,给人以不真实的感觉。

王顺正站在院坝里给老婆童珍讲他昨天晚上的一个梦。王顺的家就在华蓥山的山脚边,也算小半山腰。阳光的余晖照着他,老婆正蹲在院坝里洗萝卜。这个月份的蔬菜很少了,尽是些瓜果什么的。老婆洗的这个萝卜叫秋萝卜,长得很不好看。秋天的萝卜就这样,长像很丑,因为温度高,没有经过霜雪打一打,萝卜还有点苦口,吃着有点涩味道。但在品种单一的这个季节,这样的萝卜仍然可以卖一个好价钱。因为种这种萝卜的人太少,产量又低,倒显得贵重了。昨天晚上一家三口很是欢乐了一阵。儿子王小山的通知书到了,考上了北京的一所大学,这在全乡还是头一个。一家人先是高兴,后是发愁,一万多的学杂费,对王顺他们来说已是一座高山。那个愁啊,恨不得自己变成孙猴子,直接飞过火焰山。儿子很懂事,说:"你们把学费给找够就行,我去做家教挣生活费。"王顺当时就感动了,老婆吓了一跳,问什么叫家教。和"教"配合的词语,老婆就只知道一个"劳教",村里的张五娃不学好,偷鸡摸狗的,就去劳教了几年,老婆没有什么文化,这样问的时候,还颤着声。儿子王小山却耐心地解释了,说:"我帮要中考和高考的学生补习和辅导,就是家教。一般一个家教就是两个小时,有的收一百元,有的收二百元。"妈终于听懂了,仍不解地问:"那在学校老师不教吗?"儿子又耐心地解释:"在学校没有听懂,所以再补习。"童珍就似懂非懂的哦了一声。王顺不耐烦了,用筷子敲着碗说:"吃饭吃饭!"

其实,王顺是有主见的,自从儿子去镇上上了初中后,成绩一路看好,他就作好了准备,两口子暗暗存钱。有时,过年的时候,卖了年猪,老婆在镇上舍不得走,就想给王顺买一件新衣服,王顺就拉着老婆往回走:"烧什么烧嘛,儿子上大学的时候,有你哭的。"老婆就笑,没心没肺的样子:"儿子上了大学,我笑还来不及呢!还哭什么?"自从收到儿子上大学的通知书后,老婆童珍还真差点哭了。把辛苦保存这么久的钱一下拿出去还真舍不得。学费是早就准备够了。王顺两口子商量,把家里田里能卖的都卖了,让儿子多带点钱在身上去北京。王顺说:"城里屙屎尿都要五角钱。"老婆就感叹:"狗日的城市,咋那么不讲理。"

卖秋萝卜是老婆的主意。老婆说一斤八角,怎么着我们的地里也有五百斤。明天当场了,我们扯二百斤去卖。王顺同意了。吃过午饭后,就扯了回来,老婆眼下就专心地清理着这些萝卜。用小刀把实在难看的地方削一削,洗得干干净净,让每一个萝卜都有卖相。边做这些边哼着歌。王顺就坐在旁边,卷一支叶子烟在吧嗒。见老婆心情很好,王顺就站了起来,学着电视里领导的样子,背着手在院坝里转圈。转到童珍面前时说:"小虎牙,我给你讲我昨晚上做的梦!"

童珍脸一下就红了。她到处看看,见没有外人,才嗔怪道:"青天白日的,想干什么?"这是他们两口子多年的暗号。老婆长着一颗小虎牙。当初谈朋友时,王顺是村里的代课老师,在山里也算是有文化的人了,很多农村的女孩喜欢他,在很多的女孩中,王顺单单相中了童珍。新婚第一晚上,童珍就撒着娇问:"为什么你不喜欢唐小琴?"王顺就扑过来:"因为她没有小虎牙,我的小虎牙,我现在要吃你了!"童珍感到了幸福的晕眩。唐小琴的爸爸是村支书,自己一个小女子居然挑战权贵成功,可见王顺是有志气的人。事实也确如此,如果王顺当初选择了唐小琴,就可以转为民办教师,到现在应该早是公办教师了。但王顺从来没有后悔过。每当想要做那事时,就轻声的喊:"小虎牙!"

老婆问他想干什么,大白天的?王顺就醒过来了。还非常有理地质问老婆:"你想哪里去了?"老婆说那你讲吧。

王顺就开始讲梦:"昨天晚上,我睡得迷迷糊糊的,可能是喝了点酒。老是做梦。这个梦很好。我梦见我站在我们的责任田和自留地里。我拿着锄头,随便一挖下去,就挖出了金子,后来,地里全部就是金子了,像竹笋一样往上冒。我就站在金子上,到处都是金光闪闪的。"

老婆也听入了迷,就站了起来,听完后,就哈哈地笑起来:"你是想钱想疯了吧?"老婆一笑起来就止不住,笑得前俯后仰的。王顺就这样尴尬地看着老婆笑,自己也忍不住笑了起来。老婆突然又说:"你这是白日梦!"

说完这话,老婆一下就不笑了,王顺也不笑了,就看着老婆。老婆就用围腰抹了一下眼睛,老婆的眼睛分明有泪花在闪动。王顺的心一下就沉了。是啊,作为一个农民,要供一个大学生真不容易,为此,为了节约开支,他们种的都是原始地,自己育种,从来不敢买化肥农药。因此,产量虽不高,但节约了不少开支。王顺有他一套理论,多养猪,这样猪粪就成了肥料。钱是这个家的心结。两口子都努力地挣好每一分钱。有年冬天,王顺挑菜到镇上去卖,回来时一双脚都冻乌了。老婆责怪他怎么冻成这样了,王顺把解放鞋扬了扬:"地上全是稀泥巴,踩上去不是糟蹋鞋吗?"老婆当时就开骂了:"你个死鬼!"边说边用热水为王顺烫脚,埋下头来专注地搓着王顺的脚,搓着搓着就掉泪了。

这样一个从来没有看见过黄金是什么的家庭,居然梦见了黄金遍地,这当然是白日梦。依据是,作为一个世世代代的农民,哪个在地里挖出了黄金?除了能够填饱肚子以外,只有猪可以变成点钱,只有菜可以变成点钱,至于鸡鸭,还不够称盐打油,往往一手收钱,一手就转给卖盐的了。因此,王顺才想尽办法打土地的主意,种了这样又种那样,虽然收入不多,但毕竟是收入。

王顺不再谈他的白日梦,而是坐下来陪着老婆清理"收入"。余光洒在盆中,水面果然金光闪闪。王顺又开起了玩笑:"童珍,你看看,不是金光闪闪吗?"老婆也笑了:"还真像五星!"老婆说的五星,是以前看的电影,每次电影开头就五星在闪光,这就代表"八一"制片厂制作,这样的片子,是要打仗的,因此老婆记得很牢。

院外传来脚步声,躺在阶沿边睡觉的小狗就站了起来汪汪两声。王顺和老婆对看了一眼,带着一些迷惑。因为他们是住在半山腰的独立一家人,平时很少有串门的。

"有人吗？"院外一个陌生的口音。

王顺连忙站起来。偶尔有来收山货的人路过，王顺就问老婆："那只野鸡卖了吧！"老婆说早卖了，这些家伙要少给五元。王顺哦了一声。

然而，来人显然不像是收山货的小贩。穿得周吴郑王的，一看就像电视里的人。

王顺呆立着，很久才喊人家坐。这个时候，王顺还不知道，这个人就是他家的财神。他金光闪闪的日子就要开始了。

来人也只四十来岁的样子，显得有点疲惫。不客气地坐了下来，看着童珍洗萝卜："老乡，有开水吗？"

王顺就去倒了一碗开水。家里从来没有茶叶，只喝白开水不像待客的样子，王顺又去院边掐了几叶薄荷草丢在碗里，一股清香就弥漫开来。来人喝了一口，啧啧的有声。就说话了："老乡，你这里很环保啊！"

王顺就说，山里就这样，很原始。

来人就开始了解王顺家一家的收入情况。王顺就一五一十的说了。来人不相信："为什么产量这么低？"老婆童珍回答，我们买不起化肥、种子和农药，全是猪粪人粪鸡粪种出来的。

来人眼睛一亮，就端着开水碗站了起来，到处看来看去的，带着一些怀疑。童珍就说，"你看嘛，我们种的萝卜就这样！"来人就看萝卜，还拿在手上掂来掂去的。

来人说："这样好吗？老乡，你赶快弄点饭我吃，就吃你家的菜和肉！"

王顺不语了，这个时候明显不到吃饭的时间，再说，也弄不出什么。

见王顺犹豫，来人就掏出三百元递到王顺手上："算我的生活费！"

王顺两口子惊呆了。三百元啊，要卖多少菜，人家不就吃一顿饭吗？两口子对望一眼。王顺才胆怯地要了一百元："山里没什么好吃的，一百元都要不完！"来人笑笑，收回了二百元。

两口子就忙碌着做饭。儿子去同学家了，要开学才回来，做三个人的饭很简单。但对王顺来说，简单可不能马虎。他捉了一只土鸡，又取了半片腊肉。开始忙活起来。

饭菜很快端上了桌，一盆炖鸡、一盘凉拌萝卜丝、一碗炒胡豆、一腕腊肉炖牛皮菜。来人却吃得红光满面的。这些菜都没有放任何佐料,一律的原味。

来人吃了三碗饭,把至少半斤腊肉都吃完了,才长叹一声:"舒服啊,这才是生活!"

来人一叹息,叹得王顺两口子不知所措:"莫非遇到了傻儿?"

果然,来人做出了更傻的事。他两眼望着王顺:"你们就专门在家种菜和种粮、养猪、养鸡,怎么样?不出去打工了。"这之前,王顺说到儿子上大学,说可能自己春节后准备去打工。

童珍着急地看着王顺,害怕他一时糊涂答应下来,如果光种地就能养好一个大学生,那不是白日梦吗?

来人更着急了:"这样吧,当你们打工算,每年我给你们两万!"

这着实把两口子吓了一跳。两口子目瞪口呆地看着来人。来人见两口子不表态,更急了:"两万五,再也不说了!"

王顺反应过来了,连忙表态:"好好!"他明白,人家居然花天价,肯定是有条件的。就问:"你有什么要求吗?"

来人说:"就是以后给我吃的一切都要像你家里现在的一样!"

王顺松了一口气:"没有问题。那要多少呢?"

"多少不说,我一家够吃就可以了!"

"你家多少人?"

"五个。"

来人边说边掏出电话:"小吴,你把车往山上开,半山腰有一户人家,你把我的包拿上。是的,车开不进来,你走过来。"

来人挂了电话。就喝鸡汤了,看得出来,他吃得津津有味。山下有一条公路,是省道,在省道上修了一些机耕道通向住户集中的人家。王顺家在半山腰,独立一户一家,就没有修,因此,从机耕道到他家还要走十分钟的路。

不多久,一个小伙子就提着皮包来了:"杨总,我还以为……"

这个时候,王顺才知道,来人是杨总。杨总接过包,招呼小伙子:"小吴,快吃饭!"小吴就坐下来,大口大口地吃着。

杨总说:"我上山随便转转,就转到这个、这个……"

王顺连忙说:"我叫王顺,我老婆叫童珍。"

杨总又说："是啊，我就转到王顺家来了，今天算是吃了一顿好饭！"

杨总又说："我们的协议现在开始生效，我先交定金。"说完抽出一万搁在桌上。王顺连忙站起来："杨总、杨总、我……"王顺已经语无伦次了。

小吴听明白了他们之间的协议后，就左右看了看："杨总，王大哥这个家还要添点东西，便于联系什么的。"

杨总就夸小吴，当过兵的就是聪明，明天你去财务取一万来办这个事。小吴就腼腆地笑了。

小吴趁机向王顺介绍了杨总。说杨总是本市最大的民营企业家，资产八个亿。王顺听了就迷糊，杨总那么有钱，想买啥买不来呢？为什么要这样呢？

杨总笑了："我就想过你这样的生活！"两口子搭不上杨总这个话，就只陪着干笑。

临走的时候，杨总带走了一片腊肉，一些新鲜胡豆，一些牛皮菜，还带走了一只土鸡。每拿一样，童珍就在心里算了算该多少钱，算来算去也不值一百元，就自己先笑了。杨总见了，忽然醒悟："小吴，去把车上的东西拿来给这个王大哥，不能让他吃亏！"

王顺就脸红地笑："杨总，我老婆没文化，不要见笑！"

杨总就这样来了又走了。

这个晚上，王顺两口子简直不相信所发生的一切。由于兴奋连续喊了两次小虎牙。连做爱的时候童珍还不停地问："这个杨总会不会是骗子？"这样一问，又把王顺问住了，想了想就说："我们啥都没有，他能骗我们什么？"童珍就偷偷跑下山去买了一瓶酒回来，一回来就兴奋地嚷："王顺，王顺，钱是真的，我刚拿一百元去买酒，刘拐子啥都没说就卖给我酒了。"于是两口子就翻开杨总留下的东西，几大包，火腿肠、方便面什么吃的都有，就说，这个杨总亏大了，这些东西，两口子只在电视里广告中见过，肯定很贵。

不能让杨总吃亏。王顺开始教育老婆，人家这么信任我们，我们要对得起杨总。要好好计划一下，怎么完成杨总的任务？两口子就商量，再去买两只小猪，把山上别人丢下的田和地都种上粮和菜，不知道城里人究竟能不能吃，看今晚杨总那吃饭的架式，五个人的粮和菜也一点不比农村人吃得少。

第二天，两口子就分头行动，王顺还请来帮工，再垒了一个猪圈，准备专门为杨总养猪。又选了一块好地，准备专门用来育菜苗。傍晚的时候，小吴又来了："王大哥，我给你送手机来了。"

"我要那个干什么？我只管干好农活。"

"杨总说，便于联系，你还需要什么尽量说，电话随便打，杨总给钱。"王顺拿着手机无所适从，小吴就教王顺怎么用，还把杨总和自己的电话存进了手机，这样打起电话来就简单多了。看见王顺两口子已经启动各项工程，小吴很高兴，就表扬王顺："王大哥，杨总是个好人，给他办事不会吃亏的。"王顺也开始跟着表扬杨总："杨总确实太仁义了。你告诉杨总请他放心，想吃什么菜就告诉我，我好专门种。"

从此后，小吴每隔几天都要来王顺家一次，有时带点米走，有时带点菜走，有时带点鸡走，总之，每次来，都带点东西走，也带点东西来，带来的全是农民很少看见的东西，什么这样酱、那样鱼，这样小吃那样干货，总之，是王顺以前从来没有吃过的，每次来，两口子都让小吴尽量多带东西走。待小吴一走，两口子就开始吃杨总带来的东西。越吃越感到城里的东西好吃。尤其是童珍，老不明白："王顺，你说这个杨总怎么了，放着这么好的东西不吃，却来吃我们种的土货？"王顺也想不明白，就敷衍道："可能是好东西吃多了吧！"

这年，两口子感到了从未有过的辛苦。半山腰缺少水，只有一条山涧小溪往下流。但是，一到六月，水就干了。那种在山上的粮啊、菜啊就需要水。两口子就把水挑到自己的茅坑里，把粪啊尿啊的稀释，这样虽然增加了不止一倍的工作量，可是，粪水淋下地，那菜啊、粮啊的就疯长。为保证时时都有新鲜菜，那块用来育苗的地就从来没有闲过。这是块好地，耕作要特别精细，就得不停地往地里挑各种畜粪便，那土就变得松松的了，种子洒下去几天，再浇一遍水，就长出苗子来，绿油油的惹人喜爱。童珍对那群鸡也饲养得很上心，经常在地里翻出虫子，用空罐头瓶子装回去，倒在地上，看着一大群鸡在互相抢来抢去的，也很开心。

再不为儿子上学的钱发愁。两口子虽然累但是快乐着。时时都在想，怎么让杨总高兴，有时，深更半夜的，杨总还打电话来，口气也改了："咱家的小鸡长得怎么样？"王顺就回答："天天吃虫子，长得肉嘟嘟的。"又问："咱家的莴笋苗长出来没有？"王顺答："杨总啊，莴笋苗都有一指头高了，过两天我就移栽。"每当聊着这些的时候,杨总总是很兴奋,不停地问。见王顺回答得慢了点,杨总就急着问:"你睡了吗?"王顺就老实回答,白天干活太累了,想睡。边说边打了一个哈欠。杨总无不羡慕地说:"真想过你现在的生活。"杨总说这句话的时候,王顺已经有了鼾声。要是王顺知道自己睡觉杨总都羡慕,那真不知杨总这个人到底怎么了。八个亿啊,肯定要一个屋子才能装下这么多钱。

有时周末,杨总也来王顺家。有次还带着儿子来了,一到,就直奔菜地巡视,还进猪圈去查看。看王顺喂的什么,对地里下了什么。当看见两口子在菜地里一起捉虫子时,他也跟着一起捉,捉住就装进空罐头瓶里,收工拿回家喂鸡。不一会,杨总脚都蹲麻了,就拿着空瓶子接两口子捉下来的虫,菜虫在两口子粗糙的掌中蠕动,很是难受,如同在石板上磨擦一样,动弹不得,杨总时时望着这两双手出神。

杨总也越来越让人不能理解。他喊小吴还专门拉来了家具,床,就在王小山的屋里住了下来,有时一周来一次,有时一月来一次。来了就和王顺两口子一起早出晚归,这样一天累下来,那吃饭睡觉就特别香甜。清早,山雀唧唧喳喳一叫,家里的鸡就开始附和,吵着要出门找吃的,杨总就轻手轻脚地爬起来。把这一群鸡放出去,又倒头睡回笼觉。早饭也很简单,不是红苕稀饭就是红苕干饭,吃的是自制的咸菜和豆瓣酱。杨总问这些是怎么做出来的。童珍就红了脸,东拉西扯的说,先把干胡豆磨成瓣,然后再……童珍感觉自己都没有说明白,杨总却不住地点头:不错不错。

王顺有时看见早饭过于简单,就拿出小吴以前带来的糕点,请杨总吃。没有想到,杨总看都不看一眼,只顾自己埋头吃稀饭。晚饭相对要隆重一些,有时是干豆豉蒸腊肉,有时是小鸡炖竹笋。每一样端上桌,杨总都吃得热汗直冒,像在抢。

九月底,杨总来了一次。这次来,交代了一样任务,就是叫王顺两口子在国庆这天办一桌。王顺马上拿上纸笔记录。杨总看着他问:"你干什么?"王顺说,我要记下要买的东西。杨总说啥都不买,就吃地里的东西。就像我第一次来你家那样弄一桌。王顺满面愁容:"杨总,你那样请客是不是太简单了?"杨总在王顺肩膀上拍拍:"顺啊,有很多事是越简单越好啊!"王顺似懂非懂地点点头。

国庆前一晚,两口子忙坏了。儿子打电话说,因庆要做家教,就不回家了。

当时，王顺底气很足地说："回来吧，儿子，咱们不差钱！"儿子很懂事地回答："你们不要太辛苦，我尽量少用一些，你们在家要吃好，保重身体。"王顺就在心里叹了一下，怎么才算吃好呢？难道我天天吃杨总送来的东西还不算吃好？明天杨总就要和客人来了，准备一定不能马虎，晚上，杀了一只土鸡。老婆就开始用柴火慢慢的清炖，等水缩少到一半的时候，就把火停了，把鸡和汤闷在了锅里。又准备了各种素菜，有的安排炒腊肉，有的安排烧汤，有的安排凉拌。其实，凉拌也没有什么佐料，就是豆瓣酱搅一下就好了。

第二天上午，不到十一点，杨总就带着五个人来了。一来，杨总就指着王顺介绍："这是我表弟！"王顺就顺从地点点头。杨总又介绍：这是刘总、这是汤总、这是朱总等等。童珍就迷糊，怎么城里人起一样的名字。被叫着总的人，在杨总的带领下到地里去了。两口子全心全意地准备着午饭。

等大家转了一圈回来的时候，菜也上了桌。都先舀一碗鸡汤喝。边喝边啧嘴，跟杨总第一次一样。又吃菜，都不住地点头。有的总就说："杨总，你太不够意思了。"

杨总就笑："失礼，所以今天请大家来了。"

"放着这么好的生活不要我们分享，你太不把我们当兄弟了。"

这样闹了一阵，有的总就开始倡议："我们也要加入！"

这是杨总没有想到的事。这话不好回答，他就救助地望着王顺。王顺并不明白他们在说什么。杨总就凑过来说："如果让你种五家人的粮菜，有困难吗？"

王顺想了想，应该没有困难！

大家都说好！

大家一起问还需要解决哪些种田种地养殖困难。王顺就说了要修一个水池，要再建两个猪圈，要再买一些小鸡。

都笑了，这不算困难。

于是，大家商量，每家给王顺一年工钱三万。童珍在一旁激动得发抖，王顺也在考虑怎么完成这些任务。他说还准备种点油菜，自己榨油。马上大家都拥护，说我们买机器来，你不要管，只管种好就行了。

这一年，两口子真正开始忙碌了。老实说，他们是无比喜悦的，想想，一年就挣近二十万，这样的好事还不珍惜吗？哪怕自己再苦再累也值得啊，村里出去打工的，哪个一年能挣这么多，一年能拿回一万就不错了。人应该知足啊！

炎热的夏季，两口子一前一后挑着粪桶上山浇地，汗不住地往下淌。童珍走在前喊顺。王顺明白，童珍想歇一歇了，就说，放下歇一会吧。两口子就坐在半山腰，一起观看这满地的庄稼和蔬菜。

王顺突然就有了感慨："再过几年，我们就过好日子。"

童珍说："啥日子是好日子！"

王顺就展望未来："儿子毕业后，我们也挣够五十万了，到时候去儿子工作的城市买房，做城里人，过杨总他们那样的生活！"

童珍眼望大山，开始着对城市的想象。突然问："我们吃什么呢？"

王顺就哈哈地笑了："你没听儿子说吗？城里的超市啥吃的都有。我们买了房，再做点小生意，像刘拐子那样卖点烟酒，不就可以了吗？"

老婆终于明白了，带着对未来的憧憬，甜蜜地对王顺吼道："想得美，你就做你的白日梦吧！"

远去的乡村

摸　鱼

中午放学的路上,胖子说:"猴子,下午要摸鱼,我们下午放学要早点回去!"

我和罗汉就都惊奇地问:"真的吗?"

其实,我们是相信胖子的话的,他爸爸王麻子是生产队长,我们全生产队的事,都是他爸爸王麻子在指挥和带领社员们实施。所以,生产队的事情,甚至小道消息,胖子说出来的都是真话,并且也都实现了。

之所以我们这样问了一句"真的吗",是因为我们感到幸福来得太突然,脑壳有种被什么冲了一下的感觉,晕晕的。

胖子盯了我,又盯罗汉,他一脸的疑惑。他也不明白,他的话以前在我们心目中,就像他爸爸王麻子的话在社员心目中一样,是圣旨,怎么还有人提出疑问来了?胖子把一挂鼻涕用右手大拇指和食指捡着,那鼻涕就在空中荡来荡去的。胖子顺手把鼻涕糊在路边的一株狗尾巴草上。狗尾巴草摇了几摇,对胖子的鼻涕不堪重负的样子,胖子用脚踢了一下,那鼻涕就又糊在了胖子的裤腿上。

胖子往前面走,不理我们了。

我和罗汉对望一眼,赶快跟了上去。

我说:"胖子,下午好久摸鱼?"

胖子仍然不理我。我就赶忙献殷勤,用手去接胖子的书包,说是书包,也就是用胖子的爸爸王麻子的一件衣服改成的。胖子的妈妈手工活不利索，一针长一针短的，看着就像她的长相一样，怎么形容呢？就是我们才学会的一个词语——粗犷！胖子见我主动认错，就犟了一下，我坚持着，胖子就松开了手。罗汉马上扯了一把青草，帮胖子把糊在裤腿上的鼻涕擦了，边揩边表扬："胖子这条裤儿漂亮，穿起提劲！"

胖子这条裤儿是军装，以前穿在他爸爸王麻子身上。王麻了穿着这条军裤在生产队里风光得很，不论是下地指挥生产，还是在大队、公社开会都一直穿着。军裤也不是王麻子的，王麻子没有当过兵，王麻子祖祖辈辈都没有一个是军人。年轻的时候，王麻子要求去当兵，政审也合格，文化是初中，也合格，大队也推荐了。可是接兵干部却不接他走。接兵干部告诉大队长不接走的理由是：看着怪吓人！大队长就解释说王麻了其实麻子不多，是小时候栽生产队的稻谷壳火堆里把脸烧扯了。王麻子的军人梦破灭了，可是他的心不死，他在心里说，我是当不成真军人了，有一套军装穿也可以。后来退伍回到生产队的曹刚就送了王麻子一条旧军裤，王麻子当成宝贝不离身。再结实的裤儿也经不住一直穿。所以先是膝盖破了，补了又补。后来屁股又烂了，补了又补。实在不能再穿了，就把裤儿剪短，于是就穿在了王麻子的儿子胖子身上。

我和罗汉卖劲地奉承着胖子，胖子终于找回了未来生产队长的感觉。胖子说过，以后接王麻子的班，还领着我们这些社员下地干活。恢复了尊严的胖子说："下午放学我们早点回去摸鱼。"

我们说："好！"

我回到家就高声告诉正在煮红苕稀饭的妈妈："胖子说，下午要摸鱼了！"

我妈正蹲在灶屋边把一截木头根往灶膛里送，灶膛里燃得噼噼啪啪的响。摸鱼，这在我们响水公社是吉兆，不是有喜事就是有贵客要上门来，我妈直起腰，把砍成鸡蛋大小的红苕倒进滚开的锅里，锅里大浪翻滚，数得清的几粒米在锅里煮了很久，水还是清清的。我妈说："猴子，你听谁说的？"

我说："胖子说的，还喊我们下午放学早点回来摸鱼。"

我妈就笑了："怪不得火跳得欢哩，原来是要摸鱼了！"

我也跟着笑了。

我爸收工回来，也告诉我们下午要摸鱼。因为，我们早知道这个消息，就没有露出应有的激动，我爸就疑惑地问："猴子，今天又站黑板了吗？"

我说没有。站黑板是我们大队小学的土规定，谁答不上来题，或者没有听老师的话，就拉上去站在黑板边示众。

我爸又提高了声音："王队长说的，下午早点出工，把西山那道坡土种完玉米就回来摸鱼！"

我妈说哦！

我也说哦！

我爸又问："饭好没有？"

我妈就骂："你是饿死鬼投的胎啊！"我爸不生气，而是端出王麻子的指示："下午要早点出工，好早点回来摸鱼，如果耽误了挣工分，就真得饿死人了。"我爸边这样说，就边端起一个空碗，去抓咸菜。在我睡觉的床边，摆了七个大大小小的咸菜罐子。我妈很能干，把萝卜叶子晒干，做成咸菜，装成一罐；把青菜头做成咸菜，又装成一罐；把萝卜脑壳放进罐里，泡上一罐；总之，我妈把一切蔬菜都可以做成咸菜或者泡菜，这样，我们的家一年四季都吃着咸菜或者泡菜度过一年又一年。我一直睡在咸菜或者泡菜边，所以，走出去不是有股咸菜的香味就是有股泡菜的酸味。

我爸这次抓了最好的咸菜——大头菜。

大头菜是咸菜中的上品。我们家的自留地一共才六分。家里一年的菜蔬都靠这六分地。大头菜产量低，我们队里每家都只在自留地里种十来株大头菜，为的是过年待客用。大头菜做起来很复杂，先洗干净，再晾干水分，然后再晒干，切成条，放上盐和辣椒面，再在坛子里放上几天，那味道就脆得一想就流口水。

我爸端出大头菜，嘴里还哼着不成调的歌。我妈这回真生气了："孙小军，你不过年了？"

我爸就笑了："吃好点，下午才有力气干活和摸鱼。等摸鱼回来，好给猴子补身体！"

说到我的身体，我妈就不说话了，我身体一直虚弱，长年累月营养不良，身材特别瘦小，还偏偏长了个大脑壳。跟猴子差不多。只靠每年年终吃几顿肉。再有，要营养只能依靠这一年一次的摸鱼了。

我们生产队不大,只二百来人。田、土很集中。顺着两山中间的缓坡全是田土。虽然在两山之间,都不缺水,旱涝保收。王麻子真是一个好领导,在领导集体生产上很有一套。他带领社员把梯田里都放上小鱼苗,从上往下放。梯田常年没有断水,因此一年四季都有鱼。水往下流,在山脚的最大一块田里就成了天然的养鱼塘,水深一米多。春天一到,鱼就开始活跃起来,每到栽秧季节,就把水放出去,放到只有七寸左右深的水,就可以插秧了。

我们把这块田叫冬水田。

插秧之前,生产队集体摸鱼。其他如粮食、稻草什么的,全部是按工分分配,而只有摸鱼,是不共产的。谁摸着就是谁的。因此,摸鱼的时候就是全生产队最大、最热闹的节日。

下午一放学,我和胖子,罗汉就往家跑。胖子跑在前面,不住地吼我:"猴子,快点!"

我就跑得喘气。

胖子说:"跑这么慢,还摸卵啊!"

罗汉也添油加醋地说:"像猴子这么跑,大鱼早被人家摸完了!"

胖子和罗汉往前跑,把我丢下一截。我自知跑不过他们,就冲着他们的背影喊:"你们先去吧!"

远远的我就看见冬水田围满了人。

谢天谢地,摸鱼还没有开始。

生产队长王麻子在大声地讲着注意事项:"大家不要打架,也不能乱抢!"

没有人听他王麻子的。大家都在做着下田摸鱼的准备。胖子和罗汉都把长裤脱了下来。胖子穿的是那条军裤儿。胖子曾经教过我,他说,我们的手太小,把鱼按不住。我们用长裤子捉。怎么捉呢?胖子说:"把裤脚扎紧,两手牵着裤裆在水里去笼!"

胖子的确聪明,人多,把鱼都吓慌了,吓得到处乱窜,你牵着个像网一样的裤裆等,总有慌不择路的鱼往里钻。

王麻子还在讲。

这时,胖子已经开始用裤带扎裤脚了。裤带是一根黑布条。胖子没扯断,就喊:"罗汉罗汉,来帮忙!"

罗汉就顺手在地上捡了一把镰刀,齐心协力地把布条割断。

我爸和我妈正在把我家的一个烂背篼弄得更烂。我妈拿着一把弯刀,在我爸的指挥下紧张地作业。我正坐在田边喘气。我妈就喊:"猴子,快来帮忙!"我连忙跑过去,我爸叫我和我妈按住背篼,他抢过我妈的弯刀就吼:"你那动作,嗨!"

我和妈把背篼反扣在地上,我爸用弯刀对着背篼底就砍,"咔、咔"几下就砍出一个洞,他把手往洞里伸了伸,在背篼里摸了摸,抽出手来,不料却被划了一下,把手臂都划出血痕。我爸说:"洞小了!"于是再砍。

人群惊呼:"那条乌棒大!"

果然,我们望向田里,水越来越浅,只有两拳头深了,一些大的鱼就开始疯狂乱窜,特别是乌棒,冲一路就吓得周围的大小鱼魂不附体地乱钻。

我们看见的乌棒足有三斤重。

王麻子看了看大家,把手一挥:"摸鱼!"

人群呼啦啦的往田里扑。

我爸提上没有底的背篼直接向乌棒奔去。

几个大汉都直接扑向乌棒。

乌棒停在一簇水草边。企图以不动来隐藏自己。几个大汉向乌棒围过去。

我爸把背篼举在空中。王麻子一见我爸这阵势,只要把乌棒盖在背篼里,肯定乌棒就是我家的了。

几个大汉都急了,"扑通"扑向乌棒。我爸下意识地往前扑,同时把背篼盖下去。盖住的是几双手,哪还有乌棒的影子?

乌棒射走了,在水里射出一道水线,人们如泥猴般追着乌棒扑来扑去,扑得泥水四溅,扑得每个人都如热天滚澡的水牛,全身上下全是泥水。

女人们要实在得多,他们知道,乌棒不好捉,就在周围摸那些小鲫鱼。"鱼小不悬毛,吃了又来捞。"先摸点东西,心里踏实。

乌棒射向哪里,哪里就引来一阵骚动。人群大呼小叫的。岸上的老人就喊:"志云,那边有条大的!"志云还没赶到,早被近处的人把老人说的大鱼捉住了。

捉住了鱼的人就喊着自己的老人和孩子:"快点按住,放在盆里,莫要干死了!"

我和胖子,罗汉在田边摸来摸去,我们的手太小,很难摸到大鱼,有几次我感觉大鱼在我手边晃了一下。甚至有一次,我两手都按住了鱼的尾巴,估计至少在半斤左右的一条大鲫鱼。我狠命地往泥里按,没想到大鱼发怒了,一阵乱蹦,蹦得我满脸泥水,还呛了我眼睛。

见我受这罪,我爸就明白了。他不再追乌棒了,向我靠拢,凭着浑水上的一朵浪花,我爸准确地用背篼盖住了这条巴掌大的鲫鱼。

我爸双手捉住这条大鲫鱼往田埂上爬,我妈笑眯眯地问:"捉住了?"

我爸双手举在空中,爬得很吃力,就吼:"傻站着干什么?"我妈就先爬上田埂,把我爸拉了上去,两口子把鱼放进木桶里。

鱼被捉得差不多了。男人们就开始站着抽烟,看自己的老婆孩子在田里摸鱼。

那条乌棒出人意料的被胖子捉住了。乌棒会钻泥,被大汉们追来追去的乌棒突然消失了,都放弃了。每年都有乌棒漏网,钻进泥里不出来,很难被摸住。

胖子把做成网的裤子丢在水里,爬上田埂去数他家的劳动成果。很多人都爬上了岸,先数自己家摸了多少条鱼,大概有几斤,再去看别人家摸了多少,互相比来比去的。

王麻子说:"大家收好东西,各人回去煮鱼吃!"

大家就开始收拾东西。胖子就跳下田去提他的裤儿。他刚把裤腰提起来,一只裤脚就在剧烈地扭来扭去的,胖子也吓了一跳,大喊:"爸爸、爸爸!"

这一喊,都看胖子,还是王麻子王队长处乱不惊,跳下田一把拉住军裤,把军裤往岸上一甩。一只足有三斤多重的乌棒在岸上挣扎,在众人的羡慕中,王麻子兴奋地宣布:"回家煮鱼吃!"

坐 歌 堂

我们向往着杨三妹出嫁的日子。

用罗汉的话说就是哪怕第二天上课打瞌睡,被老师弄上去站黑板也值得。

杨三妹已经二十岁了，去年都说要嫁，我们都开始欢欣鼓舞了，说好了的时间却没有嫁。那个时候，我们很失望。我望着罗汉，罗汉望着胖子，我们互相望着，想从对方脸上望出答案。

历史的重任再一次落在胖子身上。他说，我回去问问我爸爸就知道了。胖子后来反馈的消息是杨书记不同意。杨书记就是杨三妹的爸爸，叫杨红记，是我们大队的支部书记。人家杨书记说了，我家的三妹是那么随便嫁的吗？喊他送二十斤水果糖都不送，嗯！胖子学着杨书记的声音，对我们说："我家的三妹是那么随便嫁的吗？"我和罗汉就笑得满地打滚："不嫁，不嫁，我们家三妹就是不嫁！"

杨书记的喊他送二十斤水果糖的他就是他的亲家。杨书记的亲家也是我们同一个大队的，住在三队。我们响水大队的人，都是杨书记领导的人民公社社员。杨书记属于高级干部了。要在大队找一个门当户对的亲家却不容易。大队长也是生了三个女儿，这样强强联合就不可能了。杨书记的大女儿、二女儿都嫁了。对杨三妹本来想找一个倒插门，又担心自己的三间瓦房被别人占有，两口子商量来商量去，还是决定把杨三妹嫁出去。媒人在杨书记家东进西出，大队的男青年都跃跃欲试。结果杨书记慧眼识珠，就选了三队的牛革命。牛革命刚退伍回家，他爸爸是一个木匠，哪家箍个桶、修个床什么的都找他。因此，他也算全大队的名人，和杨书记成亲家，虽不算门当户对，也算凑合了。可是，我们弄不明白，为什么木匠家就舍不得二十斤水果糖呢？

水果糖是稀罕之物。是婚嫁少不了的东西。杨书记说了，要把坐歌堂搞得隆重，要让每一个来坐歌堂的人都有水果糖吃。这对我们这些小孩真是天大的喜讯。要知道，在那个年代，只有到过年，我们的爸爸妈妈才舍得给我们买一两颗水果糖。

水果糖真是好吃。记得有年春节，我妈妈赶场回来，老远就对我喊："猴子、猴子，看我给你买什么了？"妈妈还没等我回答，就把握着的拳头松开，掌心躺着一颗水果糖！

我一把抓住水果糖就往外跑。我和胖子、罗汉一起跑到生产队的空仓库里，我才拿出水果糖。胖子和罗汉盯着我的一举一动。我把糖纸慢慢撕开，用舌

头舔了一下,就递给胖子,胖子拿着糖纸看来看去的爱不释手,用舌头也舔了一下,又递给罗汉,罗汉用舌头把糖纸整个舔了一遍,才很不情愿地还给我,我把糖纸小心地放回口袋收好。这样透明的糖纸我已经有四张,胖子有七张,罗汉有三张,这是我们平时在学校炫耀的资本。

我们每人咬了一小口就把水果糖瓜分了,我们咂着嘴:"妈的,真好吃!"我们就分析着二十斤水果糖该有多少,放在桌上应该有多大一堆。我们憧憬着,一定要去坐杨三妹的歌堂,争取每人能够拿回两颗水果糖。

杨三妹出嫁的日子选在了五一,这真是一个好季节,天气暖暖的,到处是一派生机勃勃。我和胖子、罗汉商量,吃了晚饭我们就去杨三妹家,坐一个好位置,这样免得我们个子小,让人家发糖的时候看不见我们发漏了。

我们来到杨三妹家的时候,杨书记正在指挥大家搭歌堂。在他家的堂屋里放了一张大桌子,桌子上摆放有镜子。杨书记说:"把两张桌子拼在一起!"这真是一个大歌堂,气派。

我们对搭歌堂不感兴趣,就站在一边看嫁妆。搭好的歌堂桌子上东西在不断地增加四床新棉被、两个水瓶、四个口缸,水瓶和口缸上都印有"为人民服务"。杨书记又亲自拿来一个收音机放在桌子正中,我们都惊住了,收音机是稀罕物,装上电池,里面又说又唱的很热闹,以前,天热大家守场的时候,杨书记就拿出来大家听,只能听,不能摸。人家杨书记说了:"这东西金贵,容易摸坏!"收音机断断续续,叽呀叽的哼,杨书记就用手轻轻拍收音机:"乖,乖,好好唱!"收音机又唱了。

可是这个收音机却不是杨书记平时夹在腋下的那个。那个收音机已经很老了,漆都掉完了,而这个却是新的。

杨书记叮嘱我们:"不要乱摸,这是'红灯'牌的新收音机!"胖子说:"杨书记,我们想听!"杨书记很大度地笑笑,挥了挥手:"今天是坐歌堂,听什么收音机!"

人,陆陆续续地来了。我们三人立即就坐了下来,坐在下方。上方正中坐了杨三妹。杨三妹真是漂亮,穿了一件大红衣服,头发前面的刘海用火钳烫得卷卷的,非常光彩照人。我妈就经常说:"我们家的猴子,以后讨个杨三妹那么漂亮的婆娘,就烧高香了!"我问胖子和罗汉:"你们准备讨杨三妹那么漂亮的婆娘吗？"他们也愣愣的,对于讨婆娘,我们显然没有思想准备,也不知道什么叫漂亮。

蜡烛点起来了,照得满屋通红。来坐歌堂的越来越多。都惊呼:"咦,杨书记,舍得啊!"大家在看了杨书记给杨三妹的嫁妆后,真是由衷地感叹,人家杨书记就是不一样,当领导的,就是舍得。杨书记就笑:"没办法,嫁女嘛!"

坐歌堂的主唱仍然是唐蓉。唐蓉是唐裁缝的女儿,在全大队坐歌堂当主唱已经有好些年头了。都说,坐歌堂少了新娘可以,少了唐蓉还真不行,不热闹。

杨书记说:"可以开始了!"

唐蓉就开始以新娘的口气唱——

我娘堂屋四四方

黑漆桌儿搭一张

搭起板凳哪个坐

亲朋好友坐歌堂……

我们知道,坐歌堂开始了,马上就要发吃的了。

唐蓉就开始卖力地唱。唱的歌词是先感谢父母养育之恩。

这时杨书记的老婆就端着一个米筛出来了。我把胖子的小腿抓了一把。胖子和罗汉正在小心地摸新铺盖,胖子说:"很耙!"我最先看见杨书记的老婆,所以马上提醒胖子,不要把头低下去,太矮了,怕杨书记老婆看不见。果然,胖子和罗汉都坐直了身体。

杨书记的老婆就挨过的发东西,发的是炒胡豆,到处都伸着手要。杨书记说:"不要急,每人都有,多!"

一时间,满屋都是嚼胡豆的声音。

唐蓉唱的什么,我们没心思听了。

我们到处看看,人太多,可能二十斤水果糖都不够发。我们三人商量,不要乱走动。

一会儿,杨书记又出来发烟了。每人两支,是"合作"。我把烟收好,决定拿

·远去的乡村·

回家给爸爸吃。

我说:"看这么多人,可能要到最后才发糖!"

我们以前去坐过几次歌堂。主人家的水果糖不够,就老拖着不发,等熬不住的人走得差不多了,再最后发水果糖。有二次,我和罗汉都没等到水果糖。

没想到,歌堂才进行一半。就开始发水果糖了。我们每人得到了四颗。胖子接了水果糖就往外跑。罗汉就对我说:"胖子尿胀了!"

收了水果糖,我们就不想再坐歌堂了。胖子回来后,对我们眨眨眼,一脸坏笑,我们商量:走!

我们三人往外挤。

我爸也站在门口外面,人太多,他没有挤进来。我把烟给他。我爸就摸了一下我的脑壳:"猴子,等会一起回去!"我说:"我自己回来。"

我们来到杨书记的坝子里。找了一堆干谷草坐了下来。正准备说点什么的时候,胖子突然说:"又在发东西了!"

果然,杨书记的老婆端着一个米筛又在到处发东西。罗汉捅了我一下:"快跑!"

我们跑向杨书记老婆。杨书记老婆笑眯眯的给我们每人抓了一把爆玉米花。我吃了一颗,很甜,估计糖精放得多。

我们又回到谷草堆边。摸着自己鼓鼓的几个口袋,心里很是快乐。胖子想表达自己的心情,就抒着情:"杨书记啊杨书记!"

我们老师说过,要抒发感情,就多用"啊"!

于是罗汉也跟上:"五一节啊五一节!"

我不知道该怎样"啊",胖子和罗汉说:"猴子,该你了!"

我也学着胖子说道:"杨三妹啊杨三妹!"

我们就笑成一团:"水果糖啊水果糖!"

胖子说:"你听!"

我们就安静地听。

唐蓉在唱——

天上打雷响叮当

他们看我不顺眼

TAMEN KANWO BUSHUNYAN

100

地上姊妹撒歌堂

你撒歌堂我不忙

蜡儿熄了有月光……

我们同时说："快完了！"

家家酒

在我们川东，家家酒的"家"不是读家庭的"家"这个音，而是读 ga。家家酒，多是指小娃儿在一起学着大人一样弄一桌吃的出来，类似于打平伙，在那个物质不丰富的年代，哪家要办酒席都不容易，何况要让什么都没有的小娃儿弄吃的，就知道有多么艰难了。

办家家酒，我们蓄谋已久。放学一谈到这件事，总是充满了激情。

胖子总给我和罗汉打气："罗汉、猴子，我们好久办个家家酒？"

罗汉看看我，又用脚踢地上的石子，说："猴子说好久办我们就办。"

胖子就看我。罗汉还是专心地踢着石子，踢得"呼哧呼哧"的，像是长期感冒没有好一样。

我不敢看胖子的眼睛。他的眼睛跟他爸爸王队长一样，有一种天生的威严。

我比罗汉更加气短，我就东张西望的说："找时间吧！"

胖子终于发火了："扯鸡巴蛋，问你们搓卵啊！等于白问了！"

胖子最后拍板了："一放暑假就办家家酒。"

我和罗汉马上附和："好！"

其实，我和罗汉对办家家酒没有一点信心。一句话，太复杂！

我们三人议论了很多次，越议论我和罗汉就越是六神无主。先说要准备的东西：火柴、锅、盐、油。这些东西都是稀罕物。有一次，我做了一杆枪，就是把一小截铁管做成的枪管，需要火药才能打响，我就在家偷了三根火柴在我家房后山上试验，枪响了，"砰"的一声。不一会儿我爸就跑来了，上来就给我一巴掌，随即把枪抢走了。我爸恶狠狠地说了一句："赶快跟老子回家！"

看我爸满脸的煞气，胖子说："遭了！"

罗汉可怜巴巴地望着我，满含同情地说："多好的枪啊！"

胖子说："不是枪遭了，是猴子遭了！"

我脑壳嗡嗡地响，心想，我爸的手劲真大，劳动人民的力量真是了得！

胖子就给我支招："猴子，不要回去，我们跑！"

罗汉打了一个寒战说："跑不得，跑不得！"有一次罗汉就是把屎拉在田二婶的大南瓜里遭了。罗汉把人家长在藤上的南瓜挖个洞，拉了一泡屎进去，被田二嫂发现了，就告了状。罗汉的爸就打他，他就跑。这下真把罗汉的爸惹毛了，整死你个崽儿，光天化日之下造反，再不镇压就晚了。罗汉的爸拔腿就追，罗汉亡命地跑，后来还是被他爸抓住了。抓住了就下死手打罗汉，他爸在追的过程中一往无前，脚都碰出了血，就新账老账一起算，还不从重从快吗？那次差点把罗汉打死了，后来，还是田二婶哭着求情，罗汉的爸才停手。

我决定不跑，乖乖的回去自首。

胖子和罗汉跟着我。我怕他们把我挨打的事情说到学校去，就劝他们回去。

一到家，我就抱住我妈。我说妈："我拿火药枪把麻雀吓飞了！"

我爸鼻子哼了一声。慢慢向我移动过来。

我马上转到我妈身后，注视着我爸的动向。

我妈说："猴子，家里的火柴我们数了根数的，以后不要再拿去打麻雀了！"

我说："妈，我错了，以后不拿了！"

我爸还没使上劲，好像对手就软了，不知该往哪里下手了，就说："猴子，快去给牛喂草！"

我高兴地说："要得！"

我连火柴都拿不出来一根，怎么能拿出东西来办家家酒？要知道，这是在外面点火，很容易引起火灾什么的，每个大人看见了都要告状，自己父母晓得了，还不就地正法？

可是，办家家酒的决心，胖子从来没有动摇过，用他的话说，有困难才有挑战性。胖子说："困难越大，挑战性越大，如果我们挑战成功，收获就越大！"我和罗汉虔诚地看着我们未来的生产队长，真不明白，他怎么就懂"困难"啊，"挑战"啊这些词,而且用得这么好!

胖子把手一挥:"到时听我安排!"

罗汉说:"胖子,我等着挑战!"

都看我,我也连忙表态:"胖子、罗汉,我等着和你们一起挑战!"

胖子高兴了,把手一伸:"来,大家握个手,祝我们挑战成功!"

一放暑假,我就既高兴又惶恐。因为胖子把挑战时间定在了暑假。罗汉也悄悄地告诉过我,说可能胖子要发起挑战了!

那天,午饭后,大约三点多钟,太阳很毒。大人们都围在阶沿上打百分。胖子向我眨了眼,又向罗汉眨了眼,我们都懂了,挑战的好时机来到了!

我们都回家背上背篼,装着出去割牛草。罗汉的爸看见了,说:"这几个崽儿还勤快哟,这么早就出去了!"

我爸也把扑克捏拢,回头说:"猴子,这么大太阳出去干啥?"

王队长王麻子却开心地笑了:"让这几个崽儿在大风大浪里锻炼锻炼也好,快,该你出牌了!"

我们三人就溜了出来。我很疑惑,看见胖子的背篼里还有不少干谷草。我说:"胖子,你把谷草背出来干啥?"

胖子瞪了我一眼:"不要乱屎说!"

似乎罗汉知道其中的秘密,也瞪了我一眼:"不要张起嘴巴乱说!"

来到山上,我们选了一块平地,胖子就站下了,我们坐在地上。胖子开始打开背篼,把干谷草拿开,出现了一只大搪瓷碗,碗里有一包盐。

胖子又在身上抠,抠出了一盒火柴。

我和罗汉什么都拿不出来,看着胖子准备得这么齐,都说:"胖子,还是你能干!"胖子"嘿嘿"地笑了一声,笑出一个"小意思"的意思,我们就更加佩服胖子了。

让我们更加佩服的是胖子的组织力。他说:"罗汉,你去摸田螺,最好抓几根黄鳝鱼鳅回来,田螺只要大的,不要小的!"稻田里到处是田螺,但是黄鳝鱼鳅不好摸。

罗汉站了起来,没有动,他是在等胖子安排我和他一起去摸。

胖子说:"你自己去吧,摸个蚌壳来做油,猴子要和我挖灶!"

罗汉就有气无力地走了。

我就和胖子开始挖灶,比着搪瓷碗挖。

搪瓷碗是王麻子王队长修大寨田的时候,得的奖品,虽然很长时间了,可是看上去还很新,说明王麻子平时根本没有舍得用。我心里替胖子抹了一把汗,心想,如果王麻子晓得了把他的荣誉拿来当锅烧,胖子肯定要遭!

灶挖好了,我们就开始办家家酒。

我就来烧火,随便把一些枯树枝丢进灶里,火就开始熊熊燃烧。

胖子就开始主厨:他把蚌肉丢碗里,碗就"吱吱"地叫,碗底越来越黑,蚌肉开始冒青烟了,胖子连忙喊:"把火弄熄,快,快点!"

我手忙脚乱的把火弄熄,碗里根本没有油,蚌肉还在冒烟。我们再看碗,"农业学大寨"几个字已经被熏黑了。

胖子说:"遭了!"

我们都说:"遭了!"

胖子就发火:"罗汉,你摸的啥鸡巴蚌壳肉?肥肥的,怎么就没有油呢?"

胖子说:"这样不行,走,我们去搞油!"

胖子说:"我们去田二婶家,她在看打牌,家里没人。"罗汉就哆嗦了一下。

我们就悄悄地潜回村里,田二婶家里确实没人。胖子用手推了推门,门上明明挂着锁。这样推的目的,是看门下面与门槛的缝有多大,看能不能钻进去一个人。

门被推得"嘎吱嘎吱"地叫,门缝也越来越大。

胖子示意我钻一下。我用脑壳试了试:"说,不行,太窄了,钻不进去!"胖子指挥罗汉一齐动手推门。我就慢慢地往门缝里挤。夹得我肩膀生痛,我说:"痛!"

胖子说:"罗汉,用力,不要松手!"

我终于挤了进去。

田二婶的家里真没有什么东西。田二婶独身一人过日子,女儿嫁在了邻村,逢年过节时给她背点肉来,她每年自己还杀一头年猪,因此,我们选择去她家搞油也是正确的。我先去她灶房看了看,只看见盐罐,伸手进去摸,摸了一手盐。我又转向她睡觉的地方,在床头柜上看见一个瓦罐,我伸手一抓:猪油!

我抓上猪油就吼:"搞到了,搞到了!"

胖子和罗汉在外面使劲推门。我又开始慢慢往门外挤。

我们跑回山上,胖子直接打来水,罗汉开始生火,胖子让我把油手直接伸进碗里煮。

水慢慢地热了,我手上的油慢慢溶入水里。

胖子说:"螺肉没法炒,就这样水煮算了!"

我们把螺肉倒水里,又加上盐,碗就开始"咕嘟咕嘟"地叫了起来。

看见碗里的螺肉,我就感到自己很饿了。胖子好像比我更饿,他说:"我先尝一下盐味!"

胖子就用一双竹子削成的筷子夹了一砣螺肉。

我们都看着胖子。胖子把螺肉吹了吹,"噗噗",就放进嘴里,烫得他直吐气,还是强忍着在嘴里嚼了嚼,吞下去了。

我们的喉咙随着胖子在一下一下的蠕动,看着他被烫的表情,我们也跟着难受。

又煮了一会,胖子说:"可以吃了!"

我们就开始吃。

都说好吃,我们已经挑战成功!

我建议,过几天我们还办家家酒。

罗汉说要得。

只有胖子不说话,他在看着那个碗发呆,本来是白色的底、红色的"农业学大寨",现在全部漆黑了。

我们猜想:胖子可能要遭!

吃喜酒

响水大队四队的队长尤大田见人就说:"五一来吃喜酒哈!"

被邀请的人一脸高兴:"那当然要来,杨三妹嫁你家,你们真是门当户对!"

尤队长马上说:"人家杨书记是大队书记,比我大多了!"

都在猜测,可能尤队长给儿子办婚宴要拿出吃奶的劲。

他们看我不顺眼

TAMEN KANWO BUSHUNYAN

尤队长一家早已把这个事当成了政治生活中的头等大事。连续三场赶集，不是买粉条就是买豆瓣，光盐就买了二十斤。都问尤队长，看来你这次是安了心要大整一场了！

尤队长笑眯眯地回答："人家杨书记要来，可能公社领导也要来。马虎不得。"又说，到时你也一定要来的，来好好喝一杯，我在公社酒厂订了三十斤白酒！

这样的喜酒是肯定要去吃的。

我妈几次和我爸商量："我们送点什么去？"

我爸不急于回答送什么，而是说："等我问问别人送什么？"

我妈说："别人会给你说实话吗？"

我爸把脑袋一拍："对啊！"

如果别人送了两斤白糖，而你只送了一斤不是显得自己"狗"吗？如果别人送了腊肉，你却只背几斤瓜果，不是显得更"狗"吗？

这样一想，我爸就说："你去买两斤糖。再准备二十个鸡蛋。"

这样的礼，确实够重了。

我妈犹豫了，说："你又不是生产队长，送这么重干什么？"

我爸城府很深地责备："我不当队长，未必我们猴子就不当了？"

我妈就看我，我低了头，我知道，我搞不过胖子，胖子是王麻子法定的接班人。

婚宴确实隆重。

爸和妈带着我来吃酒的时候，已经到了很多人了。胖子和罗汉已经先来了，他们捡了几个火炮在耍。胖子喊我："猴子，来耍火炮！"我爸盯了我一眼，我就不敢乱跑了。

我妈把礼品递过去。尤队长的老婆就接了交给王老师看。

王老师是我们大队的代课老师，写得一手好毛笔字。此时，他搭了一张桌子坐在那里帮着记账。

尤队长的老婆就念："白糖两斤，鸡蛋二十个！"

尤队长老婆就边打开我爸递过去用报纸包着的东西边嘀咕："这是什么？"

106

突然,尤队长老婆欣喜地宣布:"'的确凉'一匹!"

都伸长颈子来看,哪个还这么舍得的送了"的确凉"。我爸一脸笑意,我妈也笑了。

这匹"的确凉"本来是我妈给我准备的,准备了几年,才买了这么几尺"的确凉",我妈说:"等我猴子到公社读中学了好打件衣服穿!"我妈的理论是,中学生就相当于过去的秀才,秀才当然要穿点好的。

没想到,我爸这次决定把"的确凉"送来吃酒了。我妈不同意,我爸始终坚持了。现在看来,送来真是对了。

一匹"的确凉",赢得了众人的羡慕。

尤队长的家真是布置得漂亮。每道门都有王老师写的对联,红朗朗的醒目,大门贴的对联是——

幸福人家,芝麻开花节节高

和睦家庭,勤劳致富年年好

都说,王老师的对联写得好,写得太有水平了。不是从哪里抄来的,是人家王老师用脑壳想出来的。

在尤队长的院坝里,摆开了十张酒桌。桌子板凳都是邻居拿来的,凡是有像样饭桌的人家,都扛了来。桌上的碗筷瓢羹已经摆好,木桶装的白酒已经放在了院坝里。

灶房里,全大队最有名的厨子蔡少权正带着两个下手在炸酥肉。还有几个妇女在帮着洗菜、择菜。

尤队长在挨着给客人发纸烟,是"合作",男人们就坐那里抽烟,女人们就去灶房找事做。

我就和胖子他们耍火炮。一会儿,胖子把他爸正吃着的烟拿来,吹了一下,就用烟头点火炮,"嘣嘣"的一声。一会又"嘣嘣"的一声,尤队长更加高兴:"胖子,里面还有火炮!"

正客还没到。正客就是女方那边的客人。趁这空当,尤队长就召集来吃酒的男人们开了一个短会。他说:"你们要分开坐,坐在正客里面去,和他们好好喝酒！"

这任务不好完成，因为尤队长要求："要把正客喝好，又不能喝毛了！"

男人们都说："就怕罗裁缝扯酒皮！"

罗裁缝是杨三妹的舅舅，见的世面多，也好扯酒皮，和他喝酒很不干脆。他还几说几不说的说敬酒的该喝。

都说："还是你尤队长亲自上吧！"

尤队长就有点不高兴了。说："我要把握大局，怎么可能扭到罗裁缝身上？"

都想，是啊，这么大的摊子，哪一样都要安排，怎么能安下心来和一个人扯酒皮呢？都说，理解理解。那我们就和罗裁缝喝一盘！

尤队长老婆吼："来了！来了！"

都往对面田里看。田野里有一条直通尤队长家的石板路。果然看见二三十人的送亲队伍，前面几个青壮力担着新铺盖、抬着大大的立柜等嫁妆，后面跟着一大帮男女老幼。

尤队长连忙站起来招呼："果然是罗裁缝！"

按规矩，女方的父母是不能到男方来吃喜酒的，因此，正客的代表多选女方那边能说会道的作为正客带队，杨三妹果然选了罗裁缝带队，看来要给男方一个下马威了。

大家连忙把正客一一迎上桌。

一看正客落桌了，胖子招呼我和罗汉："快爬！"

胖子快爬的意思是赶快爬上桌子，因为看这阵势，一轮肯定坐不下，要开第二轮。

胖子没说完，已爬上了桌。此时，还有一些女正客站着等待要安排位置。尤队长老婆冲上前去，把胖子提了起来，往地下一摔："胖子，你跟着挤啥？"

胖子就灰溜溜的下来了。

我妈拉着我，找了一个最边的位置坐下。

吃得真是好啊。有黄亮亮的膀、有大片大片的烧白，尤其是那膀，划成小方块，是蒸笼蒸出来的，味道真是好极了，放进嘴里，满口流油。我妈往我碗里夹了几块："猴子，多吃点！"

我打了几个饱嗝,把肚儿摸了摸。我妈也摸了我圆圆的肚皮,说:"猴子,去看看你爸爸不要喝多了!"

我爸正和罗裁缝喝酒。已经看得出来,罗裁缝喝得有点出彩了。我爸端着一杯酒说:"罗师傅,你打的衣服真是伸抖啊,穿在身上提劲,来,我敬你一杯!"

罗裁缝喝酒开始耿直了。一仰脖就喝了,酒就顺着嘴往外流,他摸了一把,又吐了一口口水,说:"打衣服也是技术活,要……量……裁衣!"

趁这工夫,又有几人敬了罗裁缝的酒。

罗裁缝眼睛开始发红,舀了一口汤喝下去,一根粉条老和他较劲,一节卡在喉管,一节掉在外面,罗裁缝用力往下吞,可是吞不下,就用手往外扯。粉条太长,在空中摇来晃去的,手老是够不着……

罗裁缝就站了起来,到处看了看,就摇摇晃晃地往外走。

尤队长紧张了,赶快跑来问:"怎么了?"

都说喝得高兴。

尤队长连忙跟上罗裁缝,陪他走向猪圈边的厕所,只听见罗裁缝趴在墙上,"哇啦哇啦"的吐得翻江倒海。

再回到桌上的时候,气氛就有点沉闷了。大家你看我,我看你,没有人敢贸然劝酒了。

尤队长向着灶房吼了一嗓子:"打碗汤来!"

灶房回答:"好、好!"

一会儿,一大钵汤就端上来。

汤被青青的菠菜染得绿油油的,菜面上放着几大砣酥肉。尤队长亲自给罗裁缝舀了一碗,有菠菜,有大砣酥肉,双手递给罗裁缝:"来,罗裁缝,喝点汤!"

罗裁缝还是反应不过来。罗裁缝老婆就脸色不好的走了过来,轻声责备:"喊你喝汤,还想喝马尿吗?"

罗裁缝的脸面彻底丢尽了,他可能也不明白,自己走南闯北,怎么今天就不明不白的喝到了这样的程度?

罗裁缝六神无主地看着自己的老婆,把心中的怒火压了又压,很久才伸起嘴巴接老婆喂来的汤。

尤队长老婆看见正客代表喝成这样,喝得生气了,就跑来献殷勤:"罗师傅,你要不要饭?"

尤队长老婆是怕罗裁缝只吃酒吃菜伤了胃,要有碗饭来填肚子,此时吃点米饭,对于刚刚吐得翻江倒海的罗裁缝来说,是再合适不过了。

罗裁缝盯着尤队长老婆问:"你……你说啥?"

尤队长老婆慌了,不知道自己错在哪里,说道:"我问罗师傅,要不要饭?"

罗裁缝听清楚了。他把筷子往桌上一拍:"要饭?我没有饭吃,是来你这里要饭的吗?"

显然,罗裁缝把"要饭"故意扯到叫花子身上去了。

尤队长狠狠瞪了老婆一眼:"你这个傻婆娘,不会说话就闭嘴!"

罗裁缝毛了。站了起来,把手一挥:"走,我们走!"

尤队长慌了,劝了这个又劝那个,连忙给罗裁缝赔小心:"罗师傅、罗师傅,我那婆娘没文化,不会说话,你是见过世面的,千万不要和她计较……"

失了面子的罗裁缝和正客们,终于在"要饭"问题上找回了正客的感觉。正客们都围在罗裁缝周围,等待罗裁缝指挥。

罗裁缝就很大度地对尤队长说:"老尤,你说,凭你良心说,我们是来要饭的吗?"

尤队长老婆连忙解释:"罗师傅,我……我不是……那意思!"

罗裁缝反问:"那你是啥意思!"

尤队长老婆解释不清楚。尤队长就真毛了:"妈的,还嫌丢人不够吗?滚一边去!"

尤队长老婆就捂着脸跑去灶房了。

于是大家就埋头吃饭,再没有了以前的喧闹。

看电影

下午还没放学,我们就没有心思上课了。我们得到情报,说晚上要在学校操场里放电影。这是一个很振奋人心的消息。比较而言,上课是多么的不值一提啊!

王老师拿着书本在叫我们读课文。他也读得有气无力的,不停地向外张望。我们看着老师的嘴唇，心不在焉地跟着哇哇啦啦的复读一遍。老师和我们的眼里都满含着渴求。

突然，操场里走来了几个人。我们突然就兴奋了。王老师大声宣布："同学们，我们再读一遍课文。"王老师这一声令下，像是解放军总指挥对某场战役发出的指挥号，同学们扯开嗓子读了起来，声音异常的洪亮、整齐。王老师就倚在门口，望着操场，一副很惬意的样子，脚在地上一抖一抖的，特别轻松。

我也往外看。我坐在后排靠窗的位置。当初安排我坐这个位置的时候，我爸爸到学校来了一趟，他对王老师说："王老师，柳大锤坐那里有点偏！"王老师盯着我爸。我爸就东张西望的说了，边说边看王老师的脸色，中间还递了一支"合作"烟给王老师。王老师听完后，并不合作。他问："那哪个去坐偏位置？"这就把我爸问住了。我爸就软了，说实话，他也不知道该安排哪个坐偏位置，都想坐中间好位置，哪有那么多。王老师又补充了一句："坏学生坐中间，要把别人带坏，影响同学学习！"说完就走了，不再理我爸。我爸就看我这排坐了哪些人，发现还有胖子和罗汉，我爸气就消了一半，人家胖子的爸王麻子还是生产队长，他都坐后排，你一个社员的娃儿，未必还要给你安个主席台吗？我爸把剩下的一半火气就发向我了："你个不争气的东西！"

我们确实不争气。胖子、罗汉、我，我们三个人就是怪，上课就犯迷糊，很多问题根本搞不懂。特别是默写课文，我们都怕老师喊人上去先默写几句，每当王老师问："哪个同学上来默写，谁举手！"我们后排的几个同学都把头低下去，互相也不做鬼脸，很是严肃着。有次抽到了罗汉默写，罗汉拖着两条腿磨磨蹭蹭的像上刑场。胖子高兴了，看到罗汉即将上场出洋相，就不停地幸灾乐祸的对我挤眉弄眼。没想到老师突然宣布："刘小平，你下去，让王兴洪先来！"

走到了一半的罗汉刘小平，突然像捞着一根救命稻草，快速地转身回到座位。都盯着胖子王兴洪。王胖子就左右看看，两眼茫然，他在找这飞来横祸是怎么打到自己头上来的。他肯定找不着方向了。老师催他："王兴洪，快点上来！"我们目送可怜兮兮的胖子走向刑场。暗自庆幸自己没有被点上。尤其是罗汉，劫后余生的恐惧还使他完全处于兴奋之中，他坐得更加直了，神情更加专注了。

胖子自然默写不出什么，就站了一节课的黑板，成为同学们观看的对象。我们注意到他，不停地抓耳挠腮，像是被围在笼子里的猴子。就是站了这一节课,差点使中华人民共和国诞生一位伟大的哲人。下来后,胖子说:"我发现,有时候,一个人的欢乐是以别人痛苦得来的!"

我一直认为,我们这些不争气的学生,理所应当的坐后排,正如老师说的那样,不要去中间影响别人学习。老师说过,一颗耗子屎,搞坏一锅汤。我们坐后排的都是耗子屎,抄作业、打架、起哄、啥不好的都有我们。只有坐后排影响要小一些。此时,我又一次发现了坐后排的好处。我随着王老师望向操场。我这个位置,既能看见操场的整个情况,又能看见全班的情况。我这个位置是多么的好啊!

趁着大家读课文,胖子趁乱不停地喊我。我看了他一眼,他眼瞟着王老师,问我:"来没得?来没得?"我扭过身,就一心一意的往外看。

操场里站了四个人。有一个是校长。校长很热情地带着他们到处看。走一会就指指点点的,操场正中放着一个挑子、一个铁皮木箱、一个发电机。我们一看就知道。电影来了。

我正看着出神,感觉后背被戳了一下。回头一看,是胖子蹲在地下,他焦急地问:"猴子,猴子,电影来没得?"我先瞥了一眼王老师,王老师正全神贯注地看着操场上的行动。我说:"胖子,快回去,不然老师看见你要遭。要挂挡子(银幕)了!"

胖子满意地趴着回到了座位,经过罗汉身后时,在罗汉屁股上戳了一下,说:"猴子说在挂挡子了!"

终于放学了。我们立即冲上操场。操场上正在挂挡子,一块大白布,四个角由很粗的绳子拴着,一个人就爬上梯子,把绳子捆在柱子上。我们很着急,想帮着早一些挂好。校长见围的学生太多,就吼:"赶快回家,晚上再来看电影。"

胖子、罗汉、我,我们三个最关心的是放什么电影。就是放什么片子的意思。胖子说,我们问了就回家。胖子问校长:"校长,放什么电影?"校长想了一想,想不出来,就问放电影的:"放啥呢?我忘了!"放电影的正在忙着摆弄发电机,说:"打仗的!"

我们就跑去看装片子的铁盒,上面果然有一个五角星,五角星里面有"八一"两个字。我们放心了,兴高采烈地回家。

对于放什么电影,我们以前并不知道哪些电影好看。有一次,大队长从公社回来说,晚上公社要放电影。我们问他放啥,他说小黑板上写了"亚送公"三个字,不知道是什么意思。接着又问大家"亚送公"究竟是啥意思?还问了小学老师。王老师是教语文的,他在地上反复地写了"亚送公",先读前两个字,后读后两个字,分开读、拆开读,也始终理解不了,王老师就点着地说:"未必是写保密局的吗?"又说,如果是写保密局的,就好看了,肯定有特务,肯定要打仗。

那天晚上,我们走了十多里山路,打着煤油火把,浩浩荡荡地开进到公社,准备看看保密局的特务。电影开演后,出来的尽是跳水啊,跑步啊的比赛。

大队长骂了一声:"妈卖麻花哟,是亚运会,老子以为是亚送公!"我们只看了一会,就都回家了。胖子说:"妈卖麻花哟,不是打仗的!"罗汉说:"妈卖麻花哟,不是保密局,没有特务!"我说:"妈卖麻花哟,不是打仗的,不提劲!"

今晚肯定是打仗的,我们都已经看见五星了。都抑制不住激动的心情。胖子问:"今晚应该有特务吧!"

罗汉说:"可能有,也可能没得。"

胖子对罗汉这种态度很不满意,说:"妈卖麻花哟,问你也等于零!"胖子又把眼光盯向我。

我也不敢肯定有没有特务。就装着沉思了一下,很老练地说:"这个打仗呢,有时候他妈卖麻花又出来两个特务,有时是一个晚上又没得一个特务。只要有解放军,肯定就有敌人,打起来就热闹了。没有特务一样的看起提劲!"

胖子对我的答复很满意,表扬道:"还是猴子善于分析,不像罗汉,啥事都冲口而出!"罗汉就别过脸去,他知道,默写的事情,胖子一直在找打击他的突破口,所以,不接腔。

回到家后,我们都宣布了晚上放电影的事。我妈问:"在学校放吗?"我说:"嗯,我们都看见了,挡子都挂起了。我妈就想不明白了。"因为以前两个月才到各大队放一场电影,每晚都是在大队长家的院坝里放,有时,晚上八点过了才放,很多社员都不晓得,没有看成。社员意见很大。放了几场后,大队长老婆也有意见了,来看电影的社员把他院坝边的菜啊踩死不少,特别是电影散场后,很多社员还顺手扯一抱谷草做火把,这样,大队长家的损失就大了。我们分析,内外的矛盾,促使大队长放弃了在家门口看电影的特权。

我妈确定在学校放电影后,也很高兴,到学校比到大队长家路要近,并且

路也好走一些,有石板路。每次去大队长家看电影,路都不好走,总有那么几个人掉进了冬水田里冷得发抖。就是走拢了,也没有好位置,好位置都被大队长的亲戚占完了,甚至还有很多是其他大队的亲戚。在大队学校放电影真是太好了,一来学生们自己回去就通知了自己的家长,二来学校也是大队的中心,社员们去看电影都不是很远。

我为了占个好位置,就问:"妈,好久吃饭?"妈说,你爸回来我们就吃。我就向外望,我爸还没收工回来,我就不耐烦了,问:"到底好久嘛?"我妈也说不出肯定时间,就说:"你快烧火,煮好了你就吃!"

我就烧火,妈妈就在灶上忙了起来。饭其实很简单。妈边砍着红苕边问:"猴子,放啥电影?"我说:"打仗的。"我妈满眼放光:"真的?"我说:"我们都看见五星了。"我妈说:"解放军肯定要打赢。"我说:"嗯。"我妈有个愿望,她一直希望我长大了去当解放军。因此,爸爸和妈妈特别的注意搞好人缘。尤其大队、生产队的干部家庭有个什么红白喜事,都忙天火地的去干不停。因为要当解放军,就得层层推荐。我妈每看见一部打仗的电影都很激动:"要是那个解放军连长是我家猴子多好啊!"我爸在一边好像洞察一切地附和:"慢慢来嘛!"

饭一做好,我妈就说:"猴子,你先吃,去占个好位置!"我说:"要得。"我妈就给我舀了一碗红苕多、米少的红苕饭。又去坛子里抓了一把大头菜出来,我就呼哧呼哧的吃了起来。

一放下碗筷,我扛上家里长条凳就往学校跑。刚出门,就遇见我爸扛着锄头回来了。看我表现得这么积极主动,我爸也高兴了:"猴子,去占个好位置,我们吃了饭就来!"想必,学校放电影的事全大队每个人都知道了。

我跑到学校的时候,还是迟了一步,好位置都被别人占完了。尤其是胖子,占了最好的位置。我就说:"胖子,你好快哟!"胖子嘿嘿地笑,罗汉也占了一个不错的位置。我扛着板凳不知放哪里。胖子说跟着我来。我就跟着胖子往中心走。胖子接过我的板凳挨着他的放下。马上就有人有意见了。胖子说:"我家是两根板凳!"边说边喊别人往旁边移点,这样我的也放在了好位置。

安好了位置,我们就到处耍。这些好位置本来也不是我们坐的,是给我们的爸爸妈妈安的。我们坐不住,想想,两个月才来的一次电影,坐在那里多没意思啊!要到处看看。胖子经常教育我们说:"要多观察,才能长见识!"于是,我和罗汉就跟着胖子到处观察。我们顺着一条黑胶管电线往外走,就走到了教室后面的厕所边。发电机就放在那里,放电影的正在弄发电机。他把一节绳子缠在齿轮上,用手一拉,发电机就"突突突"的响了。胖子一惊,看看天,说:"还早啊,这么早就放电影了?"发电机响了一会,就熄了。我说是试机。罗汉说先试一下燃不燃。胖子终于松了一口气:"妈卖麻花哟,吓了我一跳!"我们都担心,发电机中途出故障。就问:"发电机发得燃吧?"没有人理我们。我们曾经去别的大队看电影,看着看着,发电机熄火了。老也修不好。我们都往回走,哪知道刚走了一半,发电机又燃了,那个折腾啊!

开始放电影了。挡子上出现了金光闪闪的五角星,我们都欢快地叫起来。果然是打仗的,一出来就开始打,打一会休息一会。都说,看这样的电影太提劲了。我和胖子、罗汉,我们一会在前面看,一会又跑去后面看,我们边看边猜,这个连长要牺牲。哪知道,我们好不容易形成统一意见后,三班的张大个子却说:"这个连长不得死!"我们就争了起来,张大个是三班的差生,也是属于眼睛不抢字的那类人。我们双方吵得很激烈,谁也不让谁,我说:"还吵卵啊,看完就晓得了!"都在憋着看电影,直到吹了冲锋号,再也没有看见连长。这样,谁都不知道连长死没有。但我们和张大个子那一伙的火气还在。胖子主动挑战:"我们好久打一盘?"这明明就是挑战了。张大个子把手一拍:"妈卖麻花哟,打就打!"

我们的意思是我们也学着电影里打一次仗,战书已经下了,看来不打一盘,不分出胜负谁也不服谁!

望着高大的张大个,我的心隐隐的为胖子担忧。

打豆腐块

胖子垂头丧气地告诉我们:"妈卖麻花哟,没有打赢!"

罗汉和我惊得不轻。因为,我们不知道什么时候胖子和张大个子他们已经打了一仗。按常理,胖子要打这样的仗肯定应该叫上罗汉和我助阵,他怎么就居然擅自单枪匹马的冲了上去?

我们一直记着看电影那晚的挑战,要真那样,胖子不是自己送死吗?

罗汉很理解很同情地说:"寡不敌众,虽败犹勇!"

我暗暗佩服罗汉这两个成语用得好,用得恰到好处,既巧妙地拍了胖子的马屁,又赞扬了胖子的勇敢精神。

没想到胖子却不买账:"什么寡不敌众哟,公平战争!"

我们就不明白了,就看胖子,耳朵还是耳朵,鼻子还是鼻子,并没有伤着哪里。为什么叫打输了呢?

胖子长长地出了一口气:"可能是遭遇了核武器!"

我们更加惶恐了。因为老师说过,核武器是世界上最强大的武器,可以摧毁一切。在几秒中之内就可以让房屋、人等化为灰烬。很多国家坚决反对核武器的存在。我们都不知道核武器是啥样,胖子居然就遭遇了?而且还完好无损的跑了回来?里面的太多谜团让我们百思不得其解。

胖子就从书包里摸出几个豆腐块给我们看,只摸了三个出来,我问胖子:"你那么多,怎么才三个了?"胖子叹了一口气:"输了!"

豆腐块是我们男同学的骄傲。豆腐块不是卖的豆腐做成的,是用纸烟盒,或者报纸,或者书籍叠成一个四四方方的硬纸块,一面是光的,一面是带"×"的图案。下课的时候,学校里风行打这个。比如两方开打,把对方放在地上的豆腐块打翻转来就赢。学校几个成绩不好的学生,都以豆腐块多少决定威望。胖子在我们几个同学中最多,有三十二块,罗汉有二十七块,我有二十三块。我们班就我们三个人在豆腐块的数量上可以称王称霸。

望着胖子可怜的三个豆腐块,我们心里也不好受。罗汉说:"胖子,我们给你报仇!"

胖子就看我。我不知道张大个子的豆腐块质量如何,况且胖子一上阵就一败涂地,不敢贸然挑战。罗汉就来气了:"猴子,你怕了吗?"

我说:"胖子,你约一个时间,我们打一盘!"

胖子很快就约好了时间,说明天下午放学后,就在学校操场角打。

第二天是星期五,下午只上两节课。一放学,胖子就叫上罗汉和我。来到操场角,张大个子他们早已在那里等候了。

张大个子手里摆着一大把豆腐块,至少有三十个。我仔细看,张大个子的豆腐块也是报纸啊、纸烟盒等做成的,并不特别,张大个子首先发难了:"胖子,你还敢来?"

胖子把一个豆腐块放在地上,就和张大个剪刀、石头、布。胖子出了剪刀,张大个出了石头。张大个子就随意地拿了一个豆腐块猛击胖子放在地上的豆腐块,一下就打翻过来了。张大个捡起胖子的豆腐块。把自己的一个放上去……

不一会,胖子就输了7个。开始伸手向罗汉要。

张大个子完全占据了优势,他的几个同学都笑眯眯地看着张大个打豆腐块。有一个叫冬瓜脸的同学还提了一个木制手枪。用枪瞄着胖子的豆腐块:"叭"的一声,就把胖子的豆腐块枪决了。

胖子把罗汉的豆腐块也输完了。

我毫不犹豫地递了几个给他。胖子把我的豆腐块放在手里,他不再放在地上,而是从书包里掏出了一个更加厚的豆腐块。我们惊呆了:这个豆腐块是用语文书的封面和封底叠成的,这样的豆腐块显然很具有杀伤力。我在心里叫了一下:"胖子啊,那是才发的新书啊!"我感到胖子已经打疯了。

胖子这个豆腐块把张大个子也震住了,他可怜地看了看胖子:"胖子,不打了,我还你十个算了!"

胖子把豆腐块往地上重重一拍:"来!"

张大个子咬了咬牙,继续战斗。

我们都紧张地看着他们。

胖子铆足了劲,连续赢了三十个回来。我和罗汉连忙拍手助威。胖子笑眯眯的,拿着"语文"豆腐块亲了一下。注视着张大个:"还来吗?"

张大个子咬了咬牙,就摸出了他的核武器:一个三指头厚的豆腐块,我们都惊住了,这个豆腐块至少可以做八个一般性的豆腐块啊,张大个可真是舍得啊!

至此,两个核武器终于见面了。

轮到张大个子打了。他把右手在空中甩了几个圈,这是加油的意思。顿时,他的啦啦队马上退后一步,好让张大个子一举歼灭胖子的"语文"。

胖子紧张地看着张大个子。

张大个子又甩了几圈,来回绕着胖子的"语文",在观察着下手的角度。他越绕,我们越提心吊胆。

我替胖子捏了一把冷汗。张大个子这一出击,胖子的"语文"肯定凶多吉少。

张大个子还在绕。胖子又走上前去,把"语文"重新换了一个地方。重新放的这个地方，更加低矮，下面是一层软软的泥土。我佩服胖子，这样的地方，用力很重要，如果用力过猛，打重了，也许"语文"只向下陷一点，根本翻不过来。如果用力轻了，就如同没有打一样。

张大个子不再绕了，用力向下打去。

"噗"的一声，"语文"没有反应，倒把张大个子的核武器弹到了平地。

该胖子出手了。

张大个子也紧张了。内行看门道，他也早看出来了，胖子敢把语文书撕下来，说明胖子已经是不顾一切要与他的核武器一比高下。况且"语文"的厚度、硬度以及打击力度，已经完全有资格和他的核武器对抗。

胖子也学着张大个子一样，手在空中甩圈。

罗汉说："胖子，加油！"

胖子点点头。

我也说："胖子，加油！"

胖子点点头。

我又说："胖子，歼灭它！"

张大个子的同学冬瓜脸问："你歼灭哪个？"

我就指了指张大个子的核武器。

冬瓜脸用木枪指着我："你想歼灭就歼灭吗？当心收拾你！"

罗汉马上冲上来："冬瓜脸，把枪放下，缴枪不杀！"

张大个子突然问："要打仗吗？"

胖子还在甩手，照准核武器就发射，可惜打偏了。

冬瓜脸得意了："看吧，看哪个遭歼灭！"

至此，胖子就不想再战斗了。该张大个子出手了，这样下去很危险，说不定胖子的"语文"真要被歼灭了。

胖子就捡起"语文"。张大个子发现了胖子的意图，就说："愿赌要服输！"胖子不想丢失男子汉的尊严，就又很不舍得地放下了"语文"。

张大个子这次不正面进攻了。胖子仍然把"语文"放在了那块矮地。

张大个子不转圈，也不甩手了。我也猜想，他肯定要改变战略战术了。果然，张大个子不正面进攻，他用力侧踹，一下就把"语文"拱翻了。张大个笑了，笑得哈哈的："赢了,赢了!"

没有想到的事情发生了。胖子抓起"语文"就跑。都没有反应过来。张大个子拔腿就追："你个赖皮,你个赖皮!"

冬瓜脸提着手枪,照准胖子的后脑勺就是一枪："叭!"

胖子仍然疯跑。我们也跟着跑。张大个子把胖子按在了地上,全力收缴胖子的"语文"。胖子在地上挣扎着。我和罗汉冲上去,使劲搬张大个子,就是掀不开。突然,罗汉跑了。

张大个子马上意识到"语文"可能转移给罗汉了,就放开胖子来追罗汉。罗汉又赶快把"语文"传给了我。

我揣了"语文"亡命地跑了起来,边跑边听见张大个子的叫嚣声,还有冬瓜脸的骂声："日你先人,输不起就不打啊!"

我跑掉了,他们围着胖子和罗汉,双方打了起来!我跑在远处,估计张大个子他们再也追不上我的地方停了下来,看着他们在那里打得四季花儿开,我的心怦怦地跳。我就看见有个老师出来制止了他们的打斗。

胖子和罗汉追上我。我看见胖子的半边脸都肿了。罗汉的右脚也是一瘸一拐的。

胖子问："我的核武器呢?"

我连忙把"语文"递给他。

我们就坐了下来,胖子开始把"语文"撕开,皱皱巴巴的,一点也不像书的封面的。胖子又拿出语文书,把封面在上面比来比去的。

罗汉说："回去用干饭粘上就可以了!"

我说："最好再用报纸把书包一下,这样,老师就看不出来了!"

胖子说："都是小意思!"

我们佩服胖子的思想,都说："胖子,你好能干哟!"

胖子骄傲地说："实践证明,我们三个是一支能够召之即来,来之能战,战之能胜的队伍!"

胖子又说："通过顽强战斗,我们的阵地终于没有被敌人夺去。我们胜利了!"

我们都笑。

遍地菜花香

交流完工作，刘广生随便问了一句："老孙，听说八村的古长生很不简单啊？"

孙成就脸红了一下："刘书记刚来响水镇就听说了啊！"

刘广生就笑："随便聊聊嘛！"

于是孙成就去隔壁喊镇里的组织副书记："把那本影集抱到刘书记办公室来一下。"

一会儿，组织副书记杨刚就抱来了一个大影集。刘广生有点不明白。杨刚就把影集交给孙成。孙成不接，笑着说："你亲自给刘书记汇报吧！"

杨刚就把影集放到刘广生的办公桌上。刘广生看见影集的封面贴了一张电脑打出的字条："响水镇农村妇女致富带头人名册"。

刘广生就给孙成、杨刚各散了一支烟。大家就点上烟，慢慢地听杨刚介绍那个叫古长生的人。

杨刚翻开影集，翻到八村目录，就摆在刘广生面前不说话了。

这本影集每页只一张妇女的七寸照片，旁边配了文字，说明该妇女做的哪些业绩。比如，第一页就是一个叫张小翠的妇女，三十多岁，人长得不算漂亮，只是那微微上翘的下巴，给人很多无限的想象，怎么说呢？如果是一个身体正常的男人，看着这个下巴就想咬一口。

杨刚用手在张小翠照片上点了一下："这个！"

杨刚又往后翻，不住地点着照片说："这个！""这个！""还有这个！"一共是六个。

刘广生就笑了:"狗日的古长生,是厉害!"

合上影集,孙成就试探着问。"刘书记,这些妇女都是我们镇树的致富榜样啊,带头人呢什么的,我怕再这样下去,我们的八村要被古长生搞乱套!"

刘广生不说话,看着孙成,孙成就低下了头。

刘广生说:"这个狗日的古长生,太让男人嫉妒了!"

孙成就看着影集,征询着意见:"刘书记,是不是把古长生弄来修理一下?"

刘广生就回答:"等我了解情况再说吧!"

就在镇里书记、镇长、副书记讨论要不要修理古长生的时候,古长生正挑着一担大粪往山坡上走。正是三月底,天气已很热,如电视上所说全球变暖。八村易旱,所以都喜欢种油菜,收获时,那油汪汪的菜子就是钱。山坡上,成片的油菜花开得正艳,金黄黄的惹人眼,闻着那花香,让人想打喷嚏,忍不住自己的自体也跟着膨胀。

干瘦的古长生一米七米,三十八岁。是个退伍军人。他就这样轻松地挑着大粪往一片菜花地走去。一件长体恤慢慢的就浸出了汗。

走进菜花地,人就全部被淹没在了菜花中。

菜花深处的张小翠就走了出来,锄禾时也出了点微汗,穿在身上那一件短袖衣服,紧紧地包着自己的身子,于是两个奶子更加突出而渴望。古长生看了一眼张小翠,就傻傻的站着不动了。张小翠就上来脱古长生的长体恤:"古哥,天热,脱了吧!"

不由古长生反应,张小翠从后面就把古长生的长体恤往上面捞。想着今天的日子,古长生犹豫了一下。

古长生就很无奈的把双手举起来。

张小翠脱了古长生的长体恤后,并不走开,而是从后面一把抱住了古长生。双手就从上往下摸。汗味合着花香在空气中弥漫。当张小翠的一双小手摸着古长生裤带的时候就停了一下,又往上摸,轻轻抚摸着古长生的胸部。古长生就开始全身血液奔涌。张小翠就双手摸下来,很熟练地解着古长生的裤带,边解边说:"古哥,我要,我要,我们有七天没有那样了!"

121

古长生就转过身来,把张小翠抱在怀里,就忙着脱张小翠的内裤,把张小翠的裙子捞上来在腰间拧成一个结,像是缠了一根布绳。张小翠就使劲地往古长生身体上贴,古长生就这样站着,右手抬起张小翠的左腿,张小翠上身往后微仰,下身就以最大的努力配合着古长生。古长生一下就进入了张小翠身体。张小翠一时就兴奋得"古哥、古哥、古哥"的大叫着,嘴就来找古长生的嘴,古长生喘着气,尽职的动作着,张小翠没有找着古长生的嘴,舌头就伸了出来,舐着自己的嘴唇。露在嘴外面的半截舌头在空气中舐来舐去。随着古长生力度的加大,张小翠的双手在古长生的背上也越抓越紧。

古长生"呵"的一声压抑着叫出来后,张小翠几乎也瘫痪了。全身趴在古长生身体上,古长生就很爱怜地抱起张小翠,让下身仍然紧紧地贴在一起。就这样抱着张小翠在菜花地里走来走去。边走边亲嘴。让彼此的气流融为一体。张小翠就身子蠕动着:"哥,你累了,不抱了吧!"张小翠就落了地。就去找自己的内裤。

张小翠的内裤被古长生脱下后,晾在了扁担上。张小翠心里又涌起一阵感动,多细心的人啊!古长生也走了过来,抱着张小翠,把张小翠的内裤拿过来,放在自己鼻子下狠命地吸了一口,才开始蹲下来,张小翠就趴着古长生的肩,先抬起左脚,让古长生给自己穿内裤,然后,再抬起右脚。

古长生把一担粪浇完后,和张小翠一前一后就往村里走。当然空着的粪桶这回挑在了张小翠肩上,是张小翠抢着挑的。古长生就扛了张小翠锄草的锄头,在锄头把上捆了一抱杂草,这些杂草特别鲜嫩,生长在菜花地里,很难见到阳光,因此,这样的鲜草是牛最好的食物。

走在村口,就遇见杨桂兰在那里站着。

杨桂兰围着围腰,穿了一条牛仔短裤,看着很精练。手里也没闲着,在纳一双鞋底,古长生知道这双鞋是给谁纳的。见了杨桂兰就面带愧色。杨桂兰把针在头发上抹了一下,又纳了一针,看着张小翠笑眯眯地说:"小翠,你们在忙啊!"

张小翠脸红了一下,马上回答:"杨姐,你找古哥啊!"

杨桂兰说:"就是找他,有只兔子好像没精神,想找古哥去打针!"

古长生就犹豫了。

杨桂兰看出了古长生的犹豫,也知道发生了什么,就把脸扭向张小翠,带着责备的脸说:"小翠,今天不是星期四吧?!"

张小翠就低下了头,像小学生做错了事作检讨:"不是!"

杨桂兰就推心置腹的教育张小翠:"不能乱规矩啊!"

张小翠就说:"下次不这样了!"

杨桂兰马上就反击:"你说了几个下次了?你去问问赵银花?你去问问苟二梅她们,你也跟她们说过这样的话好多次了。今天我要是把这事告诉她们,看她们不开除你!"

张小翠自知理亏,就不再继续这个话题往下纠缠,连忙转移了话题:"杨姐,中午去我家吃饭吧?昨天晚上炖了一只鸡,一点没吃!"

三个人就来到张小翠家里。

张小翠的儿子放学刚到家。一见杨桂兰和古长生,就嘴巴很甜打了招呼。张小翠就在厨房忙上忙下。这机会,杨桂兰就瞅古长生,古长生把眼睛就望向别处。杨桂兰就去帮张小翠进灶房忙去了。古长生就看见了张小翠的碗柜。碗柜上面还有半瓶酒。这半瓶酒是上次张小翠男人从外面打工回来和古长生喝剩下的。那次古长生的男人和他对喝,张小翠在一边给两人夹菜,喝到高兴时,张小翠男人突然盯住古长生看,盯得古长生发毛。因为做贼心虚,不知道张小翠男人会干出什么事情来。

张小翠男人突然说:"我听见一些反映!"

古长生就停下了筷子。

张小翠男人继续说:"不过都是造谣!"古长生松了一口气。"这事我私下问过赵银花、苟二梅她们,都说你是好人,家里多亏了你啊!你虽然只是个文书,可是比支记、主任还关心老百姓!"

边这样说,张小翠男人就敬了古长生一杯酒。

临走的时候,张小翠男人拉着古长生的手说:"古文书,我们家里的事情就全靠你张罗!我们才不去管别人说什么!"果然,以后赵银花、苟二梅她们的男人回来,都请古长生喝酒。说着同样感激的话。因为这些男人的老婆互相来做工作,都异口同声的说古长生这个人多么多么的好,多么多么的正派。

正这样想的时候,张小翠和杨桂兰就陆续的把一桌菜端上了桌。

大家就坐下开始吃饭。古长生在一大盆鸡肉里找出一只鸡腿,左右犹豫了

123

一下,就看了看杨桂兰,又看了看张小翠,就把鸡腿放进了张小翠儿子的碗里:"来,铁环,你吃。吃了好好学习,天天向上!"

两个女人就开心地笑了:"铁环,听干爹的,吃了好好学习!"

铁环就开心地吃起了鸡腿。

杨桂兰和张小翠也在盆里找另一只鸡腿。

铁环突然说:"干爹还没喝酒!"两个女人就用眼到处找酒。

古长生就笑了:"还是铁环机灵!"

古长生就去拿碗柜上那半瓶酒,拿来自己喝。古长生喜欢喝点酒,量不大,在部队时,老兵劝他喝,就这样就有了点酒瘾。

两个女人同时找到了鸡腿,都不丢筷子。互相夹住了这只鸡腿,齐心协力的往古长生碗里送。

张小翠说:"古哥辛苦了!"

杨桂兰说:"古哥辛苦了!"

古长生就笑了,笑得很开心:"为人民服务!"

大家同时笑了。

这两句对白是古长生移植了首长和士兵的对话。当新兵时,部队老搞阅点式、分列式那一套,目的是为了检阅部队的整齐化和集体意识。下面各连士兵列成方阵,端正整齐地站着。这时部队首长就走向各个方阵,走在一个方阵,首长就大声说:"同志们好!"方阵士兵就高声回答:"首长好!"首长再说:"同志们辛苦了!"方阵士兵就扯开嗓门回答:"为人民服务!"

古长生和自己相好的每个女人都讲过这个典故,因此一说出来大家都心照不宣的笑了起来。

一顿饭吃下来,古长生就开始抽烟。所谓"饭后一支烟,快乐似神仙!"就是指的这种心境。抽烟也是在部队学会的。古长生当的是陆军,结果却分在一个哨卡上,别说看见女人,就是人也难得一见,整天面对大山,听鸟鸣,看自然界动物弱肉强食,班里除了那几个时时刻刻看见的战友,实在没有看的了。这个时候就感到极端的寂寞和孤寂,心里总是烦躁不安。就学会了抽烟、喝酒。

回到农村后,每当劳累了,疲倦的时候,古长生就抽支烟、喝几口小酒。

吃完饭,杨桂兰和古长生就往外走。走到院门,杨桂兰就停下了,当着张小翠的面对古长生说:"你先去睡一觉,精神养好了再来我家。"

古长生就抽着烟回家睡下午觉去了。

古长生的日子忙碌而快乐着,他从来没有感到谁会修理他。以前他想过要修理他的可能是张小翠的男人,也可能是杨桂兰的男人,还有可能是杨二梅的男人,等等,就是没想到镇里有人想收拾他。

这天上午,天气很好。镇党委书记刘广生说:"我们去八村看看吧!"

镇长孙成就说:"我还有点事处理,刘书记你和杨书记先去吧,我随后就追来。"

刘广生很理解地说:"也好!"

镇长孙成有点怕去八村。他的事就坏在八村女人手上。去年,党委书记马上要调县上任职,作为镇长,按游戏规则,很可能自己会顶上去。因此,他想干一番成绩。就召集八村的各妇女致富带头人谈话。那晚喝多了,在办公室就和张小翠说起了她的养猪经。

张小翠还从来没有见过这么高级别的领导,就很端正坐着,开始一五一十的讲自己养了多少猪,怎么养的。

孙成就看着张小翠的嘴,看着看着就盯住张小翠的下巴不动了,就看得出神。张小翠说的什么,他一句也听不进去了。身体也跟着膨胀起来。那眼神就开始燃烧。烧得通红。

张小翠当然知道这眼神,就有点怕。一是怕镇长不给她小额贷款影响自己家致富。二是怕镇长修理古长生。这样想的时候,孙成就哈着酒气把嘴凑了上来,这种男人味和酒混合的味道,一下就击中了张小翠的软肋,这味道几乎和古长生的味道一模一样,这味道如一种生化武器,它慢慢的麻醉你,然后再毁灭你。

孙成不但用生化武器进攻。还同时用上原始武器。他用手一把抓住张小翠的乳房使劲揉了起来。孙成喘着气。张小翠彻底迷糊了,就用手抓住孙成的命根,一拉一送的。还没来得及解裤带,孙成就"呵"的一声泄了。

冷静下来后,孙成就自嘲地说:"以前是硬着等,现在是等着硬!"又说,老了,自己老了。

张小翠也清醒了,就生气地说:"以后不要再和我这样了,你和古文书简直是一个在天一个在地！"

这样一说，孙成就彻底自卑了。从此以后，每当看见八村的妇女和听见"古长生"三个字，他的"老二"就一阵阵紧缩，越缩越小，孙成心里了有障碍，在老婆面前，也完不成作业了。他把这情就挂在了古长生的账上。

张小翠就帮着孙成整理内裤上的"浓鼻涕"。没想到，正在这时，孙成老婆推门进来了，于是这事就闹开了。孙成老婆是个农村妇女，没多少文化，看见孙成躺在椅子上，"老二"在外面垂头丧气的。又看见张小翠拿孙成洗脸用的毛巾在孙成下身擦来擦去，就爆发了。

孙成没有顶上去，县委宣传部副部长刘广生就来做了党委书记。

刘广生走在路上，他一直在县机关工作，平时到农村检查工作，也都是到郊区。郊区自然和山区不可同日而语，什么都像半城市化。他没有想到的是农村现状会是这么个样子。只闻鸡犬相吠，不见男人踪影。他下镇来之前，曾经看过一本书，好像叫什么《中国农民调查报告》，里面说，现在农村剩下的是613899部队，现在切身的感受到了，现在还在守着土地的只有儿童、妇女、老人。十八岁至五十岁的男人都出去打工了。儿童忙上学，妇女忙生产，老人守着家。要找一个男人当村干部都很难，全镇所有的村支书和村主任都在五十五岁以上，平均年龄超过了六十一岁。现在如果村里死了人，连抬棺木的男人都难找。……

三月的田给人荒凉的感觉，有的田里还有去年的稻桩，连田都没有犁过。眼看就要插秧了，可谁来翻整这些田呢！挨近村边的儿块水田里，覆盖一片一片的白色薄膜，正在培秧苗。这些秧苗育好后马上就要移栽。田还那样的干旱着，还那样的荒芜着。

谁犁这些荒芜的田？

谁来经营这些肥沃的田？

不耕不种，再肥沃的田也将成为硬化的荒田。

杨刚问刘广生准备怎么做，刘广生就交代说："我们先到村委会，以关心妇女带头人的名义找他们谈话！"

两人来到了村委会。

村支书是个近七十岁的老人了，他开口就问："刘书记，你们是来修理古长生的吗？"

一句话就把刘广生的阵脚差点打乱了。他还没来得及想怎么回答。一旁的杨刚说："刘书记是来关心各妇女致富带头人的，看还有哪些困难没有。"

村支书记和村主任终于松了一口气。

村主任说："古长生是我们大家挽留下来当文书的，村里大小事情都靠他，如果你们要修理他，大家都要闹事。"

刘广生"噢"了一声。

挨个通知完妇女致富带头人谈话后，刘广生就陷入了某种痛苦或者一种解不开的结。不但与古长生相好的女人，每个妇女都说古长生的好，都希望古长生当文书，甚至支书，甚至主任。都说："我家男人也是这意思！"

杨刚问："那你知道，古长生和别的女人也相好吗？"

妇女说："是好啊，我们都一样好啊，你不要想歪了！"

弄得杨刚无话可说。

在回镇的路上，刘广生、杨刚和孙成碰在了一起。大家站在一起，正站在一片菜地旁。你别说，在三月的农村，也就这菜花给人蓬勃的生机，油菜的茎和叶是绿的，绿得淌水，而它开出的花是一小朵一小朵的金黄。

孙成随口问："准备怎么修理？"

刘广生走进菜地去撒尿。一闻着花香，刘广生就感到全身血液并涌，命根就无端地昂了起来。本来很胀的尿撒得很艰难，开始是硬着撒不出，后来才慢慢的往下滴。

刘广生在撒尿的时候，突然想到三八节收到的一条短信，当时他刚来响水镇做书记。短信说：三八节准备提拔年轻干部，你的呼声很高啊！许多女同志反映你体力好，有技巧，经验足，擅长抓重点，堵漏洞，关键时候硬得起来，他们都愿意在你下面干。

刘广生边在下面鼓捣拉链，就笑出了声。

孙成说："刘书记你笑什么？未必有了修理古长生的办法？"

刘广生仍然笑。

因为刘广生这个时候看见几只蜜蜂在采花。蜜蜂们在忙碌着、歌唱着，更有成遍的油菜花在快乐地期待着。

试 验 田

耿德旺老汉原来一直是不喜欢和干部打交道的。在他眼里,干部就是每年带着人来家里收这样税、那样费的。为此,耿德旺老汉很有经验,他早早就把谷啊、红苕啊什么的卖一些,凑齐要交的税啊、费啊。干部一上门、一报数字,他就马上掏钱,从不和干部们扯皮。

耿德旺老汉已经活了五十八岁了。五十八岁对于一个农村老汉来说已经是"土埋到颈子了"。他只想一辈子平平安安、不惹事、不出问题就这样过一辈子。在他五十八岁的履历中,一直清清白白,一直遵章守法。耿德旺老汉不像村里的耿二蛋,也不像打工回家的耿三才,耿德旺老汉始终认为像耿二蛋、耿三才他们那样不值得。耿二蛋也是六十好几的人了,火气比谁都大。火气大是因为耿二蛋自认为有资本,养大了四个儿,底气足,常常和村干部顶牛。干部们来收税啊、费啊,就扛着不交。再加上打工回家的耿三才自认为高中毕业,又在外面见了世面,就跟着耿二蛋闹。说五保老人的养老金人均摊不了这么多,又说修村道公路怎么用了那么多钱啊,还说要组织村民代表查账,闹是闹了,结果怎么样?进了乡里的学习班不说,还不是一分不少的交了。还挨了一手铐,值得吗?

耿德旺老汉是最受干部欢迎的。每年干部都把他做榜样:"你们看,耿德旺家里那么穷都交了,你们有什么理由不交,你们比耿德旺还穷吗?我看你们是故意跟政府作对!"一旁的派出所长也吓唬:"谁敢和政府作对,拷了再说!"

的确，耿德旺老汉家里穷。老两口养了一个儿子，三十三岁了仍然没有讨上媳妇。儿子长得膀大腰圆，是种庄稼的好把式。爷儿俩天天在地里刨，一年下来，除了这税、那费的落不下几个钱。最要命的是老太婆有老毛病气喘，做不得却吃得。喂过猪、担挑水什么的就喘得不行，长年累月吃药。家里一年四季就飘着中药味儿。耿德旺老汉和儿子走到哪里都有甘草什么的味道。这样家就拖穷了。

耿德旺老汉就想攒点钱给儿子接个寡妇什么的。一家人在方桌上就召开了家庭会议。耿德旺老汉说："娃儿，你还没满四十岁，还有搞头，我们搞点钱，把房子修一下，你再买几套新衣服，你接个寡妇什么的肯定没问题。"一说到讨寡妇，儿子两眼放光。老太婆也激动得喘气。接下来就商量怎么搞钱，这是一个难题，很费脑筋的。商量来商量去仍然没有结果。还是讨寡妇心切的儿子说："春节过后我就出去打工！"

真是急中生智啊！耿德旺老汉也高兴了，儿子在外面去挣票子，自己在家种田饱肚子，这日子啊，离广播、电视里说的小康还远吗？不远了！岂止不远了，简直是可以看得见、摸得着啊！就这样定了。耿德旺老汉亲切地盯着儿子，满脸慈祥："娃，出去吧，家里有我和你妈！"

儿子一过完春节就去广东了。儿子这一去就再没回来，回来的只是一个骨灰盒。儿子在建筑工地打工时从五楼摔了下来，包工头给一万五就了结了三十八岁儿子的一条命。望着骨灰盒和那一万五，老太婆当时就昏了。喘得山呼海啸的。

没有了儿子的耿德旺老汉和老太婆就彻底没有了奋斗的动力和压力。不会再为儿子讨寡妇的钱操心了。

然而，老太婆的病却加重了。医药费也涨了。沉重的负担压得耿德旺老汉腰也弯了，头发胡子也白了。耿德旺老汉变得沉默寡言，一天到晚都弄他的土地。

耿德旺老汉的人生信条是不与官争，不与富斗。与官争就是和政府作对，与富斗就是以卵击石，耿德旺老汉才不干那傻事哩！但是，他仍然没有想到自己有一天会和官打交道，更没想到后来发生的一系列事情。

耿德旺老汉有一块好田。这块田一亩左右，挨着公路边，公路外边就是西河。不管是天干水旱基本上都有收成，最好的是，他可以收了稻子再改成土种油菜,一年可以水、旱作物各种一季。因此,耿德旺老汉特别喜欢这块田。两老口的口粮靠这块田,老太婆的药罐也指望着这块田。耿德旺老汉比侍候老太婆还侍候得好。

正是七月,耿德旺老汉望着即将收割的稻子,心里充满了喜悦,今年雨水好,稻子长得好,估计可收水稻三千斤。收稻子后,再种油菜,估计也还能产过千斤左右。耿德旺老汉就这样肩扛锄头在田埂上走着。其实,这月份是不大用得了锄头的,只是几十年习惯了,走哪里锄头都不离身,看见哪里路不平了挖几锄土填一填。看见田里、土里有杂草了,用锄头挖掉。总之,一握着锄头,心里就踏实了。

在田里转了一圈,耿德旺老汉就坐在西河边歇气。他掏出旱烟卷了一支,悠闲地吸着。正在这时,他看见了村主任。村主任在前面走,边走边向后面跟着的人指指点点。耿德旺老汉想,还没到收税、收费的时间啊,干部们走来干什么呢?边这样想的时候,一个人就走到了耿德旺老汉的面前。

跟着后面一个戴眼镜的率先和耿德旺老汉打招呼:"老乡,忙吗?"

村主任马上介绍说:"老耿,这是我们的镇党委刘书记!"

耿德旺老汉就站了起来,两手在裤腿上上下搓,不知该怎么办了。

刘书记很是和蔼,拉着耿德旺老汉坐在地上就拉起了家常。

刘书记问:"老乡,这块田是你的吗?"

耿德旺老汉赶快回答:"是的!"

刘书记再问:"一年能产多少粮食?家里收入怎样?"

耿德旺老汉就一一的作了回答。刘书记边听边点头。耿德旺老汉就说了:"粮食基本够吃了,就是没有钱花!"村主任补充说:"老耿家有个药罐罐!"

这样一说,刘书记就陷入了沉思,半晌才说:"光种粮不行,不能致富!"于是大家就低着头想致富门路。尤其是村主任,把头都埋进了裆里,一副愁眉不展的痛苦样子。

刘书记就站了起来,左右环顾了一下,就一拍大腿说:"可以调整产业结构啊!"都望刘书记。

刘书记就说:"你看,老乡这块田地理位置多好,不缺水。这样好不好?"他边问边看耿德旺老汉和村主任,"把这块田修整一下,全部种藕!"

随行的都说:"这主意好!"

耿德旺老汉一听急了:"没有粮食,我吃什么? 未必天天吃藕啊!"

大家都笑了。

随行的另一个文书模样的就掏出了计算机,帮助耿德旺老汉算账:"你这块田产稻子三千斤,每斤八角,可收入三八二千四百元。种油菜收入一千斤,一块五一斤,收一千五百元。二千四加一千五等于三千九百元。"

都点头,文书算得对,算得准。

文书又说:"毛收入三千九百元。还没除去种子和化肥以及人工。这样一除,纯收入最多一千左右!"

又点头。是啊,种田没搞头。

文书再算:"如果种藕,这块田起码可以产五千斤,一斤二元,二五就是一万!"

天哪! 一算,耿德旺老汉就是万元户了。耿德旺老汉被这突然到来的一万吓了一大跳,这不是抢钱吗? 耿德旺老汉脸红心跳地盯着文书。

文书又说:"除去田的修整,种子肥料啥的,一年至少可以赚六千元!"

大家都同意这一算法。

接下来,就是帮助耿德旺老汉出谋划策了:田要深挖。周围要用石板隔离,一来防漏水,二来防藕窜出田。

商量到这里,刘书记就算大功告成了,他一拍耿德旺老汉的肩膀:"收了稻子就这么干,有什么问题找我!"

村主任也马上表态,就这么干,村里支持!

耿德旺老汉头晕晕糊糊的回家了。回到家就开始向药罐罐宣传致富经。听得老太婆的哮喘又犯了。

耿德旺老汉最后总结道:"听政府的,没有错。"

说干就干。

收了稻子后,耿德旺老汉就开始请人了。把田深挖了一遍。打来青石板,把田周围围个水泄不通,还用了水泥填缝。这期间,刘书记来了一趟,看见耿德旺老汉田里热火朝天的景象,很是高兴。拉着耿德旺老汉的手说:"藕种你不要

管,我让农技站的同志去帮你买了,你只管把田整好!"耿德旺老汉就激动了,一连声地说:"感谢政府! 感谢政府!"

下了藕种,耿德旺老汉就睡不踏实了。整田加上藕种共用去了八千元啊! 他心里痛,那是儿子卖命的钱,连老太婆吃药都舍不得花,这一下就整进去了八千。耿德旺老汉心里堵堵的。他告诫自己:"听政府的没有错!"

耿德旺老汉就咬牙坚持。这期间刘书记和村主任也经常来。刘书记很关心耿德旺老汉的藕田,当他看见新长出的荷叶上有黄色和黑色的斑点后,就马上喊农技人员来解决。

收获的季节到了。

刘书记请来了县上的领导参观。县里领导一行来了三十多人,一来也被壮观的场面震撼了。这块藕田鹤立鸡群,显得是那样的突出和不凡。

县领导马上表态:"全县调整农业产业结构现场会就在这里开!"

刘书记马上表态说:"好,我们准备。"

刘书记和村主任就围绕怎么开这个现场会开始忙了起来。

三天后,来了二百多人到耿德旺老汉的田里,县里四大班子领导,各乡镇党政一把手全部到齐。公路边停了一溜乌黑发亮的小车,村里是前所未有的热闹。耿德旺老汉很是风光。

一个人手持喇叭开始介绍:"我县产业结构现场会开始。……"

接下来,喇叭递给了乡文书,乡文书就给大家介绍,这块田如果种田大概收入多少,现在改种藕预计可以收入多少,等等。县电视台摄像在忙前忙后的拍摄,时而摄领导,时而摄藕田。

接下来,村主任就喊耿德旺老汉下田挖第一根藕。

耿德旺老汉就下田,摄像记者立马跟上。

耿德旺老汉在田里抠啊抠的,都把眼光聚在他的手上,抠了很久,才双手抬出一节藕。这藕太大太长了,足有人胳脖粗,用水一冲,白白的放着光。全场立时响起热烈的掌声。

村主任马上指挥安排好的帮工下田采藕。立时,田里一派繁忙,采藕的,传藕的笑声一片。县委书记拿着喇叭讲话了,他丢开了秘书事先准备好的讲稿,即席讲了起来:"同志们,啊,知道我现在最想干什么吗?"

没人回答，也无须人回答。各乡镇一把手都掏出一个小本本记着什么。

"我现在啊，最想吃一口这白生生的藕啊！"县委书记继续说，"我们乡镇干部老叫唤没有让农民致富的门路，真没有吗？关键是我们的干部思路没打开，思想没解放。我们思想着不是搞了这么一块试验田吗？大家为什么不借鉴学习哩！……"

县长也讲了话，他首先强调了调整农业产业结构的重大意义，最后补充道："我建议，县里各单位按市场价都来买老耿的藕，回去后大家尝尝，看看我们本土的藕味道如何？"

收获的藕堆成了小山。小山还在不断地长高长大。

记者把耿德旺老汉拉在小山旁，又把一节大藕递给耿德旺老汉就开始了采访。

记者："耿老伯，你是怎么想到种藕的呢？"

耿德旺老汉看了看藕山，又看看藕田，东张西望的，记者示意他看摄像镜头。

耿德旺老汉："感谢政府，感谢刘书记！"

接问及此事耿德旺老汉结结巴巴的讲了副书记如何给他打开思路、如何帮助他种藕的经过。

记者又把刘书记找来，把繁忙的藕田做背景进行摄像。

刘书记面对镜头侃侃而谈："作为一个人民公仆，就是要为老百姓着想，为他们找到致富的门路，帮助他们脱贫致富！"

现场会在热闹的气氛里结束了。

第二天，县里各单位都来了车，把耿德旺老汉收获的藕全部买走了。

第三天，市报、县报、市、县电视台播发了耿德旺老汉种藕致富的消息，还配了耿老旺老汉捧着大藕的照片。耿德旺老汉一下就成了全县的名人。

粗略一算，净赚了至少一万一千元。

望着一大沓票子，耿德旺老汉两眼模糊了。要是儿子还活着，莫说寡妇，黄花闺女也任咱选啊！老两口唉叹着儿子，心酸起来。

村长请来收藕的帮工，不细心，田里还有很多余藕。耿德旺老汉在田里仔仔细细又收了一周，又收获了至少八百斤，他选了几根好藕留着，其他的也舍不得吃,就挨家挨户的去给村民送了。先送的村主任,村主任笑眯眯地问:"老耿,成万元户了?"耿德旺老汉笑得合不拢嘴:"感谢政府!"村主任有点不高兴:"怎么感谢啊?"耿德旺老汉想了想马上跑回家,提了自己那只大公鸡,又去刘拐子商店买了两瓶好酒拿给村主任。村主任拍着耿德旺老汉肩膀:"吃水不忘挖井人,幸福不忘毛主席!"

耿德旺老汉连连点头。

这样忙碌了半个多月,耿德旺老汉就背上选好的藕去镇上。他要亲自请刘书记尝尝他的藕。因为村民都说藕好吃,又脆、又面,炒、炖都好吃。耿德旺老汉自己舍不得吃,只吃了几斤藕结炖肥肉,果然好吃。

他来到镇政府,问刘书记办公室。一个办事员说在201室。耿德旺老汉背着藕爬上二楼,找到201,里面坐着的分明不是刘书记。这人胖胖的,正在看文件。他抬起头问:"你找谁?"

耿德旺老汉嗫嚅着:"我找刘书记!"

那人看了耿德旺老汉一眼:"你是老耿吧?"

耿德旺老汉说:"我是。"

那人说:"我是王长顺,来参加过你的现场会,刘书记提拔到县上当副县长了。我来你们镇任代书记!"

耿德旺老汉的心一下就提了起来,刘书记走了,他明年又该怎么种藕呢?

代书记王长顺似乎看出了耿德旺老汉的心思,热情地喊他坐下,亲自接下背篓,还给耿德旺老汉倒了一杯水。

代书记王长顺说:"老耿,过两天我来你家一趟,看看明年怎么弄?"

耿德旺老汉说欢迎王书记。王长顺把手挥了挥说:"不要客气,不要客气嘛!帮助你做强做大,我们也有责任。"

代书记王长顺果然不食言。过了几天就带着镇里一些人来了。先到家里了解情况。耿德旺老汉说:"准备把房子翻新一下,还准备把老太婆病医一下!"

代书记王长顺说:"老耿啊,眼光要放长一点、远一点,你现在的主要精力要放在发展产业上,至于房子啊,病啊什么的,等挣了大钱,到城里买房子,随便就把病医好了。你说是不是?"

耿德旺老汉就开始佩服起代书记王长顺来，看人家天天看报纸、看文件的说得多好啊！

接下来，一行人就到那块藕田去了。代书记王长顺到处看了看，问耿德旺老汉："老耿，今后准备咋办？还种藕？"

耿德旺老汉一时没了主意。种庄稼是内行，可这调整农业产业结构的事却一点搞不懂。

代书记王长顺就坐在田埂上和耿德旺老汉分析局势："去年在你这里召开了现场会，很显然今年全县将大面积种藕了。一多就不值钱了，知道吗？销路就有问题。因此，你今年要重新调整产业结构！"

耿德旺老汉眼巴巴地看着代书记王长顺，希望从他口里得出良策。

"怎么调结构呢？"代书记王长顺自问自答，"要因地制宜，要切实可行！"

耿德旺老汉顿时觉得代书记王长顺太有才了。

代书记王长顺接着说："你的条件和基础已经具备了，田是现成了，只是要加工。"

代书记王长顺就谈了自己的想法，把藕全部拔掉，把泥巴取出一些，再修一个引水渠，把田里的死水变成活水，这样就能保证充足的营养。

代书记王长顺调整农业产业结构的方法是——养鱼！

耿德旺老汉沉默了。鱼太贵，卖给谁呀？

代书记王长顺笑了："因为贵，才值钱啊，你想，一斤鱼五六块，要抵十来斤稻子！"

这一问一答，耿德旺老汉的心就亮堂了。他决定还是听政府的，今年养鱼。

请人重新按代书记王长顺设计的方案做了，这样一下来花了一万一千元。耿德旺老汉很心痛，那是去年种藕的全部收成啊！要是今年养鱼亏了可怎么办好。他心里虽这样想，可行动上更加不敢怠慢。专门在田边修了一个小屋子，准备守夜用。

田里放了草鱼、鲫鱼、花鲢等鱼苗。

放鱼苗那天，代书记王长顺来了。他带着一行人，给他们交代："你们三天左右来看一次鱼的长势,看水的质量。"

都说,没问题。

技术员就三天两头的来检查耿德旺老汉的养鱼情况。鱼一翻白,就尽快换水。

鱼慢慢长大。草鱼长势很快,在水面游来游去。每天耿德旺老旺就是下饲料和割草。

又到收获的季节了。

代书记王长顺请来了县领导,组织了全镇所有的行政村一把手又到耿德旺老汉田边开了现场会。刘书记(刘副县长)没有来。耿德旺老汉很想见见他。

正如代书记王长顺所料,今年大面积种藕,销路不是很畅,价格也低了好多。

就只耿德旺老汉的鱼与众不同。一下卖了个天价。赚了足足两万八千元。

耿德旺老汉捧着几沓票子,手就开始抖,他眼望西山,西山上埋着他的父母。他隐约地看到:他的祖坟冒烟了!

两次结构调下来,耿德旺老汉已精疲力竭。对自己以后再怎么调结构没有一点积极性了。他自己也觉得奇怪,怎么自己接下来不知道干啥了呢?

没有了主意,那就继续种稻子和油菜吧!耿德旺老汉就想,今年无论如何抽空要带老太婆进城看病,他已不再希望挣大钱到城里买房子。老太婆的病越来越重了。不看可能拖不了多久了。钱多也没作用。像儿子样,人没了,留着钱有什么用?看来,当务之急是治老太婆的病。

老太婆躺在床上,喘得厉害。秋德旺老汉就给她喂药,安慰道:"老太婆,过几天我就带你进城看病,我们不挣钱了。我想啊,还是身体要紧!"老太婆喘着气拉着耿德旺的手,泪就无声地流了下来。

正在这时,门外传来村主任的叫喊声:"老耿,老耿,快到田里去,县委书记来了!"

耿德旺老汉连忙走了出来,茫然不知的看着村主任。

村主任喘着气说:"县委书记陪市委书记、市长外出考察回来,准备搞一个调整农业产业结构示范点,他们正在你田边!"

边说边拉上耿德旺老汉就往田边赶。

果然，田边围了许多人。

县委书记杨明雄笑眯眯地盯着耿德旺老汉，镇长马上介绍："这是县委杨书记！"

耿德旺老汉盯着杨书记傻笑。

杨书记说："老乡啊，你这基础很好，我准备在这搞试点！"

耿德旺老汉说："杨书记，我今年没有空……"

话音未落，已不再是代书记的镇党委书记王长顺就打断了："老耿，听杨书记说！"

杨书记又接着说："这里基础好，前几天我陪市委书记、市长外出考察了一下，发现我们调整农业产业结构的步子不够大。这次我下了狠心，在你这里搞试点！"

杨书记就谈了想法。杨书记的想法是把这块田建一个饲养场。填平一半盖鹅宿舍，另一半供鹅游玩。

杨书记说的鹅就是法国朗德鹅。

随行的畜牧局长介绍：朗德鹅原产于法国西部的朗德省，除法国外，匈牙利的饲养量也相当大。朗德鹅是当前国外肥肝生产中最优秀的肝用品种鹅。产地标准的朗德鹅是灰羽品种，全身羽毛以灰褐色为基调，领背部羽色较深，接近黑色……

杨书记打断说："这些以后再说，你先说说怎么养！"

畜牧局长就开始展望未来："小鹅 8 周就可达 4.5 公斤，年产蛋 50~60 枚，蛋重 180~200 克。成年鹅可长到 10~11 公斤，可产 700~800 克肥肝，平均产肝 800 克。……"

"最值钱的是肥肝，被誉为绿色食品之王，目前，只能在国外的高档酒店才能吃到。全部出口外国，直接空运！"

杨书记不住地点头，耿德旺老汉却听得一头雾水，越听越糊涂。

杨书记问："如果建一个饲养场要花多少钱？"

畜牧局长默算了一下："加上基础设施改造，种鹅和饲料，最少 30 万！"

耿德旺老汉一听就吓住了。

杨书记想了想说："老乡你拿出所有的积蓄,县里补贴10万,其他的镇上想办法,技术由畜牧局跟进。下周就动工!"

就这么定了。

耿德旺老汉大脑昏昏糊糊的。村主任知道耿德旺老汉有情绪,不住地开导他:"老耿啊,县委书记看中你做试点,这是我们镇、村的光荣啊!"

耿德旺老汉说:"我不想做试点了,只想给老太婆医病!"

镇党委王书记说:"老耿,你怎么这样呢?这是政府对你的关心啊!县上还给你贴钱,镇里也补助你,别人想要还要不到啊!"

耿德旺老汉就没话了,一提政府,他就没语言了。

可是,耿德旺老汉仍然在心里算账:"老太婆的病又怎么办?自己几年来不是白忙了吗?"

耿德旺老汉陷入了苦苦的思索中,就把自己的担心给村主任和王长顺书记说了。

王书记一听就恨铁不成钢:"老耿啊,你怎么只算经济账不算政治账?你啊,真是老糊涂了!"

耿德旺老汉汗被吓出来了,想,自己可能真老糊涂了!怎么敢和政府作对?

王书记又说:"你把你的钱准备好,明天我们就到县里去一样一样的落实!"

耿德旺老汉回到家里,老太婆问出了什么事情,村主任叫吼吼的。

耿德旺老汉就说了。

老太婆说:"不要管我的病,你听政府的吧!"耿德旺老汉就偷偷地抹了一把眼泪。

耿德旺老汉拉住老太婆的手说:"等有了鹅肥肝,我第一个抠出来你吃,看看那个外国东西究竟什么味道!"

老太婆靠在耿德旺老汉肩膀上,脸上是对未来憧憬的笑容。

老太婆的笑容是那么甜美。

村长来了

　　好多年以后,米建国才明白,人的理想是分阶段性的。严格说来,那不叫理想,叫短期目标。只有一步一步的把目标实现了,才有可能实现理想。但是,命运往往是不以人的意志为转移的,有时候,你没有设计的理想,却偏偏从天而降,这就是人生的无常。

　　那时候,米建国的理想是当大队长。那时叫大队,比如红旗公社向阳大队之类。大队长,顾名思义,就是全大队最大的官。每天早上,大队的广播就响了。喇叭是挂在村口的大黄桷树上的,这是全大队最集中的地方,喇叭一响,各家各户就开始做早饭,炊烟在整个村子升起,空气中就突然的热闹了起来,宣告一天的开始。

　　早饭是简单的。几根煮红苕或是一碗咸菜汤就对付过去了,就是吃这样简单的早饭也要抓紧。如果不抓紧,耽误了出工,就得扣工分。扣了工分,年底就要少分粮食,本来粮食就紧张,再少了工分,那日子就更加清汤寡水的了。

　　工分就是农民的命。也是体现农民自身价值最直接的表现。一个人每天工分的多少,决定这个人干农活的技术水平。相当于今天的专业职称。

　　决定这一切的人是谁呢?大队长牛兴田!牛兴田在喇叭里一吼:"男劳力挑上筐,女劳力拿上锄和铲,上午去修水库,马上到黄桷树下集合!"

　　于是,村里男男女女老老少少都拿着干活的农具往黄桷树下赶去。各家的小孩也背着书包陆陆续续的往大队小学走。大队长就站在黄桷树下,很悠闲地卷一只烟,很耐心的样子,掏出一个小作业本,撕下二指宽一条,把烟叶反复地卷,又用舌头舔了一下,就算粘好了烟,再把烟装进一个小竹管里,掏出一个打火机,"叭"的一声,把烟点着,这时有村民马上凑上去,一脸媚笑:"大队长,我借个火!"边说边用含在嘴里的烟去接牛大队长的打火机。牛大队长待对方吸燃后,吐一口口水,笑眯眯地骂一声:"狗日的,以为打火机是集体的啊!"牛大队长的打火机是他城里的一个亲戚送给他的,这是牛大队长的心爱之物,骄傲之物。农民们用的都是火柴,只有牛大队长用煤油打火机点烟。有次公社副书记想要牛大队长的打火机,牛大队长开完会就走了,连饭都没有吃公社食堂的。再去公社开会的时候就不带打火机去了,对那个副书记说:"打火机丢了!"说得一脸悲戚。副书记也连声说可惜了可惜了,多好的打火机啊!只有在大队,牛大队长才随时使用自己的打火机,可每次都有人来蹭火,牛大队长老是那句话:"狗日的,你以为打火机是集体的啊!"

烟抽得差不多了,牛大队长就开始分工:"米六高,你带几个男劳力专门负责担泥巴,一天每人记十二个工分。王秀芬,你们几个妇女负责挖土,每人记九个工分。罗三节,你们几个老年人负责装土、修修箩筐什么的,每人记八个工分。"

都说好。大队长又骂一句:"狗日的,都不准偷懒!"

都说大队长放心吧,我们不偷懒。

牛大队长又补充一句:"哪个龟儿敢偷懒,老子扣他工分。杨会计,你盯着点!"

米建国看见大队长这么威风,就在心里想,自己以后要是当上大队长多好啊!随时都是一呼百应、指哪打哪。

每年年终,集体都要会一次大餐。把生产队的鸭子杀一些,每家去个代表。只有大队长家全部可以到齐。那真是全大队的盛宴啊,除了每家的代表,还要安排很多人去一起吃,安排谁也是大队长说了算。他说:"杨歪嘴,喊你老婆去帮着扯鸭儿毛!"杨歪嘴就笑得更加灿烂了,马上回答:"好好,没得问题!"因为要做这么大一场盛宴,是很复杂的一次工作,少不了打杂。都愿意去打杂,常年累月清汤寡水的日子,每人肠子里早就没有油珠珠了,都想趁着去吃这么一顿难得的好伙食。打杂的也可以一同去吃,相当于现在的什么特邀代表、列席会议人员什么的。虽主不了正,其他待遇也差不到哪里去。

米建国也参加了一次盛大的宴会。有年,放了暑假,米建国的爸爸提了一斤红糖找到大队长,要求让米建国去放大队的鸭子。挣工分也要走后门的,特别是小孩子要挣上队上的工分很难。牛大队长想了一会就说:"好吧,就让建国和我家二娃一起去放吧!"就这样,米建国挣了工分,放一天鸭子是三分工,米建国十分喜欢放鸭子,和牛二娃每天跟着三个大人走南闯北的。三个大人中,一人负责挑鸭棚子和煮饭,一个负责把鸭队伍带到下一个地方,一个负责在最后收尾,分工很明确。米建国和牛二娃就负责中间,手拿一根竹竿,竹竿上缠了点花布,招呼着鸭子不要乱跑,每到一个地方后,就住一个晚上。这时候,米建国的任务就重了,特别是中午,把鸭子放到一块稻田后,两个大人就在鸭棚子里睡觉,只指使米建国去守好田埂。他们一般不指挥牛二娃,时常吃饭的时候就争着给牛二娃找老婆,可牛二娃偏说:"我以后要我爸爸给我找个老婆!"

米建国戴上斗笠,就坐在田埂边。田里的水稻已经长到自己的脚弯这么高了。头上大太阳,地上热气蒸,热得很。米建国还不敢乱跑,大人说:"鸭子我们数了个数的,跑丢了一个就扣你工分!"

这时候的米建国特别羡慕牛二娃。谁叫人家爸爸是大队长呢?

鸭子还没放大,就开学了。米建国和牛二娃又回到了学校,大会餐的时候,大队长说:"老米,晚上叫建国一起吃饭!"说这话的时候,是在大会开完后说的,开大会都是晚上开,这样不耽误农活。会一开完,大队长就宣布了明天吃大餐的决定,接着又点了打杂的人。最后才点了米建国。其他同伴都羡慕得不得了。当时,米建国正和小伙伴坐在角落里打瞌睡,那时候根本没有家庭作业。一个同伴听到消息后,拐了他一肘。米建国才知道自己要和大人一起去吃盛宴。那一刻,米建国真感觉大队长是世界上最好最亲的人。

当然,更多的认为,牛大队长本领大,威望高,处理事情有一套,把农活安排得细,把纠纷也处理得好。农村的婆娘关系很不好处,动不动都有吵架的斗嘴的,甚至还有打架的。一吵起来、一打起来就乌烟瘴气的。怎么劝也劝不住,怎么拉也拉不开。每到这时就想到了牛大队长。于是,脚快的就去喊牛大队长来处理。

很快人群就有人喊:"大队长来了!"都往外看,悬着的心也放了下来,顿时有了主心骨。

牛大队长果然来了，来得并不是很匆匆，像在散步，又像在欣赏风景，还没到，声音就到了："热闹啊！"

婆媳听见牛大队长声音，都赶忙住了嘴，住了手。争着迎上去告状。

牛大队长一挥手，都回去吧，明天还要出工。围观的人磨磨蹭蹭的走了，虽不舍，但不敢违抗大队长的话。

牛大队长仍然悠闲的先卷一支烟。不说话，认真地卷。也不说婆媳谁对谁错。烟卷好，掏出煤油打火机，点燃，吸一口，又吐一口口水，才说："你们都进屋吧，我给你们调解调解！"

进屋后，婆媳还是那一套，各说各的。牛大队长对屋子的男主人说："看来，这事麻烦，要慢慢来，你快准备晚饭吧！"男主人就四处看，望见了腊肉，就割下一刀。望见了生蛋母鸡，也来一只。男主人在做这些的时候，牛大队长就说："不要急，你们一个一个慢慢说。"

直到好菜端上桌，牛大队长还没有解决问题。而是望着男主人："没有酒？"男主人就脸红了，说过节打的三斤红苕酒喝完了。牛大队长也不生气，就说："叫勇娃子去我家拿。"男主人的儿子勇娃果真就跑去把酒拿来了。

牛大队长反而却像了主人："来来来，都坐起，先吃饭！"婆媳畏畏缩缩的也上了桌。看见自己从来都舍不得吃的东西摆在了桌上，心就痛了一下。牛大队长可不管这么多，倒上酒，和男主人喝了起来。又去夹鸡腿，一口咬下半边，婆媳的心又痛了一下。待酒足饭饱后，牛大队长说话了："我说老李，你这个男劳力怎么当的，家里每天这样吵吵闹闹的，你还每天挣十个工分？"男主人老李就低下了头，拿眼去剐自己的老婆。牛大队长站起身，拍拍屁股，又说："哪个人不会老？"边说边往外走，一家人连忙往外送，送到门口，牛大队长又站下了："老李，你家的问题，我调解好没有？"

一家人一时反应不过来。望着牛大队长。牛大队长继续往外走："如果没调解好，明天晚上我再来！"望着牛大队长的背影，都说调解好了，调解好了，大队长，让你操心了！

从此，这类事情就不再发生了，如遇婆媳吵架，只要有人喊一声，大队长来了！就都哑然了。

转眼间,土地下放到户。大队长也不叫大队长了,改叫村长。大队也不叫大队了,改叫村。都说,这叫法好。村长、村长,一听就像当官的。

改叫村长的时候,米建国去当了兵。牛大队长因为年龄等原因也不再是村长。村长由四十多岁的李贵洪担任。

米建国在部队干了五年,没有转成志愿兵,又回到了村里。干了几年农活后,很快的结婚生了子。他再也没有什么远大理想了。他的理想一个一个破灭,当大队长,他年龄还小,等想当时,又不叫大队长了。他看见村长李贵洪干得很吃力,没有了集体财产,再也没有人关心集体的事了。每年光是收各种税费,李贵洪就磨破了嘴皮。米建国想,世界怎么变得这么快呢?以前的大队长多威风啊!

变得更快的还在后面。农民都不安心种田了,跑得动的都往外跑。当然,这种变化,最先知道的应该是米建国,他不是一般的农民,他是一个见过世面的男人。几年兵真的没有白当,天南海北都有他的战友,这些变化,通过电话,通过信件,甚至通过好久才难得一见的各类报纸早已传到米建国耳里。但他没有想到的是,农村突然就变得异常萧条了,年轻小伙、姑娘先试着往外跑,过年一回来,语气也变了,服装也变了。变得更多的是思想,大讲外面是如何的好。农村人见了从来没有见过的东西,一些吃的,一些穿的,虽然廉价,但在农村却是极度的时尚,还有一些闻所未闻的见闻,如公园、如高楼、如大厦、如电梯、如游泳馆、如溜冰场……天啊,外面究竟是什么世界?每一个回村过年的人,都带着自豪的心情无限地放大着幸福。而对打工的艰苦,却毫不在意。是啊,世界上还有什么比种庄稼、比修大田、比打大石头还费力的事吗?肯定没有。于是,外面成了人人向往的天堂。

每回来一批人,临走的时候又带走一批。

村里真是不像村了。米建国也和老婆商量准备过完年就去东莞。他的一个战友家开了一个厂,让他去帮忙。

说起这个战友,和米建国感情很深。米建国是农村来的,到了部队,自然埋头苦干,准备好好的转成志愿兵,将来奔成国家人。连长见他老实,肯吃苦,新兵训练一结束,就把米建国分到了炊事班。炊事班的最大好处就是可以偷偷的占点便宜。比如,一个班一盆菜,自然里面没有多少肉。炊事班的人,可以先在碗里拣上几片肥肉,再装模作样的盖上米饭,这样就不容易被发现。吃饭前,连队都是要集合唱歌的。每当这时,米建国就对着东莞战友做一个手势。唱歌一结束,东莞战友装着去炊事班洗碗,就接过了米建国埋了肥肉的米饭碗。他们新兵集训时,是铺挨铺的战友。后来,米建国就专门喂连队的猪,喂了三年,还荣立了一次三等功。

东莞战友喊米建国去的时候,米建国就迅速的安排好了家里的事情。父母、老婆也特别支持。尤其是老婆,看到打工回家的人搬回了影碟机,还有手机等现代化东西的时候,羡慕得直流口水。

村长李贵洪知道米建国当过兵,战友肯定少不了。就经常找米建国说事。有时是田边地头,有时是到家里来。有几次还站在了大黄桷树下,村长说:"建国,你路子多,能不能给哥介绍一个好的地方打工?"米建国看看村长,李贵洪就低下了头,狠命地吸烟。喃喃自语道:"老婆恨不得明天就把自己撺出去,家里的农活没啥干头,除了这费那税,还倒贴,这庄稼我早就不想种了。"米建国抬头看见了挂在树上的喇叭,喇叭早就不响了,连接喇叭的线都不知到哪里去了,只是喇叭还孤零零地绑在上面,锈迹斑斑的。这可是以前大队长发号施令的重要手段啊!米建国问:"你不当村长了?"李贵洪突然就来了气:"当村长,当卵!不是人干的!"一提当村长,李贵洪就有发不完的火,说这村长比农民还不如,要建议搞个什么事情,本来是为大伙好,可是谁也不理,还以为你想占什么便宜。又说,你喊人家出义务工吧,来的全是老老少少,就是没有一个年轻人。做不了重活不说,还容易出事。前年,村长号召大伙出工修村道,乡里补助了诸如水泥、打石板的少许经费,李六爷在干活的时候,把脚扭了。老两口就去村长家要医药费,要吃要喝的闹腾了半年。

"唉!"村长长长地叹了一口气。叹得米建国心里凉凉的。村长说:"过完年我就走,也不管了,不和乡里打招呼,老子自己跑,不当这个卵村长。"米建国说:"那我们一起走吧,去东莞。"

村长没有等到米建国一起去东莞,自己先去了福建。春节一过,乡里通知村长开会,却突然找不见了。于是乡里就临时通知了米建国去。米建国还没有走的原因,是过年雨水大,猪圈被浸垮了。准备把猪圈重新垒好再走,正是一个晴天,和老婆垒猪圈的时候,村里代销点的杨拐子跑来说,建国,乡里通知你马上去开会。米建国愣了一下。村里的代销点是全村的信息通道,哪家儿女有事打电话回来了,杨拐子就去喊人家。那边电话就挂断了,等到家里人来了后,再打过来,杨拐子跑一趟,收跑路费五角钱。

通知米建国直接去乡上开会,米建国拿不准是什么事。莫非好事来了? 米建国退伍后的理想是当警察。军装穿了几年,穿出了感情,认为只要是解放军的衣服穿在身上都威武。可是退伍后,没有了肩章帽徽,那衣服穿起还可以,如果再戴上军帽,就显得特别怪。他就给转到县公安局工作的战友王国兴说穿不成警察服,弄一套治安服穿起也可以。当时,米建国的愿望是当乡里的治安员。经过几年努力,那战友王国兴听说已当城郊派出所所长了。会不会是王所长把自己的事落实了呢?

米建国赶到乡上的时候,才知道是开村长大会。想马上离开,已经来不及了。书记说:"是建国啊,快坐快坐!"书记认识米建国,书记那时候还是乡长,看见部队寄了一张喜报回来,就问:"米建国是哪个? "办公室的人就说是米家梁子的米有才家的大儿子,乡长就哦了一声。春节乡长亲自去米家送那一张三等功喜报和五十元慰问金,这样就对米建国这个名字有了印象。

会议内容是安排来年的生产。副乡长、乡长都讲了话,最后是书记总结。听得下面的村长们直抱怨,落实不了,现在农村连死了人,抬棺材的年轻人都没有,哪还有青壮劳力,都跑出去打工了。

散会后,米建国被留了下来。乡里领导集体找米建国谈心,要他当村长。米坚决不同意,说自己很快也要出去打工了。乡领导轮留做他工作,还给他发烟。米建国坐在那里烟照吸,只是不同意当村长。

乡长突然问:"你在部队是什么级别? "米建国脸红了一下,说是班长。

乡长笑了,说:"我在部队是营长。"于是大家就问乡长怎么做战士的思想工作。乡长说做思想工人是教导员的事情,我只下命令,没有思想工作。

乡长突然严肃了语气:"米建国同志,当过兵的人都知道,军人以服从命令为天职,现在的农村急需你这样的人挑起来。就是李贵洪不走,我们也要把他换下来,你明白吗? "

米建国说:"不明白。"书记接过话来:"你不明白不要紧,现在我就给你说明白,今天开始你就是村长了。我们明天来村里宣布! "

米建国回到家后,向家里人说明了情况。只有老婆嘀咕了几句,父母亲倒没说什么。父亲最后说:"一个乡村没有一个主事的还真不像村!"

米建国苦笑着摇了摇头。同时,多年的部队生活也使他养成了服从命令的习惯。乡领导的话不是没有道理,父亲的话更是正确。一个村都没有一个青壮力出来主事,那么这个村肯定乱成一锅粥,说不定人脑袋打出狗脑髓的事都干得出来。

第二天,乡里就来了一帮人,乡长亲自带队,还拿来了一个糊好的投票箱。乡上工作人员还通知每家每户到大黄桷树下开会。好多年不开会了,都感觉新鲜,没想到人来得特别齐。这时,乡里副书记才讲明白,是喊大家来选村主任,突然之间,村长又改叫村主任了。副书记说:"通过考察,我们认为米建国当村主任比较合适,大家如果同意,就在选票上画勾。"

米建国全票通过,当选米家村村主任。但此时,农民们已经不再改口了,仍然喊米村长。

146

米村长上任后遇着的第一件事就是解决家庭纠纷。当时,米村长正在山坡上挖土,听见村民喊:"村长,周大婶出事了。快去解决!"米建国扛上锄头就去了。周大婶坐在阶沿上哭,围了很多村民在劝。儿媳妇在一边咔咔的砍着猪草。周大婶老伴死得早,儿子又外出打工了,孙女在村上上小学,家里只有老中小三代女人。老人一直是和独生儿子生活在一起的。

米建国还没走拢,都马上闪开一条路:"村长来了,村长来了!"

米建国问怎么一回事。大家七嘴八舌的就说了。中午饭早吃过了,可是儿媳小芬不让婆婆吃午饭,说婆婆还没有把猪草砍完。米建国沉着脸问儿媳妇:"小芬,你吃了吗?"小芬把脖子一梗:"吃了!"小芬是有名的泼妇,别人家鸡吃了她家几颗谷粒,她都要撵上门去骂半天。

米建国不再说话,扛起锄头就闯进灶房,一会就听到"砰"的一声,接着又是一声。大家你看我,我看你,都不说话。小芬进屋后,出来就号啕大哭:"狗日的村长,你敢砸我锅!"提着菜刀就向米建国冲去,米建国大吼一声:"再骂一声狗日的,看我不挖死你!"米建国举着锄头恶狠狠地盯着小芬。小芬一下就蔫了。米建国掏出二十元钱甩在地上:"马上去买锅,你不让大婶吃一顿饭,我就砸一次你的锅,砸到你顿顿喊大婶吃为止!不服气你就去告!把我告得不当这个村长了,我请你喝五粮液。"

后来,周大婶对米建国说:"建娃子,我那儿媳妇现在每顿都喊我先吃!"米建国就说:"你告诉她,再耍泼,我还收拾她!"

村里治安越来越不好。村里没有了青壮力,外地流窜的贼胆子就大了起来,经常深夜摸进村来偷鸡摸狗,搅得人心不安。今天张家丢几只鸡,明天王家丢几只鸭,甚至在山坡上吃草的羊也被偷了。都说:"村长,这样下去可不行,晚上都没法睡觉了!"

米村长劝大家:"不怕,有我哩,我不是村长吗?有我在,大家不要怕,自己睡自己的。"

下午,村长一般就在家睡觉。晚上,他就扛着锄头全村巡逻。有天晚上,他在周大婶的屋后遇着了两个年轻人。村长走上前去,两个年轻人慌慌的想走,村长说:"小伙子,抽支烟!"两人就蹲下了。

点上烟后,村长说:"其实,我是认识你们的,也知道你们是干什么的!"两人慌了一下。村长继续说:"我是村长,我有责任和义务保护好大家的生命财产安全。说老实话,真要收拾起小偷小摸来,我可以小题大做,直接把小偷送进大牢,市、县公安局长都是我战友!他们经常来我家喝酒,要我提供犯罪嫌疑人,提供一个给我五千元。我不想那样做,人活得不容易,但要走正道,如果把我惹毛了,我就靠抓人坐牢挣钱,肯定比打工要强!"两个年轻人啥都没有说,抽完烟就走了。

第二天是星期天,村长给他当派出所长的战友王国兴打电话,喊他带一车人来吃炖土鸡,喝烧酒。村长最后说:"你们全部穿警服开警车,带家伙。"所长疑惑了:"要我们来抓人吗?"村长说不是,是想看看你们穿警服的威武样子,老战友了,就是想念,所以想一起喝酒。

果然,所长带领所里的六个干警全副武装的来了,到村长家坐了一会后,村长就带领大家转转,到处看看风景。每到一户,都问:"村长,来了?"村长就笑,我的战友是城里公安局的,大家有什么案的就报给他,他保证抓人!

所长就笑:"建国,你比我气派,你管了老老少少千把人,我才管六个人!"村长就叫苦,说:"我情愿管六个人,这个鸡巴破村长当起事还特别多,你一定要拉兄弟一把。"所长问:"怎么拉?"村长说:"你带着警察隔三差五的来我家吃

饭就可以了。"所长笑笑,说:"明白了!"

傍晚,所长他们走的时候,故意开警车绕村里转了一个来回,拉着警笛,很是风光的展示了一圈。

村里的男女老少趁赶场天,就把城里警察是村长的战友一事到处传遍了。别村的人问:"那你们的治安肯定很好了!"村民回答:"当然好,村长一个电话就可以随时抓人去坐牢。"别的村村民就羡慕不已,说他们村的偷盗越来越严重。

村长仍然习惯地到全村走一走,每到一处,村民都争着和他打招呼:"村长来了?"都忙着递烟倒水。

村长就反问:"村长来了不好吗?"大家都说村长来了我们就心安了。

说一些家常话,村长就笑眯眯地走了。村民相送,说村长走好。

村长就慢慢地走,他在想,村长究竟应该怎么走才算走好。

148

水里有鱼

会议的程序或者说规矩一般都是这样的：由副职主持会议，县长作布置，最后由县委书记作重要讲话。

廖有才坐在第一排，摊开的笔记本上记录了很多内容，标题是"二郎县抗洪工作动员大会"。还记录了主持人、常务副县长的主持词。现在正是县长在作抗洪工作部署。

平时的会议，廖有才是很少坐第一排的。全县二十一个乡镇，除了主席台上坐的县领导以外，坐在下面第一排的一般都是城郊镇和经济发展好的几个乡镇领导。每排只有六个座位。很多时间，县里开会廖有才都是坐在第二排或者第三排。

县委书记王德贵是从外县县长位置调来的，他到二郎县任书记后，改变了很多已成惯例的东西。比如，会议的座次，以前都是各乡镇、县直机关等为序。现在每召开一个会议都有变动，因为每个会议主题不一样，谁是该次会议的主要对象，谁就坐第一排。也就是说，坐第一排的乡镇，就是要落实会议精神的重点单位。

廖有才不敢马虎。此次会议精神，白塔镇和宝塔镇是重中之重。他用眼睛的余光瞟了一眼唐德寿，后者正热切地迎着县长的目光，不住地点头，也不住地在记着什么。县长的部署很明确，也很细。县长的讲话足足讲了一个小时。

县长作完部署后，主持人看了看县委书记王德贵，就宣布："休息十分钟！"

于是都走出会议室去吸烟和上厕所。这是县委书记到二郎县后,改变的惯例之一。凡是有县委书记王德贵参加的会议,会议时间一律不准吸烟和上厕所。若有拉肚子的,会议前要亲自跟王书记请假,得到王书记特批后,才可以去厕所,所以,凡是开会时,看看有人悄悄地上厕所,其他乡镇的领导就会说:"你少吃点油大嘛!"

油大,是二郎县的方言,是大鱼大肉的意思,被听着吃多了油大的人就会脸红,很不自在。是啊,拉肚子通常都是吃多了油大造成的。

趁休息这十分钟,廖有才先去了一趟厕所,就在走廊里吸烟。乡镇镇长书记什么的干部,都烟瘾大、酒量好。常年和农民打交道,农民们要的就是这种大碗喝酒、大口吃肉、不间断地吸烟的农民式干部。廖有才一直在基层,三年前,他从一个镇的镇长位置上调往白塔镇书记,同时上任的还有唐德寿,后者是从县委宣传部副部长位置来的宝塔镇做书记。

廖有才正吸烟的时候,唐德寿也走了过来,他刚从厕所出来,嘴里自然也叼了一根香烟。唐德寿掏出一包"软中华",示意廖有才来一支。廖有才把夹着的香烟向唐德寿晃了晃,唐德寿就把烟揣在了裤口袋里。靠过来说:"中午可能县里要喊大家喝一杯吧!"唐德寿以前在机关,来镇上任书记两年,已完全没有了机关干部的干净清爽,露出一口黄黄的牙,还有没有刮干净的胡须。

廖有才拿着烟头,找丢弃的地方。走廊上打扫得很干净,他就把烟头丢进脚边的痰盂,说:"不知道中午县上怎么安排!"

县文联主席也走了过来,唐德寿马上又掏出软中华,文联主席看看表压低声音说:"时间不多了,改天再喝你唐县长和廖县长的庆功酒!"唐德寿连忙制止:"兄弟,可不能乱说!"文联主席也打着哈哈。分别和唐德寿和廖有才拉拉手:"我没乱说!"

明年春节后,就将换届,二郎县要上一个副县长,目前最热门的人选就是廖有才和唐德寿。这已是全县干部尽人皆知的秘密。很多同事和下属遇着廖有才和唐德寿的时候,都表达了这种祝愿。但是,谁都知道,人事任免是个很敏感的问题,传得再厉害,一天没到位都不能算数,随时都有可能改变。每当遇到这样的情况时,廖有才和唐德寿都只是笑笑。这个问题不好接腔。别人祝贺你,你说同贺吧,又显得高兴得太早。你说,没有的事,我根本没想这个事,又显得虚伪。说不定你走不到这个位置,别人就去想了。所以最好的办法就是保持沉默,再笑笑了事。

主持会议的常务副县长在门口吼了一嗓子:"继续开会了!"廖有才看看手机,刚好九分钟。大家都不声不响地走进会议室。

主持人说:"下面请县委王书记作重要讲话!"县委书记王德贵就把话筒再动了动,用手指在话筒上弹了几下,听到"砰砰"的声音,就开始重要讲话了:"同志们,今年抗洪抢险任务繁重……"书记讲话的同时,就在第一排的人脸上盯来盯去,似乎这个会议专门为第一排的人开的一样。

廖有才快速地记录着,生怕漏掉了重要讲话的内容。他再看旁边的唐德寿,也在一心一意的忙着,他笔记本上,居然还画了一个话筒,很逼真的样子。唐德寿以前任宣传部副部长,会画几笔,可能是县长作部署的时候,他画上去的。书记重要讲话的时候,没有谁敢乱动的。

重要讲话共分三个部分。一是领导重视,健全组织。二是宣传发动,提高认识。三是多方协作,全力抗洪。书记很有才,就这三个部分内容还发表了阐述,有时丢开书写好的讲稿即兴发挥一下。书记的重要讲话是打印的,参会人员人手一份。记过书记的开场白后,就可以只看文件了。但是,书记要随时临场发挥,因此,参会人员又不得不时时刻刻作好记录的准备。书记的讲话一共二十六页,从中央、省、市对抗洪的重视,到本县的具体举措都有,如果都按这个布置落实。不说至少五十年一遇的洪水,就是百年一遇的洪水都能阻挡住。

廖有才看见唐德寿在"宣传发动,提高认识"几个字下面画上了着重符号。

书记丢开讲稿,讲稿已经念完了。书记在作最后强调:"责任是落实到人头的。谁出了问题,就处理谁。我告诉大家,非常时期,如果不履职,处理了你是没有地方平反的!"

书记说完,就点名了:"白塔镇,有没有问题?"

廖有才连忙站起来:"请县领导放心,我们白塔镇保证没有问题!"

"宝塔呢?"县委书记面无表情地问。

唐德寿站了起来:"我们宝塔有些难度。但是,我们坚决迎难而上,全面完成抗洪任务。"

县委书记点点头。

主持人宣布:"鉴于非常时期,中午就不留大家吃饭了,各自回家迅速的抓好传达和落实!"

廖有才起身准备离去,书记却说话了:"白塔、宝塔!"正在离去的参会人员都愣了一下,回头望了一眼,不声不响的走出了会议室。

廖有才和唐德寿就走向书记。书记王德贵把公文包夹在腋下。县委办工作人员马上过来接过书记的公文包和茶杯。书记才说:"你们两个都是重点,我最放心不下!"

唐德寿马上表态:"保证没问题,请书记放心!"

廖有才也说:"请王书记一定放心,出了问题拿我是问。"书记伸开两手,分别趴在廖有才和唐德寿肩上:"有你两个在,这两个镇的抗洪我就放心了!"

书记说话时,加重了手势。

一切尽在不言中,廖有才和唐德寿诚恳地点了点头。

坐上车,唐德寿问:"廖书记,现在怎么办?"廖有才看看时间,已经十一点半了,就说:"还能怎么办,赶快回去去抓落实啊!"

唐德寿说,那我走前面,你后面跟着。说着就在前面带路。

这几年,乡镇办公条件改变很大,每个乡镇都有了几辆小车,理所当然的书记有一辆专车,工作起来也方便。

驾驶员问:"廖书记,我们怎么走?"

廖有才看看唐德寿的车就说:"跟上它走吧!"

两辆车驶出县城,就往回程的路上走。

白塔和宝塔是相邻的两个镇,两镇距离十公里。全县有一条嘉陵江贯通。流经白塔、宝塔再进入外市。白塔和宝塔也是嘉陵江流域最低洼的地段,所以抗洪任务比其他乡镇严峻。这也是县上高度重视和不放心的重点。

大凡江的流域,都有一些被冲刷形成的河滩地。土质较好,特别适合种西瓜和蔬菜。奇怪的是,白塔和宝塔有一大片这样的土地,区域划分,把这一大片地一分为二,白塔、宝塔各管一半。说实话,每年,这两个镇都靠这片河滩地产生经济效益。

先前,廖有才还准备今年下点决心,把属于白塔的那片河滩地建成农民新村,集观光、农家乐旅游于一体,那里住了六十多户人家,三百多人,完全可以搞成规模。没有想到,今年预测,将来至少五十年一遇的洪水。这把廖有才的思路打乱了。看来,这项工作要推后了。

廖有才靠在车上打盹。乡镇干部都喜欢坐前排,不像市里领导坐后排。他突然看见唐德寿的车在路边停了下来。驾驶员也把车靠了上去。

车停在了路边的一家餐馆。这家餐馆以卖野生鱼而出名,生意很火暴,嘉陵江产鱼,打来的鱼多卖在了这里。许多城里的人都专门开车到这里来吃野生鱼。廖有才看看表,正是中午十二点了,是该吃午饭了。

唐德寿先下了车。他走向廖有才,随即拉开车门,把右手搭在廖有才头的上方,说:"廖县长,请下车吃饭!"

廖有才马上抓住唐德寿的手,用力地握了握:"唐县长,我请你吃午饭吧!"

两人嘻嘻哈哈走进餐馆,只见唐德寿的驾驶员小吴在向他们招手。两人穿过拥挤的食客,向二楼走去。"刚好还有一个雅间!"小吴这样说,就招呼大家:"你们先座,我去安排鱼!"说完,又咋咋呼呼大叫:"服务员,快上茶水!"

小吴下去安排鱼去了,廖有才的驾驶员小刘把四副碗筷摆好后,就招呼两位:"唐书记、廖书记,你们稍坐一会,我去看看!"小刘随即掩上了门。雅间只剩下唐德寿和廖有才了。唐德寿递了一支烟过来:"兄弟,大难当头啊!"廖有才苦着一张脸,在用力吸着烟,他的心里完全在那块河滩地上。

见廖有才不言,唐德寿却笑了起来:"兄弟,天塌下来也要吃饭啊!"

廖有才悠悠地说:"我就是担心这洪水一来,那片河滩地就报废了!"

唐德寿笑得更爽朗了:"你啊,我不是说你兄弟,兵来将挡,水来土淹,不是说是预告吗?这洪水就有可能来,也有可能不来,现在还早,再担心也没有作用!"

这时,鱼已做好端上了桌,小吴、小刘也拿来了酒。唐德寿用筷子点着一大盆鱼说:"来,来,廖书记,先吃饭!"

于是就不再谈工作,开始喝酒吃饭。两位驾驶员专门负责倒酒,很少说话。廖有才就和唐德寿有一杯无一杯的对饮。等一瓶白酒喝干的时候,唐德寿问:

他
们
看
我
不
顺
眼

TAMEN KANWO BUSHUNYAN

154

"再来一个？"廖有才连忙摆手："不喝了,不喝了！"

　　的确,在这全民皆抗洪的当下,躲在这里喝酒很不合时宜,如果因喝酒再误了大事,那就真成罪人了。现在的网络很发达,各种记者到处乱窜,弄不好,自己喝得大醉的镜头就上报了,甚至上网了。

　　唐德寿也不勉强,就问："吃好没有？"廖有才打了一个酒嗝说："吃好了！"大家就起身往外走,廖有才向小刘递了一个眼色,小刘马上苦了一张脸说："被吴哥抢先买了！"

　　听见小刘这话,唐德寿就装着很不高兴："廖书记,我以后还请你多关照,现在请你吃顿饭也不算行贿吧！"廖有才无话可说,握了握唐德寿的手："那改天我请你！"

　　唐德寿马上接上："改天再喝你的喜酒！"

　　回到镇上,廖有才就组织召开了全镇机关干部会议,要求大家务必提高认识,坚守工作岗位。廖有才把县领导的话重复了一遍："非常时期,不履职,处理了你是没有地方平反的！"

　　一散会,廖有才就和镇长毛大伦去河滩了。毛大伦是廖有才到白塔镇后,力荐提起来的。当时,毛大伦排在第三副镇长的位置。人很年轻,分管计划生育。廖有才见他工作点子多,所以在镇长调任县计生局局长后,就把毛大伦推了上去。这个年轻人当了镇长后,和廖有才搭档得特别好,除了个人对廖有才特别尊重外,对廖有才作出的工作部署,都能不折不扣的抓好落实。

　　河滩地真是一块好地,如果不涨水,将是一块宝地,种啥收啥,所以这里的农民都比较富裕,很多农民在城里买了房。特别是廖有才来白塔后,重新作了规划,使这片地效益更高。

　　如今这片地里长满了绿油油的蔬菜,还有陆续收获的西瓜。见两位镇领导来了,许多农民都亲切地招呼："廖书记,来吃西瓜！"随即跑进地里,挑了一个又大又沙的西瓜出来。在炎热的天气,吃这样的西瓜真是莫大的享受。

　　农民们都围了过来,亲切地问："廖书记,是不是我们又要重新调整结构？"廖有才回答："目前不是调整结构的事情,最焦心的是,洪水就要来了,洪水一来,只怕这里的什么都保不住。"

　　"那我们怎么办？"农民们都很着急,看着这片绿油油的河滩地出神。

"大家把蔬菜、西瓜等作物,在七月中旬前都全部收获完,能卖多少是多少,以减少损失!"

农民们沉默了。

七月中旬,很多蔬菜长势正旺,一般在七月底才收获,那时的菜价贵不说,产量也是最高,如果提前几天收,显然损失是巨大的。

廖有才作出这决定也是无奈,"捡一个总比掉一个强",大家形成了共识,都认为尽快把菜运到市上卖了是最好的办法。

廖有才就和毛大伦察看大家的住房。三百多村民居住在河滩地上,墙体都是泥垒的,俗称"干打垒",这样的住房是禁不住洪水浸泡的,农民们有了钱后,都想进城买房,可又感觉离了土地就失去了依靠,再说,谁也不想丢弃这片河滩地,因此,住房就一年一年的这样拖了下来,只是每年对"干打垒"进行一些简单的加固。廖有才来当书记后,召集这三百多村民开了一个会,征求了一下大家意思,说准备把住房集中到山上,修一条农民街,全部修成楼房。这样可以更多地腾出一些地。但是农民还是坚持住在河滩地上。几代人生存下来,房子虽然简陋,都住出了感情,房前屋后不是菜园子就是竹林,别有一番风味。现在城里的人越来越多的向往田园生活,时不时的都有城里人挂一个相机到河滩地走一走。河滩地美丽的风光不时在市、省报纸发表,引来不少人旅游。因此,廖有才也打消了建农民新街的念头,准备把河滩地打造成乡村特色景点旅游,做农家事、吃农家饭的乡村旅游。试想,城里人到地里自己去采摘蔬菜,再到农户家里自己动手煮着吃,这样的旅游肯定能火。

河滩地的农民住户基本上都是单家独户,每家一个小四合院,院内干净整洁,还有不大的一块菜地,种点葱、蒜苗什么的惹人眼。院内也往往还有一个鸡棚,里面养着本地地道的土鸡。这些土鸡一直吃米糠和菜叶长大,因此,肉味鲜美,每次,县上领导来白塔检查工作,都是安排到河滩地吃饭。吃得领导们很满意。吃完饭后在菜地里走,那精神就无端的振作了几分。到处是绿油油的蔬菜,空气中是农家肥、菜叶的混合味道。近处有几条狗在悠闲散着步或者在撵吃菜叶的鸡,一切是那样的原始而和谐。

廖有才和毛大伦走进一户农家。主人正在择菜,准备第二天上市。一见廖有才马上端出板凳请书记镇长坐。主人的狗也不断摇着尾巴,还伴着嗯嗯的快乐声。随同的村支书毛勇像在自己家里一样,不断地跑上跑下的端茶倒水。

廖有才和毛大伦碰了一下头,就商定了抗洪抢险办法,并要村支书记毛勇抓好落实。为了落到实处,毛大伦说:"毛勇,你安排一个住处,我就住在村里督促。"边说边用眼神征求书记廖有才意见,毛勇也望着廖有才表态。

廖有才就说:"大伦镇长还是回镇上去,我留在这里。"见毛大伦有疑问,廖有才又说:"你回去准备几万元钱,买上水泥,带上水泥工直接到河滩地来。我住在这里督促。"

毛大伦和毛勇都没有言语。镇党委书记发了话,就是决定,得服从。再说,廖有才这样安排也是合理的。今年抗洪抢险,至少五十年不遇,也许百年不遇,也许两百年不遇。时间如此仓促,真出点什么事情,那就完了。廖有才正在关键时期,可千万不能出什么岔子,关键时期,自然是书记亲自把关为好。

镇长毛大伦就站了起来:"老大,那我就回去落实了!"廖有才点点头。镇干部私下都喊书记为老大。村支书毛勇就起身相送。

毛勇是一个退伍军人,一个有头脑有思想的小伙子。廖有才刚任镇党委书记时,到村里调研,在座谈时,问到村里的发展,毛勇就谈了一些想法,这种想法很对廖有才的口味,后来,就打听毛勇的情况,把他提成了村支书。

毛勇上任后,村里工作有了大变化,人心也齐了。特别是着重在河滩地上做文章,效益显著提高,一下就建立了自己的威信。

廖有才就在毛勇家住了下来,准备战斗到抗洪抢险结束。初步估计要半个月左右,这样一想,事情还真多。他马上要求,河滩地在三天内全部把蔬菜收割上市。与此同时,对每家的房屋进行水泥加固。村里对村民也作了分工,女人负责收菜卖菜,男人由村里统一调配。

村民虽然心有不舍,但还是按廖有才的指示落实了。边收菜边疑惑:"廖书记,他们那边怎么没有动静?"

廖有才就望向一分为二的宝塔镇领地,那边风平浪静,一如往常,居然没有任何动静。廖有才不免为唐德寿捏了一把汗,这关键时刻啊,老唐怎么还不行动?这样想的时候,廖有才就给唐德寿打了一个电话。唐德寿那边闹哄哄的,还有麻将的声音,只听唐德寿大声的说道:"廖书记,我们正在召开抗洪抢险誓师大会。"又打趣道："你白塔的廖书记都行动起来了，我们宝塔的压力不小啊!"两人打趣一番就挂了电话。廖有才对村民说："我们不要管别人，把自己的事做好，他们很快也会行动的。"心里不免悠了一下，看来唐德寿的动静不小，都搞誓师大会了。

水泥很快运到了河滩。廖有才就和毛勇挨家挨户的组织劳力加固。都是"干打垒"的土墙，禁不得水泡，水一泡肯定全都垮塌。所谓加固，就是用河沙和水泥把墙体全部糊一层。为了慎重起见，廖有才还专门把镇建筑队的技术员叫来负责河沙和水泥的比例。不放心地问："这样加固后禁水泡吗?"技术员推了推眼镜，很自信地说："廖书记，如果这么高的标号都被水三五天泡垮了，你抓我去坐牢!"看技术员不像是开玩笑，廖有才放心了。

抗洪抢险的另一项任务就是搭建临时的住所。河滩地边沿就是一座山，叫鹤鸣山。山上有一座塔，叫白塔，镇名由此而来。平时，这山经过打造，已像一个风景区了。山虽然不大。却有两千多年前修建的宋代白塔。风景很是不错，几年前，几个暴发户在山上靠近白塔的位置买了上百亩土地准备修别墅，被一些人大代表和政协委员告了下来。因此，在山顶上形成了很大的一块平地。廖有才心中的农民新村规划就准备建在这里。现在正好用来搭建临时住房。

临时住房其实很简单。据以往抢险经验，洪水来的时候，多半有大雨，这样，只需能让大家不淋着雨、把贵重物品不丢失、能在洪水期吃上几顿热食就可解决了。

于是就在白塔山的坝子里摆开了战场。用水泥杆当柱子，搭了几个大大的像工棚的屋子。在地上用砖头垫上，到时，把自己门板取来就可以当床。

工棚的外围挖了排水沟，用塑料布扎进土里，这样避免了水流进棚。

这期间，县委副书记和县委常委、宣传部长下来检查了一次。廖有才汇报了自己抗洪抢险的工作情况。两位领导到村里、到工棚看了看，临走，副书记握了握廖有才的手："不错!"当时是站在两镇交界的河滩地告别的。副书记没有过多的表扬廖有才，原因是他一扭头就看见了宝塔镇河滩地绿汪汪的蔬菜。立时心里复杂起来。河滩地形成了鲜明对比，这边已完全变了模样，清一色的水泥墙，土里光秃秃的没有了一点绿意。那边，绿汪汪的蔬菜，"干打垒"掩映在这大片绿色中，田园风光美不胜收。

洪水要来,这只是预测。如果不来呢?或者如果没有预测的那样大呢?所以副书记也不便过多表扬,只是再三空洞地强调:"一定要把各项抗洪抢险工作抓落实!"

副书记的这句指示是包罗万象的。

廖有才又把负责搭建完工棚的镇长杨大伦留了下来,一起住在村里,晚上反复检查看是否都准备好了。因为县上又来通知了,说洪水后天就到。村支书毛勇也低头苦想,到底还有哪些地方没有落实好。村民代表王一明说,到时水一淹,我们吃什么?这样一问,就让大家想到了:在工棚旁打两口大大的地灶,再买点干粮,准备好食物蔬菜。毛勇说,我明天就带人落实。

连续的奋战,廖有才失眠很严重,一躺下就是翻来覆去的睡不着。常常半夜爬起来看村民的住房。他不断地在心里较量着,这墙能禁得住水淹吗?又去工棚,反复查看,如果雨太大,工棚里会进水吗?进了水,那村民不是跟生活在水里一样吗?

看见廖有才熬红的双眼,毛大伦和毛勇有说不出的心痛:"廖书记,你安心歇着吧!应该都安排好了。明天我们就开始组织往工棚搬运东西,让老百姓先安全撤离。"廖有才点点头。

第二天,就挨家挨户的通知大家搬运贵重物品。大家欢声笑语的提肩背包的向大工棚而去。有的说,三十多年了,没想到现在还能再过一次大集体生活。说说笑笑的都跟外出旅游似的兴奋。

洪水说来就来。比预测的来得早。当晚,先是一阵炸雷。接着大雨倾盆而下。老弱病残已经全部住进工棚,还互相开着玩笑:"真发洪水了,张老五,你家的存折拿完没有?""我家就那几万块,在一个本子上。"张老五如实回答,老婆在他大腿上打了一拳:"你个天杀的就你老实!"都哄堂大笑,张老五就埋下头,抽着烟:"钱早就用完了,正准备向政府申请救济。"大家再次大笑。

大雨来得最凶猛的时候,廖有才、杨大伦、杨勇还在挨家挨户的清人。都淋成了落汤鸡,三人边走边问有人吗?回答他的只有雨声。杨大伦突然说:"我们去工棚查查人数不就知道了。"廖有才说:"我们不只是查人搬完没有,还要看看会不会有什么隐患。"其他两人"哦"了一声。又继续前行。

检查了一遍,全村已无大碍。三人向工棚走去。正在这时,县委书记、县长陪着副市长来检查抗洪抢险工作了。副市长很紧张："人都到哪里去了?怎么没有人防守堤坝?"廖有才说:"村民都转移到山上去了。如果洪水太大,自然要被淹,再多的人防守也无济于事。"

副市长没有说什么。看了看廖有才,廖有才红着眼睛说:"请市长检查我们的工棚。"副市长点了点头。在工棚里,副市长被热情的村民围在了中间。这哪里是避灾哟,明明是在开联欢晚会嘛,外面大雨倾盆,里面其乐融融。电视放着,音箱开着,歌儿唱着,扑克打着。副市长情绪也很激动:"洪水无情党有情,我们一定会把大家的生活安排好!"掌声雷动。

临走,副市长一行仍然表情不明地点点头。

廖有才终于松了一口气。倒在工棚里就在村民的热闹声中睡着了。

市领导一行来到宝塔的时候,很是感动。唐德寿组织了抗洪抢险突击队,自己任队长,带着全镇机关干部一个一个往洪水里扑,全力以赴抢救财产。场面壮观,副市长指示记者:"把这些珍贵的镜头拍下来!"唐德寿对着摄像说:"请市领导,县领导放心,我们宝塔镇人在财产在!"

洪水来得猛,也去得快。第三天,洪水就慢慢地流走了。因此,一切又恢复平静。

此时的河滩地完全不一样了。洪水过后,白塔镇基本上没受什么损失。加固的房屋用水一洗,新的一样。

而宝塔镇就不一样了。到处都是被水淹死的蔬菜,太阳一晒,臭烘烘的熏人。更严重的是,房屋基本被水淹垮。宝塔的方案是,人自己借住亲戚家,没有修集中的工棚。所以到处都是人在清理灾后事情,显得非常忙乱。

半个月后,县上召开了有史以来最隆重的表彰大会。唐德寿坐在第一排,戴着大红花。廖有才被安排坐在后排。主席台上的横幅特别显眼:"全县抗洪抢险总结表彰大会"。

开会时,廖有才掏出几粒药吃下,劳累加上雨淋,患了重感冒,洪水退后,住了几天院,输了几天液,还没完全好,领导一直在作重要讲话,他一直忍着没有咳嗽。会上还宣布了资金补助。宝塔损失最重,县财政全部给予补贴,要求尽快恢复生产生活,还宣布了县各大班子帮扶宝塔的名单,什么财政局、交通局呢一大串。白塔损失较少,自己组织开展自救。

在给抗洪抢险先进单位和个人颁奖的时候,廖有才实在忍不住了,冲出会议室。在走廊里猛咳,竟咳出了眼泪。

散会后,廖有才没吃庆功酒。驾驶员问:"廖书记,我们去哪里?"

廖有才回答去河滩地。快到河滩地的时候,廖有才突然叫停车。路边走着张老五,张老五的锄头上挂着一条草鱼,足有八斤重。廖有才问:"张老五,你这是干啥?"

张老五笑逐颜开:"我去镇上卖鱼,妈的,洪水退了,在地里居然还有这么多鱼!"

廖有才很是疑惑:"洪水里有鱼?"

张老五反问:"廖书记,你不知道水里有鱼吗?

廖有才摇摇头。对驾驶员说:"先去工棚!"

因为,按照廖有才的规划,工棚的水泥杆撤下来,将在河滩地上搭建葡萄园游人观光走廊。

社会观察

百鸟朝凤

汇报完工作，我感觉背心里渗出了点微汗，停了几秒钟，我就马上大声说道："请市委卜书记作重要讲话。大家欢迎！"全体与会人员都热烈地鼓掌，掌声经久不息。

卜书记把右手向空中压压，又扶了扶眼镜，慢条斯理地讲了起来："刚才听了县委柳大锤书记的工作汇报，市委表示满意！"

我终于松了一口气。我看见坐在主席台上的市委秘书长张恩德专心的在笔记本上记录着卜书记的讲话。我也赶紧做一心一意低下头记录的样子。

卜书记的前面放了两个话筒。桌上摆着市日报、晚报、电台等记者的几个录音机。市电视台记者扛着摄像机对准着卜书记。镜头慢慢地扫着主席台上陪同卜书记调研的市领导。

卜书记继续说："东江县在县委、县政府的领导下，一手抓产业培育促进发展，一手抓解决百姓疾苦促进和谐，基本实现了产业发展新突破、城乡面貌新变化、人民生活水平新提高，这些工作，市委是满意的！"

我们都等着卜书记作重要指示。卜书记沉默了一会，接着说："我刚到任三天，今天初次下县调研，情况还没完全弄清。因此，重要指示就不做了。今天也就是和大家见个面，拉家常式地交流交流工作。希望你们继续抓项目、调结构、带产业、促民生。"卜书记讲话声音不高不低，不愠不火，如同拉家常。特别是"重要指示就不做了"，让人听来亲切。我望望卜书记，书记也正望着我。我就笑

了一下,等着卜书记继续"拉"下去。

卜书记笑眯眯地看着我:"大锤书记,我听了你的工作汇报,感觉前面的工作方法啊、思路啊都很好!"

"感谢卜书记夸奖,我们将继续努力!"

卜书记挥了挥手,笑着说:"不要那么严肃嘛,拉家常式的嘛!"

我就再次站了起来,表态说:"我们坚决贯彻卜书记的重要指示!"

卜书记也微微地笑了:"大锤书记,在以后的工作中,我想东江县是不是应该考虑大力发展旅游事业?可不要小看这个旅游,她是新兴的产业,我去几个地方考察过,好多地方旅游收入已经占到地方财政收入的百分之四十以上。百分之四十啊,同志们,是个什么概念!"

会场马上就寂静无声了,都在认真地记录着。我在本子上写上:旅游——百分之四十、这样写的时候,我就心紧了一下。这个材料是我昨晚亲自把关的,县委办主任把材料给我的时候,我认真看了几遍,从全县概况,到几个大标题,我认为都无懈可击,语言也很精练,数字也是准确的。没想到,我的汇报会还是出了问题。

卜书记又讲了一些旅游的重要性,最后总结道:"市委相信,东江县是能够打好旅游这张牌的,也能够给全市带个好头!"

汇报会结束了。我和县长、政协主席等连忙坐上车,跟着卜书记,把卜书记一行送出县界。卜书记在过界的地方停了下来,握住我的手说:"大锤书记,工作要用新思维、要有新举措。市委相信你是能够带领全县人民贯彻市委中心工作的!"说完,对我挥了挥手,上车,走了。

我傻站在原地。大脑有种缺氧的感觉。县长王川走了过来,试探着问:"柳书记,我们回去吗?"

我说:"办公室马上通知常委立即到会议室开会!"

十个常委全部到齐了。大家都严肃着一张脸,我把笔记本放在桌上,用双手搓了搓脸,做成一个把头托着的姿势。县委办主任刘松走过来俯下身对我说:"柳书记,都到齐了!"我点了点头,表示知道了。

我就坐直身子,说:"开个常委会!"

都坐直了身子。

"常委会的主题是深刻学习领会卜书记的重要讲话精神！先放录音！"

刘松就去放录音。

大家沉默地听着。卜书记的讲话并不长，八分钟时间，没有官样文章那样一、二、三、四的条条块块，真的就如卜书记所言拉家常式的。

常委们都在心里分析着卜书记讲话的精神实质的时候，我就首先讲了话："卜书记刚到任，第一站就来我们东江县调研，这充分说明市委对我们东江县的工作是重视的。卜书记对我们前期工作表示满意，这是我们在座的各位共同努力的结果。但是，卜书记对我们今后的工作也提出了更高的要求，这要求就是什么呢？"

都在认真地记录着。

"具体归纳起来就是'两新'。一个是工作要有新思维、要有新举措！下面请大家围绕这两个'新'展开讨论！"

县长王川说："我认为我们光抓工业、农业不够，忘记了抓旅游！"

都说："是啊！我们的旅游没什么抓的，所以，以前一直就忽略了。"

我马上抢过话："还没有工作，就先叫苦，什么叫没什么抓的？我们没有抓，怎么知道没有什么抓的？现在，我们重点讨论怎么抓我们东江的旅游！"

谈到旅游，这就是东江的弱项了。东江属丘陵大县，人口有112万，是全市的第一人口大县，农民主要以务工收入为主。县上主抓招商引资，这几年，除了市中区，就数东江的财政收入最好，因此，保民生、促和谐的任务基本上完成了。这也是按照以前市委中心工作展开的。现在是该换换思维了，工业、农业已走上正轨，驶入快车道，再怎么抓，也抓不出新意。还是卜书记高瞻远瞩，一下点准了我们还没狠抓的旅游业。

我问常务副县长："目前，我市的旅游是个什么状况！"

常务副县长就叫苦了："柳书记，你来东江也两年了，也知道我们东江的旅游资源。目前只有几家农家乐有人去耍耍，根本没有外来旅游人员。原因是我们资源贫乏，没有看和玩的，人家来干什么？"

其他人都附合："是啊，是啊！"

见人心涣散，我就打气："我们一定要把思想高度统一到卜书记的重要讲话上来，下一步重点打造旅游业！"

都说:"那我们就重点打造旅游业!"

我对宣传部长说:"你们先拿个方案出来!"宣传部长马上表态:"我让文联那帮人先搞几个民间故事出来!"

都不解地望着宣传部长,宣传部长就解释:"外地的旅游景点,很多都是通过民间传说而炒热的。比如五朵金花的故乡,比如蝴蝶泉边,比如……"

对啊!大家豁然开朗:"叫他们写几首像《康定情歌》那样的歌曲,拿到中央电视台放一下就把我们东江唱红了!"

宣传部长有点为难了:"恐怕难度不小!"

见一时也说不出结果,我就说:"今天会议到此结束,等宣传部拿出方案后,再开常委会决定怎么搞旅游!"

晚上,我给市委常委秘书长张恩德打了电话。五年前,我们同时做县委书记。两年前,张恩德调市中区做书记,一年后成了市委常委,之后就做市委秘书长了。我们俩关系一直很好。本来两年前,我也有望晋副市长的,由于各种各样的原因,没有提成,就来东江做了县委书记。张秘书长也对我的遭遇深表同情,曾私下对我说:"大锤啊,你就是那次没处理好,不然,你比我先上。"他说的那次,就是我贯彻落实上任市委书记的重要讲话不坚决。当时,市委书记说养猪是条好路。我就叫苦,农村的壮劳力都出去打工了,哪里还能搞个十万头养猪基地?市委书记什么也没说,哦了一声。

接通电话后,张秘书长问:"你在哪里?"我说:"张秘,我现在在县上,下午卜书记的重要讲话我们已经学习贯彻了,正准备抓旅游产业。不知道领会好精神没有?"

张秘那边声音有点吵,过了一会,噪声小了:"大锤,我现在正陪卜书记在东林县调研,下午在东林县的工作汇报会上,卜书记也讲了抓旅游的事。看来你要早行动。"

我很感激张秘能够对我这样关照。我说:"张秘,你忙吧?!感谢关心!"

我坚定了抓旅游的决心,并且要早动手、早行动,争取抓他个样板工程。

星期一,宣传部长把计划给了我。是关于《贵妃山的旅游开发方案》,我翻了翻。就让办公室通知文联主席来一下,不一会,一个小伙子就走了进来:"柳书记,你找我!"

看着这个三十岁不到的小伙子,我没有一点印象:"你就是文联主席?"小伙子脸红了,手足无措,他应该是第一次单独面对县委书记,显得很紧张,不知道哪里出了问题,就结结巴巴地说:"我是文联副主席江一水!"

我说哦,我就指着这本方案问:"是你们搞的吗?"江一水说:"是旅游局牵头,我们找了几个作家写出来的。都是根据传说加工的!"

"贵妃山在哪里?是指的杨贵妃吗?"

江一水更加紧张了:"贵妃山就是独角山,我们把她名字改了。因为相传杨贵妃到这里来过!"

我说:"没有事情了,你去忙吧!"

江一水看看我,欲言可止,想解释什么,我挥了挥手,他就垂头丧气的走了。

独角山,离城不远,只有八公里。为了发展旅游,我决定亲自去考察一下。办公室主任问我时间。我说星期六,他点点头,又问,是否喊上旅游局的局长一起陪同?我说陪同都免了,你通知文联那个江什么主席来。

星期六一早,我来到办公室。江一水已经在办公室门口等着我,小伙子背了手提电脑,还拿了照像机,比记者还武装齐全。我心里一喜,看着这个小伙子就无端地喜欢上了,干工作就要有干工作的样子嘛!

江一水喊了一声:"柳书记!"

我说:"辛苦了小伙子。"我亲自给江一水泡了一杯茶,他就那样站着,喝也不是,不喝也不是,我说:"你坐下,我们聊聊!"

他就把手提电脑从侧面挪到胸口上,坐在了我的对面。我说:"今天是休息日,你不要当工作日,怎么轻松怎么做!"他不好意思的把电脑放在了我的办公桌上。

这时,办公室主任喘着气跑来了。到我办公室瞅了瞅,才如释重负的样子,他问:"柳书记,还需要安排些什么?"我回答说:"没有什么事情了,你去忙你的吧。"他就朝着江一水点了一下头,露出一个既羡慕又鼓励的眼神。然后,轻轻带上门,出去了。

我以前从来没有和文联的同志直接打过交道。说老实话,我做了五年县委书记,还不太明白文联和文化局到底是什么关系,到底是谁领导谁。到底是谁负责什么工作。只知道文联主席是宣传部长兼任的。我问："你现在是个什么级别？"江一水说是副科，我就鼓励他谈谈对独角山的开发构想。

江一水站了起来，把手提电脑打开，里面就显出了独角山全貌，也显出了山上的一座小庙宇。江一水说："独角山有山、有庙，这就构成了风景点的要素，只是山太小，只一平方多公里，庙太窄，香火也不旺。因此，如果开发就受了很多限制。我们只有在传说上做文章了。"

江一水说得头头是道。我鼓励他说下去。他指着庙前的一块空地说："我们可以在这里修一个浴池，命名叫贵妃池，就说曾经是杨贵妃洗过澡的地方……"

我不得不佩服这个小伙子的胆识。他见我不点头，也不说话，就自顾自地解释。"其实呢，旅游就是无中生有，有中生奇！"

我点了点头。我问："陪我去一趟独角山怎么样？"

江一水高兴地说："我听从书记安排！"

随后，我们来到了独角山。山太小，不到半个小时，我们就走了一个遍，庙前有一棵大黄桷树，我们就坐在了树下。庙里响着佛乐，只两个僧人在走来走去。我想开发独角山还远远不够。一个景点半个小时不到就看完了，还叫什么旅游？

我就陷入了沉思。开始回忆卜书记提出这个构想的由来。当时，市委领导一行在东江只考察调研了半天。我特意作了安排，先是带领卜书记看了我县的工业园区，园区内虽然只是一些中小型企业，可是都在生产得很热闹，卜书记始终笑眯眯地看着工人热火朝天的忙碌。我的解说被轰轰的机械声搅得听不清楚，可是卜书记还是不住地点头。接下来，又去观看了全市规模最大的"龙丰养猪场"。卜书记对养猪场调研得很仔细。还和猪场老板交谈了二十多分钟，详细了解了猪种源，猪饲料价格，存栏猪数量，每年利润多大。问："发展中还需要县上解决什么问题？"老板感激地说："柳书记、王县长已经解决了我的全部问题，真是感谢县委政府，为民营企业排忧解难！"接着就把我如何关心这个养猪场的事一五一十讲给卜书记听，说实话，这个养猪场还是我两年前刚来东江任县委书记时，亲自为他解决了水电等大问题。所以老板这样说，完全是诚心实意。卜书记听后感触很深，对我点着头说："作为一县之书记，就是要为企业排忧，为百姓造福。这个养猪场很不错，也带动了周围近万农民致富！"

我和县长不停地点头。卜书记像是突然想起了什么似的："柳书记，听说还有个库区？"

我说："是啊！三年前，修了一个发电站，把一座水库的水位抬高了，有八户农民原来的住房就被淹没了，我们已经妥善安置了！"卜书记一听来了兴趣："走，我们去看看！"

于是我们又往库区赶。水库离县城三十二公里，事先没有通知那边做准备，也不知道卜书记临时决定去那里，我就看了县长王川一眼，王川马上跑到一边去打电话，对我点了点头。

卜书记站在水库边，深深地吸了一口气，笑道："天然氧吧啊！"随行的都做了一次深呼吸说，不错不错真是不错，这地方不错，青山绿水的。

想到这里，我猛然惊醒，对江一水说："走，我们去库区！"江一水望着我，显然不知道库区在哪里。以前我们把那里称为罗家发电站，从来没有谁叫过库区。既然卜书记这么叫了，我们就保持一致。

我们就来到了库区，以前，我很少来这里，这次再来，真有卜书记说的天然氧吧的感觉。我也深深地吸了一口气，江一水马上拍了一张照片，背景是青青的山、蓝蓝的水。岸边还停靠着一只渡船。我说："我们坐船游一下这个水库！"江一水马上跑了过去和摆渡的人商量，我的驾驶员也跟了过去。我看见江一水给了摆渡人一百元钱。我对江一水突然就有了新的认识。以往我去哪里，办公室主任都安排得紧紧有条，也从来没有看见给过钱。江一水跑过来，轻声说："柳书记，已经安排好了，上船吧！"

摆渡的人四十岁左右，心情特别好，他对江一水陪着笑。驾驶员说："这是我们的……"我马上制止了他。我问摆渡人原来被淹的几户人现在生产生活怎么样？他说："好多了！"又转向江一水问："是围着摇一圈吗？"江一水说嗯。

摆渡人就摇着船，带我们游览水库。站在船上，周围的一切都动了起来，有种新奇感。走了大约四十分钟，我就看见了水的中央有个一平方公里左右的孤岛。摆渡人说，这个岛只是一座独立的山峰，水位抬高了，才形成的。我让他围着这个岛转一圈，江一水不失时机的拿出照相机对孤岛进行了全方位的拍照。

星期一上午，江一水来到了我的办公室，把一个大信封摆在我桌上。他说：

169

· 百鸟朝凤 ·

"柳书记,我照了一些照片!"我拿出照片,他指着其中一张说:"这张照片从这个角度看真像一个凤凰的头!"我仔细一看,可不是吗,太像了。我随口而出:"就叫凤凰岛吧!"他一惊:"原来柳书记早想到了啊,我正准备建议叫凤凰岛!"我就笑了,为江一水同志的真诚所感染,问他:"还有什么想法?"他就详细地说了如何打造这个景区的构想。

过了几天,市委秘书长张思德突然打电话找我:"大锤,你起步没有?"我一时没有反应过来,张秘继续说,"其他县的旅游都搞起来了,有的县搞出了西南第一什么什么,你怎么没有动静。我看卜书记对抓旅游的决心很大。他曾私下对我说过,一定要选好一个抓旅游的副市长。你要抓住机遇啊!"

我连忙问:"卜书记是啥意图?"

"是啥意图你不要管,我也不知道。卜书记的工作方法和思路我也正在适应,摸不透。现在他提出搞旅游,全市各县都动了起来,你一定要抓紧!"

我就说了我的打算,并特别强调卜书记亲自视察过,并被他誉为天然氧吧的水库,风景特别优美。张秘打断了我:"明天上午,卜书记没有其他重要工作安排,你亲自来给他汇报吧!"

我连连称谢。

第二天一早,张秘把我带到卜书记办公室,介绍说:"这就是东江县委书记柳大锤同志!"卜书记热情地伸出手,笑着说:"我记得,我记得!"

我说:"我来向卜书记汇报我们抓旅游的事情!"卜书记说好啊,坐下慢慢说。

我开始先检讨:"以前,我们没重视旅游。不是缺少发现,就是缺少重点。自从卜书记您来东江调研,发表重要讲话后,我们认真组织学习贯彻了您的重要讲话精神,思路一下就打开了,思想也更加统一了。"

卜书记笑着点头:"现在抓也不晚!"

我就拿出照片,递给卜书记:"这就是您视察的库区。那里风景太美了,是天然的氧吧,青山绿水蓝天,简直是世外桃源,最适宜搞旅游!"

卜书记来了兴趣,拿出小本记着什么,鼓励我说下去。我说:"我深入水面去察看了一下,库中有一孤岛,状如凤凰。"

卜书记哦了一声,我连忙拿出那张照片给他看,他左右看了看,很赞许地说："确实像！"

我又说："最奇特的景观是，每当清晨和傍晚，孤岛上空成群结对的鸟飞来飞去，形成百鸟朝凤的自然奇观！"

卜书记一拍桌子："太好了！"他又鼓励我说下去。

"我们准备以凤凰岛为核心景区，周围打造十家星级农家乐，配合搞个全世界华人钓鱼大赛，这样就加大了宣传力度！"

卜书记表态了："全市旅游工作现场会就在东江召开，你回去准备，准备好了就告诉我！"

我马上赶回了东江，要求举全县之力对"百鸟朝凤"的景观进行重点打造。

江一水打电话报告："柳书记，我在这边坚持组织农民到岛上投食，现在已开始有鸟来了。"

我问飞来了多少鸟。他说有上百只了。

我连忙给张秘打电话："张秘，请报告卜书记，现场会已经准备得差不多了！"

张秘也欣喜地说："我马上报告！"

遍地黄金

我是一个农民。

我老汉说,是农民你就要安心种田,要像别人说的那样,装个舅子就要像个舅子。

我一直不安心种田。高中毕业两年了,整天就是我老汉逼我和他一道去田间地头狠命地刨。到头来,也没有刨上些什么好东西。

还是我妈说得对,钉锤脑壳不是种庄稼的料,是读书的料。每当我妈这样说的时候,我老汉就低下了头,闷声闷气地说:"现在变黄鳝鱼鳅了,未必还怕泥巴糊眼睛,走,跟老子下田去!"

我高中毕业考上了大学,而且还是重点大学,眼看我的命运就要改变了,要从穿草鞋变成穿皮鞋的了。可是不怕泥巴糊眼睛的我老汉却拿不出那近一次性的两万元给我交学费。我的皮鞋梦破灭了。妈陪着我哭了几天后,也接受了现实,妈就劝我:"儿啊,也活该你这个命!"

很小的时候,我老汉和我妈就找远近闻名的石瞎子给我算了命。石瞎子在我们响水乡一带算命的名声很大,我曾经看见他算命后收钱,很多大人去哄他,拿一元的说是十元或是五十元,可是石瞎子用手一摸就知道是多少。要知道,石瞎子的瞎眼是胎中带来的啊。他一生都没有亲眼看见过钱,怎么能够区分呢?这在我心里一直是个谜。

石瞎子给我算命的时候,喊我妈报了我的出生年、月、日、时辰。然后就用右手的大拇指一点一点的卡其余四个手指的关节,卡一下,他吸一口气。石瞎子感冒了,吸得鼻子呼呼的响,那清鼻涕眼看着要掉下来了,被他一下又吸了进去。这样反反复复的,像下挂面。我的注意力完全集中在他的挂面上,不知道他说了些什么。

最后,石瞎子摸了我的骨相。我的脑壳小时候没有被我妈搓好,后面一个钉锤,像老太婆梳的饼饼。因此,我的长像很难看,前面平平的,后面冒一砣。我在学校,同学们都叫我钉锤脑壳,我的大名艾中华反而没有多少人知道了。

石瞎子边摸我的脑壳边说:"这娃儿是钉锤脑壳。这种骨相呢是好的进中南海。"他这样一说,我们一家都跟着紧张了。我妈赶紧问他:"坏的呢?"石瞎子说:"坏的就是一辈子受苦受穷!"

在没有上成大学后,我就知道自己可能这辈子无法进中南海了。我二十岁时就成了中华人民共和国的一个农民。跟着我师父也就是我老汉风里来雨里去的在田里、土里奋斗了两年,我的脸更黑了,面相更老了,根本不像一个二十二岁的青年人。在土里、田里翻来覆去的刨,我们刨回了稻谷、包谷、小麦,也刨回了蔬菜。可就是没有刨回金银财宝。

一个二十二岁的农村青年还没有女朋友,是很可悲的。我们家穷,我也不知道为什么这么穷,家里把我供到高中毕业后就更加穷了。家里穷加上我的长相奇特,就没有哪个女人愿意跟我。我考上大学的消息传来后,村主任来了一趟我们家,准备把他的侄女介绍给我,以后好跟着我进中南海享福。没想到,我还没有跨出进中南海门的第一步,就后退了,而且离中南海越来越远。看我仍然修理地球,村主任也灰心了。安慰他那长着对眼的侄女说:"幸好你们没有订婚,你看他那熊样,种庄稼不像种庄稼、学生不像学生,不男不女的。现在年轻人谁还在家挖地球啊!"

为了我的前途,也为了改变我们家受穷的风水,我决定进城打工。

趁我老汉和我妈赶集的时候,我就把我老汉从地球里刨回来的谷子卖了几百斤,凑足五百元。我准备用这五百元去闯天下,闯不进中南海,也要争取闯进省城。我的志向,绝不是什么村委会。

我老汉和我妈回来后大吃一惊。我老汉抽着叶子烟,呛得自己咳个不停,因此也减弱了他教育我的力度。他说:"哈儿,那是粮食啊,是我们活命的啊!你这个哈儿,硬是个败家子!"气得就再也说不出话了。

我妈要慈祥一些,既没吵我,也没闹,只抹了几下眼泪,还是用围腰顺便抹的。我妈说:"就当我儿把这些粮食吃了吧!"

我很感激我妈。我就说:"妈,我去城里给你挣大钱,回来后给你买毛线,给老汉买手表。"我这样一说,我妈就含着泪笑了。我老汉还在一边在地下猛咳,像是喉咙里卡了根鱼刺。

我就这样单枪匹马的进城了。

下了火车,我的眼就绿了。完全陌生的世界,我该如何下手呢? 我背着我上高中时的旅行包就去售票厅乘凉再说。那里有空调,凉快。

里面有很多人在站队买票,正是暑运高峰。多半都是学生。刚一进来,就有一个穿得很好的学生拉住我:"大哥,帮我买张票吧!"他挂着 MP3,手里拿着手机,旁边偎了一个小女生。我说:"我不买票啊。"他说:"你就帮忙排队,给我买两张。"不由我解释,他就把他和那个女生的学生证给了我,还给了我两百元钱,说:"买好了票给你五十元做辛苦费!"

这样,我在一个多小时里就挣了五十元。虽然站队辛苦,脚有点硬了,但是比挖地球不知道要强几百倍啊!

出师很利,我对自己以后的人生之路充满了信心。

我满怀豪情地走在大街上。突然看见前面公路上围了好多人。我就去看个究竟。这时,一个人看见我了,向我招手:"快来,快来!"他把我往前推,和一些骨干站在一起。我这才看清楚,原来是一些郊区失地农民在市政府门口讨公道。打着的横幅是:"我们要生存! 我们要住房!"这时,拉我进来的人塞给我五十元,说:"你跟着他们喊口号就行了!"我就跟着那个领头的喊:"我们要生存! 我们要住房!"我喊得很卖力,心想喊喊口号就给钱,没有不尽力的理由。我的声音很大,警察就站在我的旁边,他一会看看我的嘴,搞不明白我的声音怎么会那样的宏亮,一会又观察我的后脑勺,看着那个饼饼出神。喊了一会儿,有人递给我一瓶矿泉水和一个盒饭。于是,我们就开始补充能量。这时,政府的一个大脑壳出来了,他说:"我是副市长,请你们派三个代表进来谈,其他人去对面公园休息!"都各干各的了。没有人再管我。

我就准备去找自己晚上要住的地方,这时的天已经要黑了。我就去找那些老街，这些地方的旅社肯定要便宜一些。走着走着，一个人拉住了我，自从前面两次的经历后，我很喜欢有陌生人找我，一找定有好事。果然，这个小伙子说，帮我干事吧！我说可以。他就递了一沓不干胶给我，一张只有三指大小，什么治性病、开锁王、办证等啥都有。原来是帮他贴小广告，就是城里人说的牛皮癣。于是我们就满街的贴，在墙上、门柱上、厕所，随便什么地方都贴，只要没有人看见，都可以。贴了两个小时，我又挣了一百元。

　　我贴完后，就去找旅馆。这时，不知怎么转到了广电局门口。从里面出来的一个人拉住我说："来，帮个忙！"我问帮什么忙。他说："你九点钟打广播电台这个电话，只说：'龙胆液真是神药，我老汉都瘫了几年了，才吃两盒就好了！'"他又说："你去打公用电话。"说完给了我一百零五元钱。我又照做了！

　　第二天，我就去买了一身新衣服，还买了一个人造革手提包，拿上手上，人模狗样的。我就坐在林荫道的椅子上休息。一个人边打电话边向我走来："和什么妖精在一起啊，你来看嘛，我马上要去开会，我在文化路烤鸡店门口！"说完他挂了电话，就挨着我坐下。不一会，来了一个四十岁左右的女人。他马上站起来指着我说："这是农业局的张科长！"我也马上站起来说："嫂子你好！"那女人就笑了。男人说："我和张科长马上要去北湖参加市上的会议。"我说："就是，不知道一天哪有这么多会。"那女人就走了："中午回来吃吗？"男人说不一定，到时再说。女人就满意地走了。男人的手机又响了，一个女人的声音。男人说："宝贝，我马上来，好、好！"边说边对着手机亲了一下。

　　男人看着我，一脸苦相："兄弟，帮哥一个忙！"我说可以。

　　他于是掏出两百元和一张票给我，交付说："你去北湖宾馆四楼会议室，你就坐在放有××牌子的座位上。我说好！

　　于是我就去开会。北湖宾馆四楼真是漂亮，里面有空调，还有小姐专门倒茶，我就喝很多水，并趁小姐倒水的时候，趁机摸一下她的手。开了会我就跟着参会人员去一楼吃伙食。这一顿吃了我以前从来没有吃过的东西，还喝了五粮液。

　　我在宾馆大厅躺了一会，就想再去找事做。就朝外面走，没走几步，一个中年人拦住了我，对我说："小伙子，帮个忙！"

　　中年人说："等一会你去中心医院，一进门就说找王教授，然后就把锦旗递上,再然后就说感谢他治好了你老汉的偏瘫病。"说完,给了我三百元和一面锦旗。还交代我,最后是哭着感谢!

我就去中心医院。门诊部很多病人,我大呼小叫地说:"王教授,你在哪里啊?"

这时给我钱的那个中年人扶着一个戴眼镜的人来了,我马上追上去拉着那个白胡子眼镜说:"王教授,我可找到你了!"

我就边哭边说了为什么感谢他,说了就递上锦旗。锦旗上写了八个大字:"妙手回春,悬壶济世"。于是,很多病人就开始向王教授咨询病情去了。

我就这样在城里扎下了根。我的业务相当繁忙。事情多得干不完。只几个月时间,我就买了手机,还长期住进了宾馆。

如此一晃就到元旦了。我就去商场看毛线和手表。这两样东西是我出门时对老汉和妈说过给他们买的。我在商场转了一圈,就知道了大体价格和好坏,准备到春节再来买。刚走出门口,就遇见一个很漂亮的女人。她就犹豫地看着我,欲言又止,我知道又有生意上门了。我问:"小姐,有什么需要我帮忙吗?"

她这才告诉我。她是某公司的职员,今年二十六岁了,家里父母老催着她找对象,在老家给他介绍了一个,她不干,就说自己有男朋友,谁知道她父母非要她把男朋友领回家去,没有办法,她只好请我。又说:"你只假装我男朋友,我们回去三天,我不会亏待你!"我说没有问题。

第二天,一个开奔驰的男人拉着这个小姐来宾馆接我。男人四十多岁了,头顶都谢了,整了一个地方支持中央的发型,老用戴着大钻戒的左手扶那几根毛,我看着就难受。男人对我说:"你不能碰她!"我说我知道,我很讲职业道德,假的就是假的,我知道自己的位置。男人给了我两千元,很开心地笑了:"够朋友!"他拍了拍我的肩膀。

男人开车送我们去了县城。亲了亲女人,说:"宝贝,三天后我开车来接!"女人就眼睛红了,撒着娇:"我还是想当正式的,不想这样不明不白的一辈子!"男人就说:"又来了又来了。"女人就不说话了。

我和女人就去了她家,女人对她父母介绍我是她男朋友,在师范大学读研究生。她父母对我长像不太满意,可是对我这个研究生名份却异常开心。我全心全意做一个准女婿,给两个老人讲趣事,老人家很幸福。拉着我手说："我们娜儿是个好女孩，就是脾气大了点，你不要欺负她哟！"我毫不脸红地说："我是一个研究生，多少也算知识分子，放心吧，我不会欺负她的！"

在她家这三天，是我最快乐的三天。我们出双入对，配合得出神入化。三天后，那个男人开车接我们回到了市里，我们各奔东西。

我又做了几笔业务后，就快春节了。

我就去商场给我老汉买手表和给我妈买毛线。快到春节了，商场里人很多。我正在门口徘徊，一个夹公文包的拉住了我。和我一说话，知我是外地口音了，就要我做一件事。

这个夹公文包的是市政府的一个什么科长。他告诉我，市长要询问三峡移民的情况，没有时间去现场，就在城里找一个移民，你就装一下。边说边给了我一个新背篼，里面有一砣猪肉、粉条、毛毯什么的。还给了我一百元钱。我说保证完成任务。

果然，不一会，科长说市长马上来了，你快准备。于是我就背着这些东西从商场往外走。摄像记者就对准了我。

市长笑眯眯地问我："在这边习惯吗？"

我说："习惯。比在我们三峡库区日子好多了。这些都是党和政府给我们带来的。你看我今天采购了好多年货啊！我代表移民感谢党和政府。"

我又对着镜头，满含热泪地说："这里的党和政府把好田好土和好条件给了我们移民，我真感动啊！"我还自作聪明的去拉市长的手和他握着。

市长看着我背篼里丰盛的物品，也很动情地说："你们来了，就是我们的亲人，我们一定把你们的日子安排好。建设和谐社会，只有每个人都富裕了，才算小康，才算和谐。"市长的随从不住地点头，我也点头。市长给了我五百元钱，说："要大力发展生产力，争取把生活搞得更好！"

我说："绝不辜负党和政府的期望！"

结束后，那个科长把背篼和东西要了回去，还点着我脑壳说："你小子赚了，半个小时，六百元啊！"我说彼此彼此！科长就笑。

买了毛线和手表。我的电话又响了。我一看，是老家村委会打来的。以前我给老汉和妈打电话都是打到村委会，叫人喊老汉或我妈再等好久来接电话。

我打电话主要是让他们放心我还好好的活着,免得我妈担心。

电话是妈打来的,她说:"儿啊,外面不好混,回来吧!要过年了,好想你!"

我说:"妈我都给你买了毛线和给老汉买手表了,过几天我就带回支!"

我老汉说:"儿,回来吧,我们还是挖地球,外面的钱不好挣啊!我和你妈天天担心,不知道你在外面吃了多少苦啊!"

我说:"老汉,你就知道挖地球,你知道我不到一年挣了多少钱吗?"

我老汉和我妈在电话那头征住了。

我说:"我挣了六万了!"

啪的一声,我知道那边的听筒掉桌子上了。

很久,才传来我妈颤抖的声音:"儿啊!可不要去抢银行啊,抓住了要敲沙罐!"

我说:"妈,老汉,你们放心吧,城里到处都是钱,弯腰捡就行了,还去抢什么,有人送钱啊!"

电话那头沉默了。

我就挂了电话。我知道,我老汉、我妈这些没出过远门的农民是搞不清楚城里的事情的。

他们看我不顺眼

我现在才深切地感受到，文学界复杂啊！

你没有成果吧，都看不起你。你成果大了吧，又都嫉妒你。嫉妒你了，就处处在一边煽阴火，也不当着你明来，让你自己还蒙在鼓里。而整个文学界的人都看你不顺眼了，你才知道。这就好比别人都怀疑你偷了东西，自己清白，但是你没法干涉别人的思想不怀疑你，没法封住别人的口不说你。

我后悔啊！

后悔自己不该掺进文学这个圈。

我本来不是学文出身，更不是家有文学渊源的人。我家祖祖辈辈都是农民，我在那贫穷的土地上生活了十八年后才进城打工。从小工一点一点做起，后来，我发现并抓住了一个商机，我发财了，再后来，就发大财了。我就成立了公司，自己任总经理。

至于我到底做什么生意，我不会告诉你。只想告诉你的是我的脑壳很灵醒，好像天生有搞钱的运。比如，别人都说，现在啊，生意难做，什么生意都做亮脚了，挣不了钱！我不这样认为。在大家都焦头烂额恨不得抢银行的时候，我的创意就出来了，我告诉那些想钱想疯了又没有门路的人，我说挣钱容易啊，随便捡啊！只是你们不知道怎样捡，不知道到哪里去捡。那些人都傻了，对我马上肃然起敬。都恨不得从我口里掏出独一无二的真经。这个时候，我才正式当祖师爷了，我说："你们都知道伊拉克和伊朗在打仗吧，打了十来年了。"

都不明白这与发财有什么关系，张着嘴看我。

我接着说："打仗打烂了、打废了很多坦克，有的并没打烂，就丢弃了，你们就可以去把那些要烂不烂的坦克弄回来，稍稍加工改装一下，就是很不错的拖拉机，一转手就挣大钱。"

都说，这主意真他妈绝了！

我只举这样一个例子，你们就该明白我能够搞大钱了吧！凭我这脑壳我想不挣大钱都难啊！

现在再来说我怎么和文学勾搭上了。说实话，人啊！很多事情是自己不注意间得到或失去某种东西的。那天，我在办公室签下了一单上百万的生意，心情比较好，我做什么都顺，所以心情一直好。不知怎么的，那天心情特别好，心情特别好就想表达。我文化有限，又表达不出来，那个憋啊，难受！怎么了呢，就像我们农村人说的屙屎打结——城里人通常的说法叫便秘。我就翻本市的日报和晚报看，我只看得懂报纸，可是，我不爱新闻。市报登的都是市领导在调研呢，栽树呢什么的，看着特别假。五六个人拿铲子栽一棵树，是农民都知道太假。穿得周吴郑王的在田间指导农民种田种地，更假。农民种了一辈子庄稼，还不知道怎么种？还要你没种过一天庄稼的来指导？我老汉就经常说："瞎鸡巴指导吧！"

所以，报纸我一般不看一、二版。我喜欢看报纸的副刊和法制版，很好看，老说某歌星有好多女人或男人，老说哪里出了什么强奸案，总之，是和男女裆里的那么点事扭来扭去的，看着有味。在第三版我就看见了一条消息：为迎接2008北京奥运会的胜利召开，市作家协会拟举办诗歌大赛。体裁不限，字数不限，要求健康向上。

我的眼睛一下就亮了，我明白了，我为什么憋，为什么突然烦躁了。原来是我内心深处想发作点什么？我就看窗外，太阳亮亮的照着，于是，我突然感到，我的内心是那样的激动，我的灵感是那样的势不可挡。我拿起笔，就在信笺上写下如下诗句：

太阳(诗一首)

作者：王二旦

太阳出来了

太阳是自己出来的

如果它不想出来

谁拿它也没办法。

诗的后面写上了地址和电话。我激动啊,因为我现在才明白,我不但有挣大钱的思想和能力,更有写诗的才华,我为自己的才华骄傲。为了庆祝我的才华,我倒上一杯红酒,来到大衣镜前,对着镜子里的自己举起了杯:"二旦同志,你太有才了,祝贺你当上诗人了!"陶醉一番后,我就叫秘书马上把我的诗寄给市作家协会大赛组委会。

没有想到的是,第二天,组委会就给我打来了电话,组委会主任是我市著名诗人柳草。他在电话里说:"王总,你的诗写得太好了。全市人民都知道你是我市的名人、著名企业家。我们现在才知道,你不但生意做得大,还是个诗人哩!"

我就很开心地笑了。因为这是我和文学第一次对话。

柳草又说:"你的诗获奖肯定没问题。"

我连连说感谢。

过了没三个小时,柳草又来电话了:"王总,现在这个大赛恐怕搞不下去了!"

我听了心里一惊:"为什么?"

柳草就苦了一张脸,在电话里告知我实情:"这个大赛是作家协会搞的,可是市上不给一分钱,我们发奖、正常工作费一分没有啊,要自己去找钱。"

我问:"那整个费用下来大概多少?"

柳草好像松了一口气:"怎么着也得3万吧!"

我笑了,笑得哈哈连天的。

我问:"我的诗可以得几等奖?"

柳草说:"我们初评了一下,你的《太阳》评优秀奖没问题。"

我怔了一下:"那一等奖给了你们多少钱?"

柳草就结巴了:"这个这个这……个……"

我就挂了电话。我的心也虚了起来,如果大赛搞不下去,我的处女作不是就浪费了?怎么说一出手就是一个优秀奖,也不简单啊!我就后悔自己挂电话了,摸着电话,我想马上告诉柳草,我来出这个钱。

因为我的企业太著名,每天都有来拉赞助的,我每年投入报社、电台的广告费上二百万,还怕多这三万吗?

电话突然响了。吓了我一跳!

是柳草打来的,他声音很激动:"王总,你的诗我刚才请本市的几位著名作家、诗人看了。越看越有味道。大家一致决定,你的《太阳》获一等奖!"

天哪!我怎么这么好的运气啊!

幸福来得太突然。我一时感到脑壳好像缺氧了。

我说:"现在不说,中午十二点请组委会的同志到'北湖'吃饭再说!"

还没到十二点,柳草他们都在"北湖"门口等我了。"北湖"宾馆是我市最著名、最高档的中餐馆。大家在大厅坐着等我,我一下车,都围了上来,拉着我的手说:"王总、王总祝贺你!"

我就把大家带到我长期包用的雅间,上了一桌最好的菜,喝了"飞天茅台"。

一看这酒这菜,把大家都镇住了。

柳草就向我介绍在坐的各位作家。都是我市的著名作家,有的在全国都有名气。这些人中任何一个在本市跺跺脚,文坛也要抖一抖啊!我真有了点受宠若惊的感觉。多年的打拼,让我一下就冷静了下来,我喊服务员给每人拿了一条'软中',都抱在怀里,笑眯眯地看着我。

我就举杯和大家同饮了三杯!

酒一喝开,气氛就好了。

柳草就谈了打算:下月24号准备开颁奖大会,规模很小,因为没钱。

我问了怎么搞这个颁奖大会后,把酒杯一跺。

都吓了一跳!

我说:"颁奖大会18号搞,规模要大。一会你们去我公司拿五万。"

又都吓了一跳!不相信地看着我。

我说:"规模越大越好,不要考虑钱的问题。"

都端起酒敬我:"王总真是豪爽人啊!"

我继续说:"颁奖大会要请电台、报社记者,每人五百块红包,另外,我市著名作家都请出席,每人红包两千。这些钱我另外给。"

大家由衷地鼓起了掌。

"不过……"我又说。

都看着我。我说我希望各著名作家都要发言！

没有问题，没有问题！都表示赞同。

颁奖大会很隆重，记者围着我，镜头对着我。还举行了作品讨论会。会上气氛热烈，争相发言。

著名诗人柳草首先打了第一炮："在诗歌浮躁的今天，很难看见好诗了。当收到王二旦同志这首《太阳》的时候，我的心狂跳不已。怎么形容那种心情呢？就像分别已久的情人再相逢！"

掌声未息，一波又起。著名作家二马抢过话头："我是写小说的，可是我把这首诗当小说来读。随着诗的步步推进，这个意境就是一篇上乘的小说啊，大家想，太阳挂在天空，天空下是绿绿的草地……我建议啊，王二旦同志在时间允许的情况下，把《太阳》改成小说。"

掌声再次想起。著名剧作家疯子也激动地发言了："二马说的没错，《太阳》这首诗应该是全方位的，站在文学的每个角度看，都是闪光的。我读了这首诗后，很受启发，这完全是一个电视剧的意境啊！"

掌声还没停，传来一个怪怪的声音。像公鸭叫："我是搞文学批评的。"

都紧张地看着这个在全国都有名气的批评家。柳草甚至欠了欠身，因为这个批评家以尖锐刻薄而又爱打七寸而出名。

批评家说："《太阳》这首诗，初读很平常，就写了一个自然现象。细读，就来味道，就出意境了。再品读，就发现了一个深邃的思想。这首诗明白地告诉大家，自然界的万事万物是不以人的思想和意志为转移的。也就是说，我们听说了十年的改造大自然完全错误的，谁能改变大自然？没有。因此，这首诗的立意就显得尤为珍贵，也显出了诗的唯一和致高点。我个人认为，这是难得的诗，极富哲理！"

掌声雷动。

我就凭这首世界上独一无二的诗加入了市作家协会。从此，我的创作灵感一发不可收。先后创作了《出工》《太阳出》《花儿红》《扛起锄头去上工》等等一大批诗。

我的诗一点也不做作，全部来自生活，让读者一看就明白。后来一个出版社朋友看了我的诗赞不绝口，我就花二十万出了我的第一本诗集《太阳》。

我明白了，文学其实很简单，分行的叫诗，抒情的叫散文。不叫诗、不叫散文的就是小说。

从此，我在本市文学界站稳了脚。很多文学活动都需要我去张罗。我感觉，文学界离了我好像就转不动了。

特别是在安排食宿等方面，他们几乎个个弱智。

我一鼓作气，凭着本市几位著名作家推荐，我当上了省作家协会会员。

我的名气更大了。各种文学活动经常安排我坐主席台。我就经常给文学青年讲："写作啊，要对自己有信心！"我就即兴朗诵了我的诗歌《太阳》，还同时播放了著名作家、诗人对《太阳》的评价录音。

从这以后，我特别喜欢参加一些文学大奖赛，而每次都获了大奖。我的名片上的头衔有：全球著名诗人，中国诗歌名人，世界名人，等等。每一次都有获奖证书和奖牌。其中"全球著名诗人"的吊牌最重，有三两多。我出席文学活动的时候就挂上这些奖牌，在胸前挂很大一串，惹得大家看着我就怕。

最近，我又收到了一家加工厂的来函，说我被他们评为"宇宙十大诗人"，还说要给我塑铜像，铜像大概有二十斤，只要成本费二十六万。钱我已经寄去了。估计不久的将来，我的铜像就要运回来了。

我的烦恼也来了，这么大的铜像，我怎么挂在脖子上？好在我聪明，什么困难也难不住我，我准备招聘一个文学助理，我参加文学活动的时候，叫助理背着我的铜像到会。

说着说着，我就来气了。

我不明白，我的名气越大，成果越多，为什么大家反而看我不顺眼？还把我说得一文不值，说我的《太阳》狗屁不如。这是怎么了？你们评论《太阳》的时候，我还有录音啊，文人怎么能够这样呢，自己弄不出东西，就嫉妒，怎么行啊！

我思前想后，终于明白了：文人啊，由于嫉妒，在自己名气不大的时候，首先把矛盾搞大。

我决定退出文坛。不想参与这些无聊的纠纷。

一次趁市上一位领导来我公司调研的时候，我汇报完工作后，趁吃饭的时间说了自己的想法。

领导一怔:"文坛,什么文坛?"

我就讲了我怎么出名,怎么创作,别人怎么嫉妒我。

我说:"我现在名气太大了,他们看我不顺眼。"

领导就看着我,我知道他怀疑我的名气。因为领导们只知道我是一个企业家,不知道我是作家、诗人。

我就叫秘书拿出我的奖牌、证书和铜像。

领导惊呆了。

马上站起来和我握手,领导的手在抖。

我相信,领导脑壳也缺氧了。他可能怎么也没想到,他面前站着的居然是世界名人。

我说:"领导,送你一本书《太阳》。"

领导拿着《太阳》爱不释手。

领导说:"你应该在书上给我写几句啊!"

于是我拿起笔写道:请×××领导雅正!

领导脸就红了:"我一定拜读。"

领导要走了,他很不想走。他看着我的一大堆奖牌和铜像出神。很久,领导才说:"王……王……王总……王作家,我们合个影可以吗?"

我说:"可以啊!"

秘书就给我披挂那些奖牌,把我脖子都吊痛了。于是,领导和我站在我的铜像后留下了珍贵的合影。

临走,领导拉着我的手说:你是世界名人,是我们市的市宝,好好走自己的路,让别人去嫉妒吧!不要理会别人看你顺眼不顺眼,我们领导把你当宝就行了。

领导突然又说:"让你当作家协会领导怎么样?"

我说:"以我的名气和能力完全可以当中国作家协会主席。"

领导诚恳地说:"这我相信!"

领导拍着我的肩说:"好好干!"

我的信心马上增强了,心想,到时候指不定谁看谁不顺眼呢?等着吧!

我期待着!

谁能翻过武夷山

看见三三两两朝大巴车走来的人，蒋总虽然面带微笑但仍然以担心的口吻说:"你们看看,你们仔细看看,这样是去爬山吗？这像是时装表演!"

办公室主任唐冲马上附和:"这哪里是去爬山,分明是去时装表演嘛!"这时,财务科副科长刘玲老远挥手:"蒋总好!"蒋总就笑,也挥手致意。蒋总笑,唐冲也笑,我也陪着笑。我们都看着刘玲向我们走来。刘玲穿了一件长裙,脚下是长靴,身上套了一个套衫,近一米七的身高,更显得姿态万千,如一只翩翩起舞的蝴蝶。她行进的步伐像猫步,一扭一扭的,顿生万种风情。蒋总把脸向旁边扭了一下,打了一个喷嚏:"时间到没有？"我马上看了看手机说:"还有五分钟。"唐冲说:"我们八点准时出发,要不然就赶不上飞机。"蒋总点了点头。唐冲总能把话说到蒋总的心坎上,不像我,领会领导意图很差。

没到八点,人全部到齐了。工会主席罗刚作临前动员,他说:"首先我们对蒋总这次与民同乐表示热烈欢迎。我们相信,在蒋总的带领下,我们一定要翻过武夷山。"有的在朗声大笑,显得没心没肺的。有的在鼓掌。显得稀稀拉拉的,我首先在认真听工会主席作动员,紧接着就热烈地鼓掌。我的掌声最响,蒋总就朝我这边看来。唐冲马上接着"作序",同志们啊,我们都是机关的中层干部,蒋总在百忙中与我们同乐,和我们一起爬山,大家一定要抓住这千载难逢的机会,和蒋总一道翻过武夷山。唐冲手一挥,出发!

的确,在我们公司,蒋总是很少与民同乐的。身为国家垄断行业的老总,他是只受上级公司领导的,且拿的是年薪。才来我们公司一年多,就把公司已经搞得风声水起。还记得他刚上任时,面对我们公司这个烂摊子,说了几句大话狠话,在大家都不了解他的时候,面对一个陌生的环境,他居然就敢那样讲,我当时就惊呆了,很多职工都惊呆了。那是蒋总从上级公司下来,第一次与广大职工见面,他就自然要发表施政纲领。他的讲话很短,他说,作为一把手,只考虑两件事,一是搞好横向、纵向的关系,拓展公司的发展空间。二是提高大家的福利。你们不要指望我天天坐在办公室,告诉你们,以后上班,有事上午找我。下午我要去喝茶,有事向分管副总报告。还有,蒋总又说,上班时间,工作事情一律不得给我打电话,有事找副总,逐级找。蒋总又严肃了一张脸说,如果哪个职工损害公司利益,一律开除,我才不管你啥鸡巴《劳动法》。蒋总讲完,掌声雷动,我第一感觉是,终于来了一个好老总,有这样的老总,肯定是大家的福气。蒋总讲完,党委书记刘元伯也讲了要加强党组织建设什么的。刘书记讲话很啰唆,从国际国内形势讲到加强党组织,特别是班组党小组建设的意见以及对提高素质,加强党的领导,提高生产力等等,讲得云里雾里的。听得大家打瞌睡。没有想到,蒋总却突然来了一句猛的:"我们是生产企业,搞那些虚的干什么?惹火了老子把党委给你撤了!"说完就离开了会场,把刘书记晾在那里一时下不来台。刘书记不住摇头,自言自语:"法盲、幼稚!"刘书记苦笑了一会,就宣布散会了。其实,大家都怕单位组织的学习,用职工的话说,尽扯卵蛋,还解决不了问题。

后来,果然,蒋总说话算话。我们的企业是电力公司。以前,有些职工与客户勾结偷电,蒋总讲话后,全部脱钩了。谁也不敢再以公司大利益换自己的小恩小惠。另一个事情是,公司调整了一批中层干部,有的人去送礼。第二天,蒋总就在大会上公开讲了,你们拿的月薪,我拿的是年薪。你们送那点钱,还不够我打一次麻将。我不缺钱,我缺的是你们认真的工作和对公司负责的责任心。谁送的钱,一会来我办公室自己拿回去。我在办公室做秘书,一分钱没有送。当时蒋总在市日报副刊看见了我的一篇随笔,是写岗位责任的。就直接把我提成了办公室副主任。有这样的领导,应该说是我的福气,让我从职工一下就变成了中层干部。我没有不好好干的道理。我为公司的发展出谋划策,制定各项规章制度。主任唐冲总是鼓励我多想想点子。然后,主任把我写好的文章拿给蒋总看,蒋总十分满意。多次表扬办公室工作。一时,办公室的地位就脱颖而出。

蒋总的个性,人事科长罗元生首先领教了。那天下午,上级公司要求报一个人事方面的报表。罗元生去了几趟蒋总办公室,都是关着门的,就跑来办公室问知不知道蒋总在哪里?我说不知道。罗元生就急出了一身大汗,说上级公司催得急,这可怎么办?都知道,人事、财权方面的事,必须得蒋总点头。我就自作聪明的说,那你打他手机嘛!罗元生很犹豫,就坐在我对面,抽了一支烟,稳了稳神,拿我办公室电话打了,一打通,就听见哗哗的麻将声,罗元生就颤抖着汇报了。蒋总只简单说了一句话,就按你的方案报吧!罗元生终于松了一口气,对我眨了眨眼,老板在打麻将!我笑笑,开始清理事件。第二天一上班,罗元生正在办公室找我说个事情,没想到蒋总却来了,我们连忙站起来,蒋总好!好个屁!蒋总似乎火气很大,指了指罗元生,昨天下午是不是你打我电话。罗元生结结巴巴的解释,当时,当……时,那什么。蒋总手向下一砍,狗日的,电话把我打霉了,害我输了一砣。蒋总说完就走了。留下我和罗元生不知所措。

年底,职工福利果然增加了一半。这是一个皆大欢喜的局面。一年来,蒋总几乎成了公司权威的化身,他的话就是公司的法律。三个副总、党委书记等都紧密团结在蒋总周围。是的,谁能给广大职工带来效益,谁就受职工的欢迎。别说职工现实,事实就是这样,效益好,更能证明领导的才能。

在一次会上,蒋总突然问,罗主席,工会有没有组织活动的计划?蒋总这一问,就把罗刚脸问红了。工会是没有钱的,要组织活动,就得向公司要,以前,每组织一次活动,前老总就愁眉苦脸的,像是要剐他心头的肉。因此工会主席罗刚一般不组织活动。现在蒋总这样问,罗刚就站了起来说,准备搞一些篮球啊、乒乓球啊、拔河啊、同心踏步啊什么的。罗刚边回答边瞅蒋总脸色。蒋总始终笑眯眯的,一张脸含义不明。听完罗刚前言不搭后语的汇报,蒋总笑了,搞这些小气了嘛,组织大家外出考察一次嘛。常言说仁者喜水,智者乐山,找一个山大家去爬爬!

会议后,罗刚找到我,他深感责任重大,中国的名山大川实在太多。蒋总没来我们公司前,在大机关工作,肯定去过了很多地方,别说国内,就是国外,也跑得差不多了。罗刚愁眉苦脸的望着我,有山有水的地方倒是多,可到底选哪儿呢？罗刚拿来了一张中国旅游地图铺在我的桌上，我们俩趴在地图上找目标。当然肯定是找中国的三山五岳。五岳指的是泰山、华山、衡山、嵩山、恒山。三山指的是安微黄山、江西庐山、浙江雁荡山。我说，你把三山五岳拿去让蒋总定吧！罗刚一笔一画的把三山五岳写在了一张稿笺上。看着这三山五岳说，只能这样了。边走边看着这些目标发神，刚走到门口，又转了回来，我说，怎么？他说老郭，这样恐怕不行，这些地方名气太大，恐怕蒋总早已去过了。我也陷入了沉思，看蒋总那阵势，很喜欢爬山，凡是名山，可能早已爬过了。再好的旅游景点，去第二次都没有多少意思。罗刚又哀求我，老郭，再帮我想想二线的什么山。我又在大脑对中国的山搜索了一遍，那就再加上武夷山、华蓥山、光雾山……

蒋总拿笔在"武夷山"三个字下面画了一道横杠。罗刚又来找我，喜滋滋的说，蒋总定了去武夷山。多亏了你啊老郭，要是我们没有考虑后面的山，蒋总肯定认为我办事不牢。像完成了重大任务，罗刚很高兴，给了我一包"中华"作为感谢。

蒋总多次在会上讲，大家要锻炼身体，毛主席他老人家不是经常教导我们吗？身体是革命的本钱。今后，只要是我在这公司当领导，每年都组织大家爬一次山。分三批走，中层干部一批，职工两批。每次开会，蒋总的眼光就在我身上停留那么一下。接着又说，我们的机关同志，有的真是弱不禁风啊。我们的事业需要身强力壮啊！蒋总这么一讲，大家都看我，在整个机关，就数我最瘦。像天生发育不全的样子。上高中时，我就是有名的"猴子"。这个绰号，直到现在还背在我身上。我已试着增肥，天天晚上都去偷偷打一个小时的乒乓球。特别是热天，都说多喝啤酒要发体，我就多喝啤酒，可是坚持一年下来，我还是瘦不拉叽的。蒋总就不一样了，膀大腰圆，身强力壮。要说爬山，肯定没人能够超过他。罗刚有次当着蒋总的面，大胆地提了一个想法，我们把这次爬山搞成大奖赛，给前三名发重奖。蒋总不置可否地笑了一下。他确实不好表态，事实明摆着，肯定是蒋总第一名，他如果认可了大奖赛，明明是给自己颁奖嘛，既然这次公司动静这么大，我也绝不能落后。这次去的中层干部有二十七人，我想，我至少要走在七个女同志的前面。为此，我还专门准备了登山鞋。

来到武夷山，大家立即兴奋起来。住进宾馆，都欢腾鼓舞了。嚷嚷着要爬山。蒋总笑眯眯地问，以前没组织大家出来吗？都说，以前公司没钱，没出来过。蒋总就笑，怪不得！单位从来没有组织过出省游的集体行动，有的是自己要假时，和家人或朋友三三两两外出旅游。没有想到，和单位同事大规模的旅游，更有一份难得的快乐。外出旅游，一家人一起总会少很多乐趣，没有和同事在一起那样无拘无束。

大家只顾高兴，却忽略了一个事实。武夷山的温度遇到了二十年一遇的寒流。一到了这里，女同志的什么衫啊、裙啊都用不上了。在宾馆早上一起来，冷得人打颤。蒋总是最先起来的。我正在房间里穿运动鞋，就听见了走廊里有了动静，像是在劈腿、蹦跳什么的。我探出头一看，是蒋总。他也看见了我，就关心地问郭雄武，准备好没有？我说正在准备。唐冲就在走廊里吼了一嗓子，都起床了，马上要吃早饭了，吃了早饭就爬山！

大家一出来，又马上跑回了房间，连喊好冷好冷。又是蹦跳又是呐喊，很夸张的表情。只有蒋总仍然不慌不忙，不停地在走廊里来回走着。此时的蒋总如一只困兽，只要笼子一旦打开，他肯定第一个飞奔而出，如鱼得水地直奔山巅。他穿了运动衣裤、运动鞋，一副国家运动员打扮。看那身体，看那装束，不想把他当运动员都难。

吃早饭的时候，大家仍然热情不减。此时大家都换上了登山的行头。清一色的运动鞋。蒋总看了一眼大家，很高兴地说，没想到，你们都作好了准备。很好，这样就好，爬山么，就要有个爬山的样子。刘玲马上接着说，我们就是要在蒋总的带领下一个不拉的翻过这个武夷山。有的女同志还说了一句脏话，它娘的，没有比人更高的山，没有比脚更长的路。

来到武夷山脚，就像到了另外一个世界。天气异常寒冷，空中还飘着零星的雨夹雪。这雨和我们居住的内地城市不一样，打在身上生痛。导游介绍说，武夷山风景名胜区主景区方圆六十平方公里，山峰平均海拔三百五十米。大家就抬头望武夷山，都说，不止吧。导游说，高的主峰当然不止。导游还说昨天还下大雪咧，几十年少见。

站在峡谷里，冷得人打颤，如站着不走，我想很快就会把人冻僵的。向右一望，大家顿时来了兴趣。纷纷仰望，这山如大鹏展翅，那大鹏的头，两翅真是惟妙惟肖。人站在谷底，如同站在大鹏的脚边，仰视着大鹏的肚子和头部。都说，来,闪一张。一时又把大家照像的兴趣调动了起来。雨也突然停了,像是专门欢迎我们的到来。

导游说,别忙着照像,我先介绍完。请看左边,这就是武夷山主景山风景。都往左看,一山如刀,只见络绎不绝的人在刀尖上行进,向着山顶而去。那速度之慢,只能叫蠕动。这一看,我就倒抽了一口凉气,这样的天气,我们这样长期待机关的人,能翻过去吗?我在心里把同来的人一个一个过了一遍,顿时打了一个问号,除了蒋总,谁还能翻过武夷山?

导游又指向左边的山脚说,你们翻过武夷山后,后面就是下山的路,不愿翻山的就在那里等。导游指的那里,有几间房,还有茶亭,卖小吃的,照像的,等等,凡是景区这些设施都大同小异。蒋总说,爬山有快慢,自己行动,爬完大家就在那里集合。

说完,他们就忙着照像。我属于那种笨鸟先飞的人。我看了一眼他们,没人注意我。我就向山上进发。这武夷山,爬起确实不容易,才下过雪,寒气穿透运动鞋,直冲脚底,让人无端的增加几分寒冷。向空中哈一口气,只见一股冰冷的气雾。但仍有不少人向上爬。

我随着人流向上爬。人群在慢慢蠕动,每隔一二十米都有供游人休息的地方。但今天,只有三两游人站在休息亭里跺脚。椅子根本无法坐,冰凉。站一会,喘几口气又爬。我站在第一个休息亭往回看,后面全是人群。加上眼睛近视,我根本看不清蒋总他们在什么地方。到处都是人声喧哗,呼朋唤友的。在这里,要找人确实太难。

接下来的爬山,更加艰难。这武夷山与其他山不一样。只感觉陡和艰险。陡到什么程度呢?同时行进中后面的人的头就直接贴在了前面人的屁股上。可见其陡得多么厉害,这陡是笔直的,没有弧线,也没有缓冲。险呢?就是爬山的路特别窄。有自古华山一条路之说,在这武夷山,也只有这么一条上山的路。临崖全是用水泥打造的围栏。人往山上爬,就必须得用手扶住围栏,然后再一步一步的往上挪动。老实说,武夷山的海拔并不高,因了这陡、险,因了这雪后的寒冷,爬起山来的难度就增加了几倍,没爬多久,我就有放弃的念头。我扶围栏的手已经开始变僵了。爬一会就得不停地搓,对着双手哈气。我曾经爬过西藏的布达拉宫,想想当时的情形,也没有如此艰难。

我咬紧牙关继续往上爬。蒋总说了,看看到底谁能够翻过武夷山。说老实话,我在公司并不显山露水。虽然很多计划、规定,甚至一些创新的东西都是我弄出来的,但是我的上面有主任唐冲,每次都是唐冲亲自向蒋总汇报。因此,领导们在会上表扬的总是唐冲,或者最多表扬一下办公室。都从来没有点名表扬过我。此次出来,我的目标是不能输给全部女同志。再一个愿望就是爬山一定要走在唐冲前面。

通过艰难的跋涉,我终于到达了山顶。这里有座庙。由于天气的原因,香火并不旺盛,很多游人都从旁边走过。我就走进庙里观看了一会。里面的和尚喊我抽一支签,我摇摇头,就拿了一本佛书看。书里的一个故事吸引了我,不觉二十多分钟过去了。我赶快继续上路。

由于这二十多分钟的耽误。蒋总他们肯定赶过了我。我出来后,只看见满眼的人流在向后山流动,这是下山的必经之路。我艰辛万苦的爬上山,走在前面,本想赶过唐冲。现在我却成了团队最后一名。难道真如人们所说,是啥命,就得信?

那就顺其自然吧。我不再看重这个爬山名次。反正我已经翻过武夷山,我的心突然就坦然起来。一路下山也有心情观看风景了。后山是原始森林,溪流边的石崖上,还有历代书家的书法石刻。我对书法情有独钟,忍不住停下在心里揣摩书法大家的运笔方式。周围的树上,还覆盖有厚厚的一层雪,雪在慢慢融化,不住地化成水,向地下滴落,吧嗒吧嗒的响。空气是异常的清新。我忍不住的振臂一呼:"武夷山!"山间回响着我的声音,震得雪块嘣嘣的往下掉。

武夷山是天然的蛇园和中草药植物园,据导游说,天气暖和的时候,到处都是蛇。因天气原因,我一路走来都没有看见蛇。路边稍有点动静,我就站着等蛇出现,但都没能如愿。对中草药,我是外行,奇花异草到处都是,我不知道哪些是药,哪些是草。突然,一阵声响,我居然看见了一只山鸡,这可是难得一见的野味,我连忙用手机拍了下来。还顺便拍了雪景。

下山的路总是很快。我到达山脚的时候,老远就看见了蒋总他们坐在那里喝茶。刘玲夸张地喊,老郭回来了。大家都对着我喊老郭。蒋总也站了起来,带头鼓掌,大家像欢迎凯旋勇士一样的迎接我。

刘玲问:你从山上翻过来的?我一时糊涂了,口吃地说是啊。山上有什么?

他们紧追不放。我更加迷惑了，不是大家都翻过来了吗，怎么还问我有什么？

回到单位后，大家仍然在争相传着武夷山之行。原来，他们在蒋总的带领下，只爬到了第一个休息亭。站了一会，都感到难以继续往上爬。就嚷嚷着干脆下去喝茶算了。又说，光秃秃的，爬上去可能也没有什么看头。蒋总揉了揉开始发僵的手，抬头看了看越来越陡峭的山路，就骂了一句："狗日的，这哪是爬山的气候！"又把手一挥，喝茶！都欢呼起来，于是下山去喝茶。蒋总还说，这样的气候，谁能翻过武夷山？都说，可能没有哪个能够翻过武夷山！

很多同事都问我："老郭，你真的翻过武夷山了吗？"

我说嗯，边说我就拿出手机把照片给他们看。他们看了后有的摇头，有的不置可否。更多的是不相信："蒋总那么强壮的身体都没有翻过去，看不出来你还真不简单！"边说边打量我瘦弱的身体，满含怀疑。

后来，单位越来越多的人问我这个问题：你真翻过武夷山了吗？

我说没有。这下他们相信了，笑着说，我就说嘛，武夷山不是那么好翻的，连蒋总都没有翻过去你怎么可能翻得过去？

看着手机的照片，连我也怀疑，自己是否真的翻过了武夷山。如果不是我翻过了，那么又是谁翻过了武夷山呢？特别是回来后，唐冲只字不提翻山大奖赛的事情，看我的眼神也多了一些内容。有次他空洞地问，山上真的有雪吗？我愣了好久才说，我也不知道，那是我在网上下载的。唐冲欣喜地哦了一声。

只有我一人翻过武夷山的消息在单位传得沸沸扬扬。但更多的是不相信。后来，问的人多了，我就干脆说，那武夷山太陡，翻不过。信的人又不相信了，你没翻过怎么从下山的路到了喝茶的地方？这个我还没有想好怎么应付。就说，我去写材料了。

蒋总也和我谈了一次。蒋总笑眯眯地说："小郭，祝贺你，只有你翻过了武夷山，我连忙站起来说，蒋总，我没有翻过去。"

蒋总不笑了："那怎么单位的都说你一个人翻过了，还有雪景、山鸡什么的作证！"

我带着哭腔说："蒋总，那些都是谣传，我还没有爬到一半，就从小路下山了。那些照片是从网上下载的！"

我边说边看蒋总的脸色。我又来了一句粗的，那个鸡巴天气，哪个能够翻

过武夷山？

蒋总笑了。带着批评的口吻说："小郭你还年轻，不能服输，更不能泄气。要有翻过武夷山的胆量和气魄！"又看看我的身体叮嘱道，要加强锻炼！

我说，谢谢蒋总。

在一次大会上，蒋总说，由于天气原因，上次全团覆没，没有一个翻过武夷山，这是我们单位的遗憾。蒋总又提高了声音说："这个遗憾，一定要弥补。大家加强锻炼，等春暖花开的时候再去，我就不相信，没有人能翻过武夷山！"

掌声雷动，我的掌声拍得最响。

194

天气预报

　　叶德厚老汉正躺在破旧的凉椅上睡觉,铁蛋说,爷爷我走了!铁蛋打招呼的时候,他微微的抖了一下。待他伸了一个懒腰,睁开眼再看,铁蛋已经跑得无踪影了。叶德厚老汉捡起放在脚边的大蒲扇,在空中扇了几下,赶走到处乱飞的苍蝇蚊子,同时,双脚在地下找着用一双烂凉鞋改成的拖鞋。脚在地下划拉着,没有找到。就用眼到处看。拖鞋放在了凉椅的右边,整整齐齐的,干干净净的。心想,原来是铁蛋把它洗了一下。这双拖鞋以前是凉鞋,不能再穿后,就把后面用刀割掉,用割下来的胶皮粘接脚背上面的断裂。几乎都用烧热的火钳粘接遍了,穿起还打脚。塑料的,含有一定的胶。叶德厚老汉穿了四年,补了又补,实在莫法穿了,但是叶德厚老汉还是舍不得丢掉它,他去乡场上看了一下,随便一双凉鞋就要六七块,连拖鞋都要两三块。对于长年不看重鞋的叶德厚老汉来说,这笔开支是他不情愿拿出来的。

　　叶德厚老汉仍然躺着,用蒲扇有气无力的扇着,一会在空中扇,一会又在光脚杆上打得叭叭的响。他只小眯了一会,没有表,也不知道到底睡了多久,他的大脑没有完全清醒。叶德厚老汉吃完饭后,有马上小睡一会的习惯。自己刚坐躺下时,明明看见铁蛋还在洗碗,也隐约听见做完家务去上学打了招呼,但自己的神志却一时清醒不过来。

　　叶德厚老汉用蒲扇使劲地拍了一下脸,欲把自己拍得清醒。没想到,补在蒲扇上面的胶皮却在他脸上划了一下,顿时划出一道血痕。一痛他就完全清

醒了。

叶德厚老汉就站起来穿鞋,刚一站起,却不由自主的一屁股又坐了下去。他手抚着躺椅的靠手,好不容易才把双脚放进拖鞋里。

叶德厚老汉走出屋门。外面太阳很毒,他顺手抓了挂在阶沿墙上的斗笠,抖了两抖,戴在头上。走了几步,又返身进屋,带上大蒲扇,两只小鸡围着他,他用蒲扇赶小鸡,小声骂了一句:"自己去找吃的!"

叶德厚老汉往稻田走去。

叶德厚老汉的家在山脚下。两间很普通的土墙土瓦房,外加一个搭建的偏厦做猪圈鸡圈,偏厦的一半是猪圈,另一半是人解手的地方,里面推了一些农具,尿桶什么的。墙角堆了一堆从灶里掏出来的灰,灰里掺和了一些鸡屎,因此,每天晚上,家里的几只鸡就歇在灰堆上。若遇两只鸡打架,就会打得满天灰尘。叶德厚老汉从来不去制止,因为这是大山脚下难得发出的声音。铁蛋此时趴在小饭桌上做作业,叶德厚老汉也是坐在躺椅上抽烟,间或问问铁蛋的学习。他也问不出什么,每天也只问一次,问的还是那句老话,老师今天教了什么?铁蛋就一五一十的说了。说的什么,叶德厚老汉一概不知,他是一个文盲,对书本上的知识,虽然不懂。但他特别希望铁蛋能够学懂,又接着追问了一句,听得懂吗?铁蛋说听得懂。叶德厚老汉就满意了。

沉静的山野,除了鸟鸣虫叫,就只有这爷孙俩有一搭没一搭的拉扯。鸡们打得乌烟瘴气,正好成了这里还有人间烟火的印证。

以前不是瓦房。以前是茅草房,每年打了谷的稻草就用来翻修房屋,年年都要翻修,特别麻烦。儿子结婚那年,叶德厚老汉终于下决心翻新成了瓦房。要不是儿媳妇说不改成瓦房就不嫁过来,叶德厚老汉也没有那么大的决心。当时,老太婆病在床上已经一年多,叶德厚老汉实在没心思改修房屋,在儿媳娘家人的要挟下,终于改了。现在看来,还真是改对了。从近处说,不改,儿子就打光棍。从远处说,如果当初不下决心改成瓦房,现在自己每年一次上房翻修,还有那个能力吗?在平地种这点水稻都感到困难,哪还有精力爬上房?现在,瓦房虽然几年没有检修了,可也没有大碍,下大雨时,少数几个地方漏雨,用脸盆、脚盆接一下就过去了。况且家里也没有什么贵重东西。唯一贵重的就是每年打下的粮食。叶德厚老汉把粮食保管得特别好,用两根长凳子把放谷子、米的扁桶垫得高高的。若遇房间漏雨,就和铁蛋把扁桶移来移去的。

房屋前有一块院坝。农村里,每家每户都有一块这样的院坝,多数用水泥打的。但是,他的院坝是用小石板镶成,石板之间用少许的水泥作了填充,平平整整的。每年收获的粮食,都是在这上面打晒。太阳一晒,石板热得发烫,打下的稻谷,三两天就晒得干爽。因此,每年买粮的都夸,叶老汉的粮食晒得好,没有一点水分。

院坝外面就是几块稻田。其实,叶德厚老汉坐在家里,靠在躺椅上也完全能够看着稻田。这样距离有点远,只看见金黄的一片,给人以很大的错觉,风一吹,金黄的稻浪一涌一涌的,恰是丰收的田野。

是丰收的田野吗?叶德厚老汉一直这样的在祈祷。

天气再热,叶德厚老汉每天都要去看几遍稻子。一是路近,抬腿就到,方便。二是稻子就是爷孙俩的生命,还有着孙子铁蛋的前途。他看稻子,习惯性地不只是看,而是用手摸。有时是蹲在田里,有时是坐在田里。稻叶被太阳晒成了一叶一叶锋利的小刀,割着他的脸,汗水淌下来,一扯一扯的痛。叶德厚老汉的痛是痛在心里。

今年的水稻完了。四口人的水稻,四亩多田,赶不上往年三亩的收成。自己吃清点、喝稀饭,最多加点红苕萝卜掺杂进去也能对付,可是孙子铁蛋呢?他的学费哪里来?

说到孙子,叶德厚老汉就在心里叹了一声,造孽哟!他找不到更好的形容词来形容孙子铁蛋,只用造孽来概括铁蛋走过的十二个年头,生下铁蛋前恰逢老太婆过世。让叶德厚老汉很是伤心不已。三个月后,孙子铁蛋出世。让这个家庭在半年内感受到了人世沧桑的轮回。一生一死,让叶德厚老汉感觉,死不容易,生也不容易。老太婆是痛死的,是什么肝癌晚期,整夜整夜的痛得大叫,死得很凄惨,叶德厚老汉听到这种惨叫,头上急出汗珠,不停地往下淌。儿媳妇生铁蛋的时候,也如此的惨叫。家里生活过得并不好,当初儿媳妇怀上后,并没有鸡鸭鱼肉的养着,却突然一下子生了一个七斤三两的胖儿子。从那一刻起,七斤三两的孙子铁蛋悲壮地来到人世。

铁蛋一岁多就会走路了。山里的孩子没有学步车,也没有手推车学步。每天只是爷爷扛在肩上到田间地头晃悠。看见满眼的即将成熟的稻谷,爷爷就蹲下来。把孙子放在膝盖上，满脸带笑。抓着孙子的小手去摸谷穗。小孙子被谷穗扎了一下，马上缩回手来。爷爷却高兴得大笑了起来："铁蛋不哭，等打了谷子，爷爷给你煮新米干饭！"一说到新米干饭，爷爷就口舌生津。如果新米干饭，再加上一大碗腊肉炒萝卜干，那真是天下的美味啊，平时，如果没有腊肉炒萝卜干，都可以吃下三大碗米饭，有了这个后，可以吃下四碗，甚至四碗吃完，还有吃的欲望。

突然间，孙子铁蛋就会走路了。先是扶着墙壁、桌椅板凳什么的，过几天，就可以满地走了。这时也是叶德厚老汉最开心的时刻。他常常吃完饭后，就坐在躺椅上，亲热地喊铁蛋，我的乖孙孙，把爷爷的拖鞋拿来。小铁蛋就慢慢地找拖鞋。全家人的眼光都看着他。他就走到墙角去，把一双拖鞋拿来。叶德厚老汉简直笑弯了腰，因为他自己的拖鞋就穿在脚上。小孙子把他爸爸的大拖鞋拿来了。

一家人那个乐啊！

过完春节，儿子和媳妇都去广东了。把家里四个人的责任田甩给了这爷孙俩。前两三年吧，每年春节儿子和儿媳妇还回来一趟。回来就是给叶德厚老汉几百元钱，要他安排好家里生活和应付家里的日常开支。有时，农忙季节儿子也回来，回来几天，又匆匆忙忙的走了。叶德厚老汉问过儿子："外面就那样好吗？"儿媳妇却抢着回答好，外面就是你一辈子没见过的那样好！

叶德厚老汉去过最远的地方是乡场。几条街组成的。每逢三、六、九当集时，街上人挤人，异常热闹。他也背上冬瓜、丝瓜的去街上卖。离乡场也有十八里路，没有任何交通工具，也没有公路，他就起早去赶集，揣上两个饭团上路，傍晚才回来。每赶一次集，叶德厚老汉就感叹一回：住在街上的人才享福，天天电灯照得透亮，吃的自来水。饿了走出家门就有饭馆，不是炒菜就是面条，过的真是天堂日子啊！自己这一辈子怕是没这个福了。儿子和儿媳妇也不可能住在街上，没有那个本事。只有孙子铁蛋了，因此，叶德厚老汉最大的心愿就是希望孙子铁蛋长大后，能够住在街上。外面的世界留在叶德厚老汉心里的，就是乡街上。他仍厚着脸皮问，外面比乡街还闹热吗？

儿媳妇只在鼻子里哼了一下。儿子又补充说，你想象不到的。叶德厚老汉想破脑壳也想不出个所以然，就不想了。

儿子和儿媳妇这次出去,三年后才一同回来了一次。这次回来两人去办了离婚。之后再没回来。听说,都各自在城里另外成了家。

　　农村这个家被儿子和儿媳妇彻底抛弃了。

　　儿子和媳妇离婚时,铁蛋才七岁多,刚上小学。对于一个这样的孩子显然不知道家庭变故意味着什么。只是过年时问叶德厚老汉:"爷爷,爸爸妈妈什么时候回来呢?"叶德厚老汉听着心酸,就说:"他们死了,不会回来了!"待孙子长大些后,叶德厚老汉就给孙子讲了这一切,铁蛋哭成了泪人。无助地抱着爷爷。叶德厚老汉搂着孙子,一个劲地安慰,有爷爷,不要怕,我们铁蛋不哭。

　　铁蛋成了小大人。每天放学回家就做家务,吃完饭就洗碗,脸上很少有了笑意。特别是爷爷有个伤风感冒什么的,他就把鸡蛋拿去卖了,给爷爷买回药。叶德厚老汉从来没有感叹自己命苦,看着孙子铁蛋像个小大人似的忙里忙外,就感叹了:造孽哟!孙子铁蛋刚上了初中,他这样叹时,就不仅仅叹的是铁蛋了,更多的是叹自己。初中学费期期都在涨,还时不时的交这样费、那样费。一个七十来岁的老汉,精神毕竟大不如前,顾了田里顾不了家里。家里除养一头过年猪外,再是几只鸡,就再没有什么值钱的了。

　　叶德厚老汉把精力用在了种田上。他家这几亩地,只要风调雨顺,丰收绝对没有问题。种了几十年地,叶德厚老汉种成精了。闭着眼睛都能说出二十四节气。什么时候下种、什么时候插秧,他都烂熟于心。他特别注重田间管理。底肥下足,全是猪粪鸡粪草木灰。秧苗插下去,几天就绿油油的惹人爱。

　　庄稼是爷孙俩的命,更是孙子铁蛋的前途。收成好的年份,可以卖掉至少一半的粮食应付孙子的学费和其他家庭的小开支。留下一半爷孙俩吃。往往到了新谷打下来的时候,家里还有几百斤老谷。他去找过乡里、村里,要求补助,人家回答,你儿子在外打工挣钱,你又不是贫困人口,怎么好意思要?事实上,儿子再没有回来过和寄钱回来了。但是,他说不出口。

　　可是今年,一切都成了泡影。插下秧苗就开始天旱。叶德厚老汉的稻田边就是一条西河。西河水不深,只淹在腿肚子处。干旱一来,西河水就像被海绵吸了一样,越来越少,直到干涸。

　　如今那金黄的稻浪已经打了折。由于稻子灌浆期干旱缺水,几乎没有颗粒饱满的,像农村女人常戴的项链,看着亮晃晃的,不几天就锈迹斑

199

斑了。

此时热浪袭人。在叶德厚老汉七十多年的记忆中,还没有这样热过。他抬头望望天,天空灰蒙蒙的。狠毒的太阳像是穿过层层沙尘才照下来一样。河对岸的山光秃秃的,远远看去,石头都在冒烟。

叶德厚老汉听见了孙子铁蛋的喊叫着:"爷爷,快回来,要下雨了!"

咦,孙子都放学了! 叶德厚老汉爬起来,向家中走去。他望了望天空,自言自语,下什么雨? 又说怎么旱了一个月了还不下雨呢?

孙子告诉他,老师说今天晚上可能有雨。叶德厚老汉不相信:"老师怎么知道?"孙子说:"天气预报了。"叶德厚老汉再问:"啥叫天气预报了?"孙子说:"老师说,电视上说的。"

电视?叶德厚老汉就迷糊了。山脚下只住了三户人家,没有哪家有电视。刘老大家买了一个收音机回来,在街上还叫得好好的,一回来,没有声音了。那天晚上叶德厚老汉去听稀奇,可是听见的全都是吱吱的声音,像耗子在互相撕咬。刘老大气得大骂:"妈的,买了个歪货!"第二天去街上退货时却又叫了。

傍晚,果然下雨了。叶德厚老汉感叹预报真准。先是打了一阵雷。这雷来得凶猛。咔嚓嚓! 叶德厚老汉连忙把躺椅搬到阶沿上,坐着认真地看。雷声一来,雨点也就跟着下来了。雨点砸到地上,溅起不少灰尘,淋得小鸡扑棱棱的往家跑,叶德厚老汉笑呵呵地看着。突然,一个闪电,像把天都撕裂了一样,紧接着瓢泼大雨从天而降。

爷孙俩找出家里的盆盆罐罐,接住从屋顶漏下的雨水。才上床睡觉。

不知睡了多久,突然听见猪打圈门的声音,还听见耗子在水里唧唧的叫着,水声哗哗的。

叶德厚老汉一惊,莫非趁着大雨有人偷猪? 如今的山村,青壮劳力都出去打工了,偷盗日益猖獗。一拉电灯,居然不亮。就在枕下摸电筒。

打开电筒,叶德厚老汉大叫了起来:"铁蛋,铁蛋,快起来,涨大水了!"

水已经淹住了床腿,还在慢慢往上涨。铁蛋也穿着短裤爬起来,拉着爷爷的手往猪圈走去。那只过年猪前腿趴在圈门上,屁股以下淹在水里,猪圈边上站着那几只鸡。两只耗子往猪身边游过,向猪圈墙上的一个通风小孔逃命。

铁蛋拉着叶德厚老汉,身子不住地抖。水已淹到铁蛋肚子。叶德厚老汉拉着铁蛋,好不容易拉开大门,外面已是一片汪洋。爷孙俩四处看,就看见了存放粮食的扁桶。连忙招呼铁蛋:"快,爬上去!"

铁蛋搬来梯子,把爷爷往上推。两人在扁桶上抱成一团。水慢慢地往上涨,叶德厚老汉开始颤抖。都只穿着短裤,大雨一来迅速地降温了。叶德厚老汉无端的悲从中来,说:"铁蛋啊,爷爷死了你就去找你爸爸,他在街上,很远的地方,找到他你就不要再回来,就住在街上。"铁蛋哭着说:"我不要爷爷死,我不要!"

叶德厚老汉交代铁蛋:"等水涨到扁桶一半的时候,你就游出去。可能要游很久,你趴在木脚盆上游,那样用不了多少力气,游出去找你爸爸。"

叶德厚老汉悲壮地做着交代。这时,黑暗里突然传来突突突的声音,有人高声喊:"叶大叔,叶大叔,你在哪里?"叶德厚老汉听出来了,这是村长的声音,就想,未必村长大呼小叫的也在找高处逃命吗?未等叶德厚老汉回答,又传来几个人同时的喊叫声:"叶德厚、叶德厚!"

突突突的声音已到了门外。房前屋后到处都是强烈的电筒光在照射。一股巨浪冲来,把扁桶掀得一摇。叶德厚老汉和铁蛋赶忙回答:"我们在这里!"

村长惊奇地大叫:"县长,县长,他们还在!"几个武警战士迅速游了过来把爷孙俩弄上救生艇。

救生艇上另一个人已经瘫软了。他就是乡长。被叫着县长的人黑着个脸:"刘大伦,要是出一个人命,你看老子怎么收拾你!"

叶德厚老汉爷孙俩被直接送进了县城招街所。县长到了县城才稍微缓了一口气,招待所长一直跟在县长后面,低眉顺眼的。县长突然说:"还不快去找点穿的!"所长说哦,马上去。乡长王大伦马上接话,我马上买。话未落音,跟在旁边的一个年轻人就往外跑了。

叶德厚老汉突然就打了几个喷嚏,像是传染,铁蛋也跟着"啊嚏啊嚏"的打了起来。县长一惊:"马上送县医院检查!"

穿着新衣新裤的爷孙俩被送进了县医院。院长亲自上阵,又是照片、又是查血的忙活了好一阵,最后结论,感冒!院长又亲自开了一堆治感冒的药,耐心地交代这个怎么吃,那个怎么吃。小孩吃多少,大人吃多少。

叶德厚老汉和孙子被安排进了县招待所的标间。这时候，他才真正体会到儿子和儿媳妇以前说的"你根本想象不出来！"是什么意思，确实，要不是亲眼所见，就是把他叶德厚老汉关上三天三夜他也想象不出眼前的景色。走廊里铺着地毯，红红的。要在农村，这样的过道上应该堆满了锄头什么的。房间里又是另外颜色的地毯，脚踩在上面，软软的。墙上雪白，只挂了一个空调，一个壁灯，要在农村，早挂上了斗笠，红辣椒，甚至镰刀什么的，满满的一墙。叶德厚老汉看得一脸不知所措。

服务员是一个很漂亮的女孩，看上去只十七八岁，身材瘦高瘦高的。叶德厚老汉不仅替她担忧，看她瘦成那样子，怎么能够打谷，农村那一套活路她怎么也拿不下来，将来怎么找婆家哟。

服务员并不知道叶德厚老汉在为她的人生大事操心，很热心地把他们领进一个房间，还重点演示了一下空调怎么用。拿着遥控器教他们如果热了就接按这个，听见"杯"的一声就可以了。边说边按，果然"杯"的一声，出来的就是冷风，凉悠悠的宜人。又说，如果冷了就按这个，只听见又是"杯"的一声，出来的就是热风了，服务员自己却先笑了，说当然这个季节不需要热风。说着就把空调关了。

又随手打开电视。电视里正在放一台晚会，那声音，那穿的之华丽，叶德厚老汉无法形容。很快，另一个服务员又端来两碗肉丝面条，让爷孙俩快吃，吃了睡一觉，离天亮不远了。

也不知睡了多久，突然传来敲门声。叶德厚老汉惊醒了，惊醒后就吓了一大跳，自己怎么睡在这里？慢慢地回忆，这样吃住下来，每天怎么也得二三十吧！这不是烧钱吗？连忙起来穿上衣服，又拉醒铁蛋，用手指门。敲门声仍然继续。服务员在门外说："大爷，你们洗一下就下来吃中午饭了。我在楼下等。"

叶德厚老汉惊慌失措，连忙拉着铁蛋走进卫生间，看见一个像脸盆的上面有个铁脑壳，左弄右弄，好不容易弄出水来，就用手捧着在脸上搓。

楼下大厅已经摆了五桌。天，都是些什么哟，叶德厚老汉只认得鸡、鸭、鱼和一些素菜。没想到的是县长亲自作陪，还坐在了叶德厚老汉旁边。这让叶德厚老汉很不自在，他一上桌就瞄准了桌上的一碗红烧肉，亮亮的，肥肥的，看着就咽口水。他使劲给铁蛋递眼色，要铁蛋注意那碗好东西。

吃饭前,县长讲了话。大意讲了三层意思。一是说今年的洪灾百年不遇,全县损失巨大,有几个乡镇政府都淹了,无法正常办公。二是全力抗洪抢险。首要的是人不能给淹死,现在这个任务已经完成。其次是抗洪抢险抓重点,先要把乡镇政府搞好,恢复正常办公。最后是等洪水稍退,就尽快进场清点被淹灾民幸存的财物。三是妥善安置灾区受灾群众的生活。直到恢复生产。

县长话音刚落,很多乡镇长都表态说,坚决落实县长指示。

叶德厚老汉一动筷子就伸向红烧肉。县长看见了,连忙把红烧肉端到他爷孙面前,叶德厚老汉露出憨厚的笑。县长更加关切地劝:"不要急,慢慢吃!"叶德厚老汉却突然说:"吃了我们就回去,这里我们住不起,也吃不起。"县长一愣,愣过后,就笑了:"叶大叔啊,你回哪去?你的房子天亮就被水淹垮了!"

一听这话,叶德厚老汉哇的一声就哭了,铁蛋也跟着号啕大哭。想想自己都七十多的人了,如今居然无家可归,除了哭,叶德厚老汉没有别的办法。县长也马上严肃了一张脸,用手拍着他的背,语重心长地说:"叶大叔,你的房垮了,政府给你修新的。你的粮没了,政府给你救济。在你新房没修好之前,你就一直住在这里、吃在这里。不要你一分钱!"

叶德厚老汉终于听明白了。明白后,眼泪就更加止不住的往下流。县长又拿餐巾纸给他擦眼泪,县长很少吃菜,只是一个劲往他碗里夹肥肥的扣肉。

在等待回家的日子,爷孙俩是幸福的。每天想睡就睡,想上街上街。饿了就直接到餐厅去吃饭。光是早餐就有五六样。最重要的是知道了什么才是享受。比如解大便,这是叶德厚老汉最喜欢的,坐在上面,也不麻脚,想多久就多久。再一个,就是洗澡,二十四小时都可以洗热水澡,想洗多久洗多久。

没事的时候,爷孙俩就上街耍。街上真是一尘不染,到处都有树木、草皮。特别是公园里面,到处都有唱歌的,拉二胡的,跳舞的,闹热得不行。叶德厚老汉开始理解了儿子为什么不再回来。

幸福的生活总很短暂,爷孙俩就要搬回家了。走的那天上午,县长又来了,并在招待所为全县最后一批回搬的十七个灾民送行。县长又坐了叶德厚老汉旁边。这次的气氛显然很好,县长兴致很高,还举杯喝了酒,并当场解决铁蛋的学杂费的问题,解决爷孙俩一年粮食问题。县长笑眯眯地问叶德厚老汉有什么感想。叶德厚老汉想了很久，他还不知道说感谢党中央、感谢国务院的话。县长笑眯眯地盯着他。乡长在一边递眼色，希望叶德厚老汉说点感谢什么之类的话。叶德厚老汉说："有一点我没弄清楚。"县长问："什么？"乡长脸都变了。

叶德厚老汉说："我天天看电视里的天气预报，每天晚上都说局部地区有小雨，局部地区天天下雨，不是天天都得躲水吗？"叶德厚老汉的一番话把县长逗笑了。县长很耐心地给他解释什么是局部地区。

最后，县长笑眯眯地问叶德厚老汉还有什么要求。叶德厚老汉脸红了一下，看着县长的脸色，县长仍是笑眯眯地鼓励他说下去，叶德厚老汉就说："我想要一个电视！"

说出这话后，叶德厚老汉自己就吓了一跳，感觉县长本来和自己不带亲带故，却给了自己穿的吃的，真是菩萨啊。一旁的乡长也是满脸通红。没想到县长却爽朗的一笑："杨所长，上次招街所淘汰下来的旧电视还有吗？"所长马上跑过来说都堆在库房里。县长指示："挑一台最好的给这个叶大叔，弄个锅盖，不然看不清楚。"

回到家后，叶德厚老汉真是喜出望外。在原来的地基上，重新修了新房，比原来的稍微大一点、高一点，全部是石头砌的墙，石头之间还用水泥勾了缝，上面是新的瓦和旧的瓦互相搭配，盖得很密实。乡上随同来的工作人员还马上安上了锅盖，电视一开就出影出音了。

这一年，爷孙俩真的是过了一个好年。吃穿不愁。叶德厚老汉只是清理稻田。孙子铁蛋只管读书。

第二年，粮食又减产了。第三年情况更加恶化。原因是洪水把沙、石、土块冲进了田里，改变了土质。再加上年岁越来越大，做不动了就撂荒了两亩稻田。收获的粮食爷孙俩糊口都不够。他找到乡上，要求解决铁蛋的学杂费。乡长问："今年又受灾了吗？"叶德厚老汉一脸窘相。

乡长就开始耐心地做他的工作："不要什么事都依靠政府，灾后重建的事情很多，灾民自己也要自救。你想想，政府给你修了新房，给了你电视，这些都不说了。是政府救了你的命总是事实吧？不是政府你早被水冲走了。政府不要你感恩，可是你也不能给政府添乱啊！"乡长句句在理的话，说得叶德厚老汉无地自容。想自己确实太过分了。

在回家的路上，叶德厚老汉还不小心摔了一跤。到天黑，他才一瘸一拐的回到家。回到家后就病了。

铁蛋正是初三，是耽误不得的时候，每天早出晚归，中午叶德厚老汉常常就是吃铁蛋早上预留的剩饭。吃得眼泪汪汪的，他不知道自己还能挨多久，自己如果死了，铁蛋会怎么过。

躺在床上，叶德厚老汉就看电视。最爱看的还是天气预报。他想好了，如果再来一次洪水，就把铁蛋送上房顶等着，自己悄悄溜下来……

叶德厚老汉盯着电视看，仍然是局部地区有小雨。就问做饭的铁蛋："乖孙孙，听说预报没有好久发洪水？"

铁蛋答说："最近都没有洪水。老师说，可能几年都不会发了，爷爷你放心，我们再不会被洪水冲走。"

叶德厚老汉就自言自语，开始嘀咕，为什么不来了呢？突然开始大笑，笑一阵又哭一阵，只反复的就那么一句话，你为什么不来了呢？

地主也是人

一

白龙兴走到厂长办公室门口正准备敲门，突然听到厂长高亢而激昂的声音："一个六,地主也是人！"

白龙兴就犹豫了，抬起的手就停了下来。他知道这是厂长他们正在斗地主。自己这个时候进去肯定要扫厂长的兴。他在走廊里徘徊，靠着栏杆点了一支烟。眼光就落在厂部办公大楼前的花园上，花园修得很气派，正中是一个直径三十米的大花坛,花岗石镶座。花坛里移植着一株百年老黄桷树,直径两米以上,它有四支支杆,都在人的一腰围大小。四支支杆分别伸向四面。枝繁叶茂的时候,若一把偌大的华盖,遮阴蔽日,坐在花岗石底座上,人真是爽透了。当初厂长决定花二十万元从大山里买下这株黄桷树,移栽到了厂里,市日报、晚报、电台、电视台记者闻风而动,纷纷写了连篇赘述的报道,一时间,厂子名声大振。厂长也经常在市电视台露面,畅谈保护名木古树对人类环境的重要性。白龙兴当时怎么也不明白,人家黄桷树在山里土生土长百年了,你把它挖出来弄进城究竟是保护古树呢还是破坏古树?但这话白龙兴只是在心里想,没有敢对任何人说。是啊,厂里红红火火,每个职工挣着稳定的工资,拿着不少的奖金,个个都喜笑颜开,再说,花二十万买一株黄桷树,二十万对厂里来说,只是九牛一毛,厂领导都不操心,自己瞎操心什么啊!后来,厂领导在大会上讲:"我们有些工人素质就是有问题,认为我们花二十万元买黄桷树不值得,真是农民意识啊！今年以来，你们知道厂里效益又增加多少了吗？早就拿回几个二十万了，我们花二十万元买的不是黄桷树，买的正是广告效应！"厂领导这样一说，大家就明白了。白龙兴也暗暗地恨自己素质有问题，岂止有问题，简直是差啊！

白龙兴把眼光从黄桷树上移开，从花坛向四周又有四条青石小径，两边是三层楼高的各种树木。小径幽深而宜人，隔不多远就有一张椅子，还有做成像石头一样的喇叭。坐在椅子上歇脚，听着音乐，是多大的享受啊。尤其是市里的小青年，公园都不去，却偏偏爱到厂区来手牵手的谈恋爱，边走边坐，边走边观看人造假山、瀑布，听着鸟语、闻着花香……

唉！这些都是从前的事情了。

现在呢？好像一下子就衰败了，植物枯萎，椅子破烂不堪，精美的石头也不唱歌了。连厂门口的"大风市机械厂"六个描金大字也已经开始模糊不清了，才短短不到十年啊，到底怎么了？

白龙兴摁灭烟头，还是敲响了厂长办公室的门。

此时是上午九点半，正是一个阳光明媚的天气。

二

厂长喊了一声："进来！"

白龙兴推门进去就看见厂长肖光前、销售副厂长羊明中、财务科长刘二亨三个人正在斗地主。肖光前面前堆着一把钱，有十元、五十元的不等，大概有小一千了。厂长抬起头，就朝白龙兴喊："白主任，来，你也来斗两盘！"

白龙兴就急忙说："你们斗，你们斗！"厂长只是随便这么喊了一句，见白龙兴这么说，就说："老白，你自己倒水喝！"

羊明中和刘二亨只是用眼瞥了白龙兴一下，就开始专注地看手中的牌了。

白龙兴镇静了一下，就准备给厂长汇报车间的情况，他几次欲开口，肖光前都关注地在打牌，于是他就自己拖了一把椅子坐在肖厂长右手边，看他们斗地主，准备找机会向厂长说情况。

厂长抓的这把牌不是很好，只有一对 A 和一个 2，上家是副厂长羊明中，考虑了很久喊过没要牌，很显然厂长这把牌是无法当地主的，厂长把头偏向白龙兴："白主任，我们不要哈，抓不得！"白龙兴不是很懂斗地主，见厂长这么尊重自己,赶快附和着喊过。刘二亨就闷抓了。

刘二亨慢慢理着手中的一把牌,出了一个小 3,羊明中出了一个 6,轮到厂长时,他在出 7 和 Q 之间选择,白龙兴想,按照车间几个同事教自己的打法的话,地主上家是顶家,庄该出 Q,只听厂长肖光前音起手落,把一张 7 拍在桌上:"地主也是人!"

财务科长刘二亨笑眯眯地接了一句:"就是就是!"随即轻轻的把一张 9 放在桌上。副厂长羊明中马上出一张 A,都不要。羊明中出过牌没人要,出 3 个 2 带 1 报单。财务科长刘二亨毫不犹豫拿双王炸了。

这把牌,如果厂长肖光前第一手不出 7 出 Q,财务科长不但炸不出来,撤王都要输,厂长肖光前笑眯眯地说:"狗日的没想到跑这么快。早晓得老子该出 Q!"边说边笑,但还是按规矩给了刘二亨二百元。副厂长羊明中也输了二百元,白龙兴看不出来羊明中对肖光前这打法是否不满,白龙兴扫了眼羊明中,羊明中没有任何表情。

接下来这把牌厂长肖光前又不好了,又是财务科长刘二亨闷抓,刘二亨又赢了,肖光前和羊明中各输一百元。

厂长肖光前的脸色就不是很好了,白龙兴看了眼厂长脸色,想说的事情只得吞回肚里。接下来三人闷头打牌,但是白龙兴还是看出来了,刘二亨虽然赢了,是心里高兴,脸上却显出牌赢得很艰难、很无奈的样子。副厂长羊明中一副泰然处之的样子,很冷漠。

再坐下去,白龙兴就感到尴尬了。他就说:"厂长,我有个事情本来想……"话音未落,副厂长羊明中说话了:"改天再说好吧!"语气没有任何表情。

白龙兴说:"我也是这个意思,你们忙,我改天再来汇报!"

肖光前把牌反扣在桌上,望着白龙兴说:"你顺便给张主任、李主任、何主任说一声,现在是非常时期,看好工人别闹事!啊,去吧,工作上的事情改天再说!"

白龙兴就走出了厂长办公室,屋内又传出厂长肖光前愉快的叫声:"地主也是人!"

外面阳光明媚,白龙兴想,祖国肯定处处气象新,天安门广场五星红旗高高飘扬,胜利的歌声多么响亮,我们的厂长多么高兴,幸福的花儿胸中开放!

白龙兴有气无力地走回车间。大张、小李、左撇子三人也正在斗地主。见他回来,三人马上把牌摔在桌上问:"搞定没有?"又看白龙兴脸色,估计没什么希望,就都不说话了。

白龙兴看牌桌上,各人面前堆了一些零钞。五角、一元的,最大的是五元,他问:"你们打好大?"

"五角!"

白龙兴就不说话了。厂长他们打的是五十元。他含着复杂的心情看了一眼三位同事,就说:"厂长他们忙,改天再说!"

一听这话,大张首先沉不住气了:"白主任,我家里快揭不开锅了。要是不赶快接这批活,就真没法活了!"

小李也说:"我也是接了这批活攒点钱好把喜酒办了,我真怕夜长梦多!"

左撇子更来气了,挥舞着半截左手:"老子去找他们狗日的算账!"

白龙兴想起厂长肖光前说的"把工人看好,不要闹事,现在是非常时期"等等就感到压力太大了。

白龙兴同情地望着他们:"把牌收了回家吧!"

三

白龙兴要给厂长说的事情其实很简单。

白龙兴也不明白,红红火火的一个厂子,怎么突然之间就不行了。

白龙兴走在回家的路上,两边是熙熙攘攘的人流,一副人人为生活奔波的疲惫样。

白龙兴更不明白,第一任厂长搞得好好的,在工人都不知情的情况下,就突然被换掉了。第二任厂长上任一年,不抓生产却专门喜欢陪上级部门的人出国考察啊、到外地取经啊什么的,一去一两月,把厂里折腾得差不多了,居然还上调升官了。第三任厂长又是上级任命的,他比第二任厂长更厉害,既不抓生产,也不抓销售,更不抓技考,每天带着一个女人到各大城市专设什么办事处,于是,不知他从哪里弄来的五个年轻漂亮的女人就分别在省外的五个大城市成了办事处主任。厂长也就每一个月到一个办事处去检查工作了,只两年就把

厂里的积蓄彻底折腾完了。这下工人们不服了,就上告,说厂长安排的这五个女人都是他的情妇。告来告去,上面也查了很久,结果仍然不了了之。厂长就调走了,也没见有什么处理。第四任厂长又来了,也是上面任命的。到厂里宣布那天,上面说这是一个能人,把他任命为厂长就是来带领大家改变现在这种落后面貌的。第四任厂长上任后,果然作风泼辣,把所有的家底彻底清查了一遍。当看到厂里只能艰难维持生计时,他进行了大刀阔斧的改革,首先是重新任命中层干部,还宣布要下一批人。弄得厂里人人自危,都把自己多年的积蓄拿去保这个位子。白龙兴就送了厂长一万五千元才算保住了这个车间主任。最后,厂里没有一个人下岗,也没有一个人调换工作岗位。第四任厂长就这样扑腾来扑腾去的搞了一年,也调走了。

现在在位的是上面任命的第五任厂长肖光前,他来了之后,变卖了几样设备,原来买的140多万,只45万就卖了。他召开了一个中层干部会,要求各中层干部管好自己手下的人,不能闹事,也不能瞎折腾,说厂里已向市里报告要求破产,厂长还读了《破产法》,人人听了心里都有一股暖流,《破产法》好啊,党和国家没有忘记工人啊!

但是等了半年多了,也没见上级来宣布公司破产,也不知道对工人如何安排。大家就都这样在厂里耗着,也不知道要耗到猴年马月。

唉!白龙兴丢掉烟头,大脑一片混乱,他干脆就坐在了家属小区的草地上,想心事。

自己这个车间主任当得真是窝囊。他愧对大张、小李、左撇子啊!尤其是左撇子,是厂里的元老、功臣啊,为了搞厂里的一项技改,把自己的右手整个手掌都丢失了,活生生的被齿轮吞了,惨不忍睹啊。第一任厂长便亲自把他送到医院,在床边守了个通夜,厂长和左撇子抱头痛哭。

当然那时左撇子还不叫左撇子,叫杨大伦,他边哭边搂抱厂长,可是抬起的只有左手了,厂长也伤感得不行,两人就这样搂抱着鼻涕眼泪的糊了一身。

厂长还叫自己老婆炖了老母鸡送到医院给杨大伦补充营养。

出院的时候,厂长亲自送了一些蜂王浆一大堆什么的到杨大伦家里,厂长掏了五百元钱给杨大伦,说:"这是我一家人的心意,你自己买点营养品吧!"感动得杨大伦老婆也在一边不住地流泪。

杨大伦的老婆是母老虎，把杨大伦管得很严。杨大伦烟瘾很大，每天一包半，抽两元五角一包的"美女"，老婆只允许一天一包，就给他每月按计划买烟，把杨大伦的烟瘾硬是控制了下来。在生活上，从来看见杨大伦的老婆都是风风火火的，她从不轻易感动。有次有个副厂长带杨大伦出了差把自己住四星级宾馆的梳子送给了杨大伦，杨大伦欢天喜地的把精美的梳子交给老婆，本想讨老婆欢心，没想到遭到老婆一顿臭骂："狗日的贱骨头，一把梳子就乐成这样！"

这样一个母老虎居然被厂长的一只老母鸡和一堆蜂王浆感动了吗？当初白龙兴也不理解。后来，杨大伦老婆说了一句话："你们厂长啊，跟我们真像一家！"

厂长把杨大伦的住院医药费批报了。可是，杨大伦后来的伤口发炎，断断续续自己就医，累计起来也有 3000 元了，厂长签了字报销，可是第二天却换厂长了，新厂长根本不给报，现在发票还在杨大伦手里。

每个厂里的人都知道，老厂长是个最节约的人。出差从来不住宾馆，找个便宜旅馆对付，生活上更是简单极了，通常就是面条，都怕和厂长一起出差。因此，当厂长一次性拿出二十万买黄桷树时，惊得大家合不拢嘴。正是靠着厂长这种艰苦创业和张弛有度的精明，才创造了厂里的辉煌。

好好的一个厂长，怎么说下就下了呢？不是说工人阶级是领导阶级吗？工人都不知道要换厂长啊！不说工人，但自己是车间主任，大小也算领导工人阶级的一员了，怎么也一点不知情！

厂长一换就是王老五过年，一年不如一年了。

现在是等待破产。工人们已经五个多月没有领工资了，家里的那点底也快折腾完了，人人嘴上都急起了泡。

一车间张主任就利用现有设备去找些零活，给别人加工一些配件什么的，这事被厂长知道了，召开车间主任会议，严令要接活必须经过厂长批准，还要向厂里交百分之二十的管理费，私下还要给厂长送礼，这样算下来，真正辛苦的工人已经没有几个落头了。

白龙兴也去找了点零活，就去向厂长汇报，他仗着自己有左撇子这个功臣，就没给厂长送礼，结果去了两次，厂长都不同意。今天是第三次去找厂长

了,看得出来,厂长知道自己的来意,但是仍然是不见鬼子不挂弦。

白龙兴陷入了苦苦的沉思,一定要尽快接零活做,不然那些兄弟就惨了,破产之后再由政府统一安排,现在关键是等待破产,要等多久,谁也不知道。

白龙兴又吸烟。

四

下午,白龙兴来到车间。

大张、小李、左撇子三人仍然在斗地主。

白龙兴就坐了下来看三人斗,他们仍然斗的是五角一把,个个都是全神贯注的样子,谁当了地主,上家就咬牙切齿地顶,顶得地主很难受。

按规矩,一王双2,或者两王,或者4个2,或者一王一2一炸弹必须当地主。连续几把都是左撇子必须打,左撇子一当地主,坐在他上家的小李就拼命顶,大家盯着桌上的那几张角币两眼发绿,充满了杀气。

几把牌下来,左撇子就输了四元,四元一输,左撇子的汗就出来了,筋也急出来了。

白龙兴看了不忍,当小李再顶的时候,白龙兴就忍不住说了一句:"地主也是人!"

大家就相互看,都丢了牌。大张和小李就把两元钱退给了左撇子。左撇子更生气:"什么意思?"边说边狠狠地把钱拍在大张和小李面前。

一时间弄得大家都不舒服。

白龙兴就把四元钱收拢来,折个对折,放进了左撇子的口袋里。

白龙兴就把两人环抱在一起,右手用力地抱着左撇子。

顿时四个人紧紧抱成一团,没有一人说话,越抱越紧,越抱越紧。

白龙兴眼里就有了些许泪花在闪动。

突然,左撇子松开了手,带着哭腔说:"妈的×,妈的×,不想活了!"边说边挣脱了大家的拥抱,冲出了车间。

三个人一时无语。过了一会,小李才嗫嚅着说:"左撇子该不会出什么事情吧!"

这一问大家就感到这几天左撇子是有点反常。

白龙兴说："你们在车间等我一会，我去看看！"

大张和小李说："我们一起去吧！"

三人急火火的往左撇子杨大伦家赶去。

左撇子住在平房里。他是高工，原来住在厂里的楼房里。前年，儿子没有考上大学，要花五万多元读高价，因此，就把房子和别人兑了，收了五万多元补差，终于把儿子送进了一所大学。

左撇子老婆坐在家里发呆，小李亲热地叫了一声嫂子，问："杨大伦呢？"

杨大伦老婆气吼吼地说："死了！"

白龙兴："嫂子，他怎么了？"

杨大伦老婆一听白龙兴这么一叫，就哭开了，一把鼻涕一把泪的，从她断断续续的诉说中才知道，现在儿子的生活费都难按时给他寄出了。

"这日子没法过了，离了算了！"杨大伦老婆甩出一把鼻涕。

白龙兴说："厂长说了，等厂里破产了，改制了，政府会安排工人的，慢慢来，不要急。再说，你如果离了婚，又怎么办？孩子都这么大了，以后你们也不好再找啊！"

杨大伦老婆不发火了，肩膀一抽一抽的哭泣。她确实没想过离婚以后该怎么办？自己后半生的归宿在哪里？她也一脸茫然。

白龙兴再问："大伦到底到哪去了？"

杨大伦老婆说："那死鬼拿着发票到厂里去了。"

这样一说，白龙兴就紧张了，杨大伦一定是到厂里闹事去了。他连忙说："嫂子你别急，我们去找他，你不要想太多。"说完，三人便匆匆的往厂里赶。

杨大伦果然在厂长肖光前办公室闹事。副厂长羊明中、财务科长刘二亨也在场。办公室里的茶几上散乱的放着扑克，每人面前都有一堆大小不等的钱，最小的是十元，以五十元和一百元居多，很明显是杨大伦搅了厂长肖光前的牌局。厂长肖光前的办公桌上搁着那一沓左撇子杨大伦报了几年没有报成的医药发票。发票上压着把锈迹斑斑的菜刀。

左撇子杨大伦很激动，不住地喘着粗气，随时都有杀人的可能，厂长肖光前阴着脸与杨大伦对峙着,副厂长羊明中、财务科长刘二亨在一旁手足无措。

见到白龙兴他们来,副厂长羊明中如见了救星一般:"白主任,你快劝劝,要出人命了!"

白龙兴上前抱着左撇子杨大伦,表情复杂地说:"大伦,你要冷静啊!"边说边使眼色叫大张和小李把杨大伦弄出办公室。

大张和小李架着杨大伦往外走,杨大伦朝地上滚:"我活得还像人吗?毛主席说工人阶级领导一切,老子是工人阶级,连根×毛都不是,×毛还可以挡卵,我这样活着还有啥意思!"由于是左撇子,他只能用一只手稍作抵挡,大张和小李就连哄带劝把杨大伦弄出了门外。杨大伦的双脚在地上拖着,像要把他弄刑场一般。

屋子里就安静了,安静得出奇。白龙兴叫了一声:"厂长!"厂长肖光前很痛苦地把右手往下压压:"白主任,你坐!"

白龙兴就坐在肖光前对面。

肖光前说:"白主任,我叫你们管好工人,怎么回事嘛?现在是关键时刻,上面晓得了我们的工人这个素质,还怎么安排,哪个还敢要!"肖光前边说边拿起菜刀观看。

白龙兴低着头说:"厂长,都怪我没有管好。"白龙兴就把车间各人的现状说了,特别介绍了左撇子杨大伦是厂里的功臣,现在老婆闹离婚,家里实在穷到家了。厂长不语,白龙兴又说:"厂长,让我们车间找点活吧,地主也是人啊!"

白龙兴惊住了,他本来想说工人也是人,怎么一出口竟成了"地主也是人"?厂长肖光前想了很久,把菜刀和那一沓皱巴巴的发票推给白龙兴说:"好吧,你们接活,注意安全。管理费就不上交了,你们自己把这发票报了吧!"

白龙兴简直不敢相信自己的耳朵,他连忙站起来,说:"谢谢厂长,谢谢厂长!"

五

白龙兴所在的车间是厂里的第四车间,只有四人,虽然是厂里人员最少的车间,但却是技术含量最高的。可以说,四个人每人都是某一方面的专家,对机械加工中最大的难题,比如精确度等都是由四车间完成的。

第一批活接到后，白龙兴还专门邀上大张、小李和左撇子到厂门口的"口福"餐厅去喝了一杯。

　　白龙兴还要了一瓶白酒，四个人就喝了起来。

　　白龙兴说："我们四弟兄这么多年来一直很团结，你们的工作很辛苦，我这个当主任的没有关照到大家，来，我敬大家一杯！"

　　大家都喝了。

　　由于找到了活，大家比较高兴，气氛就好。

　　白龙兴就边吃喝边安排工作："这批活全是技术活，要求高，要我们一个月内完成。当然，加工费也高，如果我们完成了，加工费是四万元。"

　　大家一听，兴致更高了。

　　小李端着一杯酒递给左撇子，大着舌头说："来，杨大哥，我敬你一杯！"

　　左撇子杨大伦二话不说就干了。小李把酒杯端到嘴边，又放下，拿筷子在一盘辣子鸡里扒来扒去的找鸡吃，找到一个鸡屁股放进嘴里："当年，我们贺龙拿着两把菜刀闹革命，成功了！今天，我们杨大哥拿着一把菜刀闹革命，也成功了！这啥鸡巴社会，他娘的！"说完就把一杯酒干了。

　　白龙兴看小李喝得差不多了，怕他闹事，就岔开话题："四万元我们准备怎么分？"他不等大家说话，又接着说："除去杨大伦的3000元医药费，我们每人九千二百五十元。"

　　乖乖，一个月啊，就挣九千二百五十元！

　　大家更兴奋了。

　　大张说："我、小李、白主任，我们每人9000元，剩下的全是杨大伦的如何？"

　　白龙兴一想，对啊，怎么没有想到啊！

　　白龙兴和小李马上响应。

　　左撇子杨大伦说："同福同享，还是一人一万吧！我那医药费就自己贴了算了！"

　　白龙兴怕左撇子杨大伦再拿医药发票去找厂领导麻烦，就说："大伦，你那医药发票和菜刀我暂时替你保管！"

　　分来分去，结果还是采取了白主任最先说的分配方案。

六

第一批活干完了之后,厂里仍然没有什么破产的动静。

厂长他们就天天斗地主,工人们自然到处自己找活干。

日子就这样拖着往下过。

七

这一天,有关部门终于来人了。召开全厂职工大会。

职工会场从来没有今天来得这么齐过,连退休多年的老工人也在儿女的搀扶下来了。

主持人是主管局的一位副局长,看到下面黑压压的人头,他说:"经研究并报批准,大风市机械厂即日起宣告破产。所有债权债务交由新成立的共享机械责任有限公司负责!"

接着另一位副局长也宣读了一些决定什么的。有资产评估报告,"共享"收购大风市机械厂的决定,等等。

当听到大风市机械厂以评估价一千六百万卖给了共享机械责任有限公司时,顿时一片哗然。每个工人都知道,光四个车间的设备也近一千万,更何况还有这么大的厂房,这么大的地皮,估价至少在三千万以上啊!

主持人叫大家静一静。

接着新成立的共享机械责任有限公司董事长肖光前、总经理羊大中、副总经理刘二亨一一登场。

肖光前说:"新公司成立后,完全按市场规律办事,公司将优先录用原大风市机械厂职工,对于不能录用的,公司将依据相关政策给予一定补偿后辞退!"

会堂一时乱成了一锅粥。

白龙兴、大张、左撇子、小李坐在一起,当听到这个决定后,大家相互看看,默不作声,左撇子杨大伦站了起来,气匆匆地走出了会场。

八

左撇子杨大伦被抓了。

开审判大会时来了很多人，公诉机关在起诉书中列了左撇子杨大伦六条涉嫌罪状：

1. 聚众闹事。带领工人不按规定超规模越级上访，对大风市的改革开放良好形势造成了很坏影响。

2. 以不正当手段收集假证据。指控称杨大伦花八千元拉拢腐蚀大风机械厂曾经管钱管物的人非法调查机械厂家底，并多次无理诬告十多名厂领导。

3. 企图行凶杀人。指控说，杨大伦多次上访未达到个人难以告人的目的，就用菜刀砍纪委干部等等。只是杀人未遂，但性质恶劣，法官还出示了杨大伦行凶的菜刀。

4.……

法庭鸦雀无声。

记者忙着摄影、摄像。

坐在原告席上的肖光前、羊大中、刘二亨等十余人面无表情。坐在被告席上的杨大伦目光空洞，看不出任何的心理变化。

每当法官念完一段后，就问杨大伦是不是事实，杨大伦都毫不犹豫地回答是。

霎时，旁听席上骚动了。一人站了起来，两人站了起来，更多的人站了起来……

法官敲着法槌。一下、两下、三下……法官喊静，没人听。

人们都站了起来。

人群中突然打出一条横幅：

工人也是人！

尤其是横幅的惊叹号特别显眼，像是杨大伦用断手臂和着自己的鲜血写成的。

香烟的弧线

余中明最喜欢一个动作。每当做完一笔业务的时候,他就要重复几次这个动作。这个动作一出现,手下兄弟们都知道:老大高兴了!

这个动作其实很简单。就是香烟抛出手后在空中划一道弧线,然后,看着对方忙天火地地把香烟接住,然后,再笑一下,说谢谢老大。每当这时,余中明就有一种主宰世界的感觉,心情是无比的欢畅。吞云吐雾后,往往就再这样抛洒一次,或者两次。这既是一种庆祝,也是一种犒劳的表示。接下来就开始分钱。想想这是多么快乐的日子。

有些事是说不明白的,比如爱好。有的人一生不吃泡菜。有的人一生不吃凉粉。有的人天生怕打针吃药。有的人喜欢抠鼻子。有的人喜欢头自然摆动。有的人喜欢跺脚。有的人喜欢摇腿。余中明却特别喜欢看着香烟在空中飞,然后再划一道弧线落在手上,或者掉在地上。这喜欢由来已久,已深入骨髓。

其实,在华蓥山一带,香烟不叫香烟,叫纸烟。抽烟也不叫抽烟,叫吃烟。后来,在城里生活很长时间后,余中明仍然喜欢叫做吃烟。掏出烟来,在烟盒上磕一下,这是要发烟的前奏,然后,眼光望向某人、手一抛:"辛苦了,来吃烟!"

这种叫法虽然不普遍,但很形象。华蓥山从唐代开始就是川东北佛教圣地,位于川东,延绵三百余公里,主峰海拔一千五百九十米,地理位置和气候决定了这里适合种植旱烟。在余中明幼小的心灵烙了最深印记的是,每家每户都种了那么一块地的旱烟。到了七月，在太阳的强烈照射下，烟叶开始发黄。巴掌大的烟叶由碧绿慢慢转淡黄，好的烟叶就转成了金黄。若遇雨水多，那烟叶就带一点黑色。父亲和哥哥的烟瘾都特别大，因此，家里种了一大块地的旱烟。烟叶收割后，余中明看见爸爸和哥哥在阶沿上把这些晒得干燥的烟叶打捆，那动作是异常的小心，如对待珍贵东西一样，有时，两人捆着捆着就停下来，把零碎烟叶卷一支烟卷。这样的事情爸爸做得最好。他把这些零碎烟叶理顺，看来烂渣的烟叶，在他手里一过，就变成一条归整的、长短一致的烟叶了。爸爸往往把烟卷成中指长，然后，掏出简易的竹管烟竿，点上吃一口，说："够味！"然后，又把烟递给哥哥："你也吃几口！"哥哥就拿着烟竿，在身上擦了一下，狠命地吃了几口，吐出股股浓烟。呛得余中明连忙跑开了。

　　农民一日复一日的劳作，男孩子长到十三四岁不上学了，就开始下地重复父辈的生活，因此，干农活不到一年，都学会了吃烟。看着孩子呛得鼻涕眼泪的，但父亲总是笑着鼓励："再吃几次就舒服了！"因此，山里的男孩子都会吃烟，并且用手裹烟的技术都很好。

　　吃旱烟往往有一个竹管烟竿，因此，互相吃来吃去的时候，是不用摔或抛的，因为点着火，容易烫伤人手。别人吃几口，递给你，后者就连忙跑过去接着吃。

　　在山里长到十六岁，余中明是不会吃烟的，这在大家的眼里很不寻常。像他这样年龄的山里娃，牙齿有的已经被旱烟熏黄了，走到哪里都有一股浓浓的烟味。有时还甚至边吃烟，边刺溜出一泡口水，那样子，完全与农民融合成了一体。可是余中明初中毕业回到山里两年了，还是那么清清爽爽的。别人递他烟，他就摇头。别人向他脸上喷烟雾，他连忙跑一边去，栽地下猛咳，那样子真是活受罪。都笑着说，余二娃这小子不是吃烟的料，不像一个农民。

　　余中明的内心，也确实不想吃烟。他有时看着同龄的孩子，旱烟一支接一支的吃，就想不明白，没有吃什么啊，吃了又吐出去了，有什么意思呢？再说，还有很大一股熏人的气味。一支烟递来递去的吃，也不卫生。余中明是上过初中的人，自然知道的比别人多。

　　另一件事，留给余中明的印象也特别深刻。大凡偏僻、落后的地方都很原始。人们的心灵还没有一点污染。山上有座庙,建于唐代,庙虽不大,大雄宝殿却很庄严。每年的各个节日,特别是有关观音菩萨的生日、落难日的什么都香火旺盛。山上另外有一座煤矿,国有企业,工人都是来自全国各地的。做一个煤矿工人在山里人眼里,那真是国家的人啊,每天按时上下班,有时还有电影看。这些煤矿工人或者家属都自觉地去烧香,有时,还请和尚念经。为的是保平安。山里的农民有时扯皮,就提上公鸡到庙里去砍鸡头发誓。那仪式非常庄重,余中明去了一次就不再去了。赌咒发誓的两家人站成两排,两家的男人就高举着公鸡,对着庙里的菩萨庄严地说:"菩萨有眼,我如果拿了耗子药闹他猪,就让我全家死绝!"然后把呱呱叫着的大公鸡放在神龛上,手起刀落,鸡血四溅。那情景看得人心惊肉跳,大脑神筋都绷紧了,再看面前的菩萨,竟然怒目圆睁着主持着这一切一样,让人不寒而栗。

山里虽然没有法律,但庙宇就是法庭,所以很少有违法乱纪甚至偷鸡摸狗的事发生。村里有个余中全,有次父亲生病想吃肉,没有钱下山去买,就到其他人家去偷了一只鸡,没想到,第二天就被别人家发现了。凡是从他家路过的人,每人都吐了一泡口水。吐口水是山里人最鄙视你的表达方式。后来,余中全在父亲的带领下,挨家挨户的登门磕头道歉。每到一家,余中全都狠命地抽自己嘴和脸。等一趟下来,腿跪麻了,嘴和脸都肿了。余中明看着余中全那副样子,自己不由自主的就筛起糠来,颤抖得不能自已。

都担心说,余中明这孩子,一点不像农民不说,还弱不禁风的,后来怎么生活哟!

表面平静的余中明,内心却翻江倒海。在农村他做农活基本上是磨洋工。如果连农活都做不好,这样下去,是很难讨到老婆的。爸爸妈妈常常看着余中明单薄的身子担忧。

余中明的第一个变化是想抽烟了。是抽烟而不是吃烟。这个想法来自隔壁余红伟家。余红伟的舅舅在县城火柴厂工作,一次过年到余红伟家来,山里很少有城里亲戚的人家,有这样亲戚的人家就特别不一样。每逢亲戚来了,全村老少都要来家看一看的。至于看什么,各人有各人的看法。妇女们来看城里人的穿着。看客人的皮鞋、裤子。皮鞋是人造革的,用水一洗,特亮。男人们来看城里亲戚的派头。城里亲戚就是不一样。看见男人,就掏出一包烟。这是许多山里人第一次见到什么叫香烟,与旱烟完全不一样,用白纸包着,每支都完全一样。每支还自带烟杆(烟嘴)。那亲戚就把烟拿在手上,向男人们一个一个的抛:"来,抽香烟!"被叫着的男人就去接。跑着追烟,有的接住了,有的未接住。接住的就笑未接住的。没接住的就更加狼狈,赶快弯腰捡起地上的香烟,用嘴吹一口,又在衣服上擦了几擦,就拿在手里端详,又用鼻子闻了闻。城里亲戚说抽啊。又为大家点火,都围上去借火,于是一派喜气洋洋。

城里亲戚也给余中明抛了一支。当时余中明还没有心理准备。因为山里人都知道他不吃烟。他也没想到城里亲戚会给他抛烟。城里亲戚向他抛烟的时候,说了声:"来,小伙子抽烟"话未落音,烟就抛来了。余中明伸手就抓住了徐徐下落的香烟。城里亲戚说:"小伙子怪敏捷嘛。"又掏出火打上:"来,点上!"

余中明在大家的鼓励下抽了第一支烟。刚抽时,他也学着其他人的样子,一口烟突然卡在了喉咙,呛得他大咳。连忙跑回家了,等一支烟抽完就天旋地转了。躺在床上,天旋地转的难受。脑里出现得最多的,就是香烟在空中的那一道弧线,如海市蜃楼般烙在了余中明的心里。其实他知道那叫抛物线,把一个物体抛出去,由起点到终点形成的线,就叫抛物线,多为曲线,即弧线。当时老师还做了一个示范,把半截粉笔头抛了给大家看。当然如果抛物很轻,受风及空气影响,也是会改变路线的。

打工潮席卷大地,对于那些急欲脱离土地的农民来说,无疑是福音,对余中明来说,常常感叹是生逢其时。对于一个农民,不会或者做不好农活,那是一件悲哀的事情。证明自己根本不是当农民的料。余中明带着小侄子,常常坐在山上,看着爸爸、妈妈、哥哥、嫂嫂在田间忙碌,就陷入了苦恼。自己快十七岁了,再这样下去,肯定连老婆都讨不上。好在这时的初中同学邀他跑沿海,说是打工。

望着能吃不能住的余中明,一家人很快达成了共识,让他出去闯,说不定还能带回一个婆娘来。爸妈最操心的是,要给余中明盖几间房,还要给他找个老婆。比较而言,盖房还是容易些,不外乎多累几年,三间泥瓦房就立起来了。最让人操心的是,余中明在农村是很难讨到老婆的。其实,打光棍的也不少,可是,如果一个家庭出一个光棍,是很让人看不起的。一家人商量,把栏里的一头

肥猪卖了,怀揣几百元钱,余中明就开始闯江湖了。

都说沿海遍地是黄金。那要看对哪些人说的,对于做大生意的老板,可能弯腰就能捡到钱。但对于余中明这样无学历无技术的进城民工来说,则是异常的艰难。好在沿海兴起的企业多,需要大量的农民工。余中明和同学总算在一家厂里找到了搬运的工作。

搬运的工作是辛苦的,而且不分时间。有时冬天睡得好好的,运货的车一来,就得连忙爬起来,这样一折腾,作息时间根本没有规律,再回到床上就怎么也睡不着了。余中明就坐在床上,和同学一支接一支的抽烟。抽完一支,就向对方抛一支。那烟就在空中飞来飞去的,余中明故意抛高,让烟在空中划出那一道道迷人的弧线,也不接,让烟掉在床上。

辛苦的劳动,终于有了令人满意的结果。一年下来,余中明净存了八千元。他还从来没有见过这么多钱,钱在存折上只是一个数字,一个很抽象的概念。余中明很激动,下午偷偷把钱取出来,晚上躺在被窝里,拿着那一沓钱翻来覆去的看,怎么也看不够。就放在鼻子底下闻,一股纸张和印刷的味道香入心肺。他狠命地闻着这味道。这一晚,在这醉人的钱香中,余中明睡了一个好觉。

这年春节,余中明准备衣锦还乡。回家前,他作了充分的准备。他极力回忆着以前余红伟的舅舅来农村时的穿着,但那只是一个模糊的印象了。至于穿的什么鞋、什么衣服、什么裤子,都已渐渐淡忘。清晰可见的就是城里亲戚那抛烟的动作,伴作一句:"抽一支!"是那样的潇洒与自若。还有就是农民们接着烟后就开始非常感激、非常满意地吃烟的神情,深入人心。要知道,在大家都把一支旱烟传来传去的吸的时候,每人都能抽上一支纸烟,那跨度、那幸福感来得是多么突然。余中明就想回家后一定要重演这让人陶醉的一幕。他专门准备了几条香烟,这种香烟,在城里都是农民工才抽的劣等香烟,但是拿回山里,和旱烟一比,简直就是王中王了。另外,他和同学去城里的服装批发市场给家里人都买了一套衣服,把自己也从头到尾的武装了起来。

那次回来,余中明真是风光无限。他的做派,已完全不像一个农民,口音带点沿海的味道,虽是半土不洋,然而在农民的心中那都是最好的发声,就像是发文件的声音一样,让人肃然起敬。家里来了很多村民,余中明见人就发烟:"来,抽一支!"烟不是递,而是抛向别人。果然,昔日在脑海里挥之不去的一幕再次出现了:农民们蹦跳着去接烟。接着后就开始看烟,然后闻烟,最后才满意的吃烟。余红伟的父亲说:"中明这孩子,一看就不是农民,是进城当工人的料。四婆婆还回忆了余中明四岁时的与众不同以及做过的一些超乎山里孩子的举动。最后,四婆婆总结道:"我从小就知道这孩子长大了不得了,肯定不是挖田种地,而是做大事的!"

余中明在大家的一片赞扬声中快乐地忙碌着。为他们继续抛烟,为他们端茶倒水,为他们拿花生和糖果,显得是那样的礼貌和懂事,真是一个人见人爱的孩子。余中华打趣道:"二娃,以后带个城里婆娘回来!"都笑眯眯地看着余中明,他们相信,余中明这样会挣钱,是完全有那个能力的。

其间,四婆婆又谈到了三组的刘志强。三个月前,刘志强抢劫了四组的一对老年夫妇,把人家卖猪后准备用来治病的钱抢了。在众人的补充中,故事才得以完整。刘志强与余中明同龄,还是小学同学,才说了一个女朋友,刘志强特别喜欢。可是女方父母要的彩礼太多,刘志强打听到四组的温老汉刚卖了猪,就去偷,结果被老太婆发现。他就卡着老太婆脖子,逼老两口交出了卖猪钱。

四婆婆说:"那强娃子太不学好了!"

一想起刘志强,很多村民就开始吐口水:"那样的娃儿,做出那种事,劳改几年太轻了,应该拉去敲沙罐!"都说,刘大麻子看起老老实实的,怎么养出刘志强这么个东西。那不是丢先人的脸吗?

两相比较,又回到余中明身上:"看看现在余二娃多有出息, 他们还是同学,我呸哟!"

春节还没过完,余中明家的房屋翻新就开始了。这正是农民闲着的季节,很多村民都来帮忙。余家除重新修了两间泥瓦房外,还把以前的灶房、猪圈稻草房全部变成了瓦房,在这山里,余家的变化,突然完美高大起来。霎时轰动全村。连村长也来了,在房前屋后的背着小手踱步,还摇头晃脑的赞许:"你家房屋风水好,狗日的,比我家都好!"余中明的父亲连忙陪着笑,说:"哪个敢和村长比,是二娃争气,找了点钱回来。还不是你村长开证明,他才可以出去的,感谢你呢村长。"村长哦了一声,笑着回答是有这事,是有这事!村长突然说:"老余,你家现在也算名门望族了,你看老二也不小了, 也到了该找老婆的时候了!"这事恰说到了余中明父亲的心坎上,就愁着脸回答:"我们家现在才开始好转,哪有那么合适的?"村长生气了,埋怨道:"你老余还真挑啊,未必真让老二在城里带一个老婆回来吗?"余父就尴尬地笑,那是开玩笑的相信不得。村长说:"我不给你开玩笑了。说点正事,我老婆的妹妹有个女子,长得也不错,也勤快,田里地里样样行。"村长边说边掏出一张照片:"你看看,就是这个。"余父接过照片一看就喜欢上了,小女膀大腰圆的,一看就是田里地里样样拿得起放得下的。余父欢喜的表情,没有逃过村长的眼睛。村长催促:"明天当乡场,你把照片给老二寄去,看他有没有意见。"余父马上高兴地说:"我明天就赶场寄去。"又向村长讨好地说:"这样的女子都还有意见,还不反了他了?!"

余中明再次进城后,生活轨迹就有所变化了。一次正在休息时,有老乡来串门。同在外地打工,老乡串门的事很平常,而且很有必要。有的老乡先从各乡串起,又串县,还串市,最后串省。出门打工,免不了要遇到一些困难,老乡就是最好的组织。

这次来串门的老乡是本县另一个乡的。这个老乡来了后,就直接找到余中明和他的同学,在余中明他们住的地方坐了一会,就到吃午饭的时候了,那老乡说:"走,我请你们吃饭!"出来打工的人,基本上是不怎么下饭馆,都是自己煮着吃。挣点钱不容易,都不忍把用汗水换来的钱拿去满足一时的口福。见余中明和同学犹豫,那同学就说:"小意思啊,走嘛!"老乡这么盛情,再不去就有点说不过去了。

没想到的是,老乡出门就打了一辆的士。这在打工者中,是不多见的。更想不到的是,老乡把他们直接带到了"大富豪"大酒店。这家酒店是五星级,这在打工者中,是绝对望而却步的。看着这个老乡很自然的走了进去,熟门熟路的进了雅间。余中明却无端的心虚了起来。

在吃饭的时候,老乡居然还接了一个电话。不是去吧台接的,而是大哥大接的。天啊,这样的电话要八千左右啊!老乡在电话里说:"好好,明天把钱给我就行,好,明天见。"

余中明终于忍不住问:"老乡,你在做大生意吗?"老乡说,也算是吧!又关切地问余中明和同学,工作累不累?每月有多少工资。余中明老老实实地回答后,老乡说,你们一月挣的还不够我吃一次饭。同学问,那老乡你做什么生意呢？老乡说，人太少了，如果你们跟着我做，肯定发大财。

两人迫不急待地问："什么生意，我们做得下来吗？"

老乡回答："你们肯定可以做下来。就看你们做不做。"边说边向二人抛烟，老乡抽的是高级烟，隔着桌子抛过来，余中明向上张望，灯火辉煌的映照下，烟的弧线特别模糊，他居然没有接住香烟。

余中明就和同学跟着老乡做生意了。这种生意确实简单。就是把分成小包的东西带到某地，然后再卖出去就可以了。刚开始余中明也不知道这种东西的用处，只是不明白，那么一点就要几十上百元。后来，他明白了。先是担心后怕了一段时间，慢慢地就游刃有余了。他还发展了四个小弟，专门在他手里拿货。他们把生意叫业务，每做成一笔业务后，余中明就向小弟抛烟表示犒劳。

余中明完全变了。也买了大哥大，长年租住了房子，与四个小弟住在大套里，昼伏夜出，忙碌着业务。钱财滚滚而来。他连续三月都向家汇线，每次一万。吓得父母都不敢要了。有次，父亲打来电话问："二娃，你给老汉说老实话，你到底在外干什么？"余中明愣了一会，才说："我在包工程。"父亲继续追问："那别人怎么说在外面……"父亲又说："一定要学好啊，全村都在说你坏话，现在都没有邻居串我们的门了。"余中明缓缓地挂了电话，心里发着狠，今年春节一定再回家风光一回。

春节说来就来了，余中明这次回家准备得特别精细。他买了六条高档香烟。乘飞机回到了省会城市，然后，直接包车回家。车到乡上，他还特意转了转。恰逢当天赶集。好多人都看见他坐专车回来了。每见一个熟人，余中明就把大哥大拿在手上，对着人打招呼，可是对方一见他，都后退了一步。他连忙掏出烟来，还未抛，对方就摆手了："我有急事，不吃了！"一个转身，挤入了人群中。

从乡上回家不通公路。余中明就只能步行，这是一条他走过十多年的山路，每一块土、每块田是谁的都清楚。去年回家时，少数在田间劳作的农民很远都打招呼："二娃回来了！"边说边走向路边，来接余中明的香烟。可这次，在地里摘菜的刘二婶明明看见自己了，还望了一眼，招呼也不打，却埋下了头继续摘菜。张三叔也一样，只淡淡地打了一个招呼，等余中明掏烟的时候，对方就连

忙说："吃叶子烟吃习惯了,吃不来纸烟。"

回到家后,更让人意外。父母、哥嫂,甚至侄儿都没有自己想象中那样热情。父亲正在阶沿上吃旱烟,只随口说了一句："回来了?"余中明说："回来了!"妈走出来问："啥时走?"问得余中明一愣一愣的回不过神来。侄子说："同学们老打我,说我二叔是……"说音未落,就被哥哥吼住了："还不快去写作业!"

整个下午,家里的气氛都很压抑。站在院坝里,余中明心中的计划却再也无法实施,他准备这次回家,把房屋建成三层的小洋楼。现在看来,自己已经离故乡太远太远了。就像香烟,从主人手里抛出、划过弧线后,就不再属于主人。

不时有赶集的人从家门口路过。余中明都热切地希望他们像往日一样来家坐坐,来吃瓜子糖果,来吃炒花生,来吃他从城里带回的纸烟,但是没有一个人来了。从家门口路过时,脚步轻轻的如做贼。

终于,看见堂兄和二伯父了。余中明连忙打招呼,对方愣了一下,说哦,余二娃回来了。脸上挤着笑,只一下就僵硬了。边说边走,没有停下的意思。余中明把拿在手里的高档香烟晃了晃:"二伯,春哥吃烟!"

二伯和春哥尴尬地笑:"不吃了,不吃了!"也省略了"来家要"的客套,转身就走。余中明连忙抛出香烟,他在慌忙中并没有掏出一支一支的抛出去,而是两个整包香烟一起飞了出去。余中明连忙喊:"接着!"

烟抛得很高。等二伯和春哥转过头来的时候,才开始下降,两人同时伸出手接住了,又继续走。

望着二伯和堂兄的背影,余中明好一阵发呆。实然,他看见了两条弧线。分别是由二伯和春哥抛出的。这次抛得特别高,也特别远,两包烟在空中飞翔了很久,划了两道很美丽的弧线,啪的一声,终于掉进了冬水田里。

一头得了胃病的猪

我的出生很贫寒。

似乎一切都不由自主,那是二〇一〇年的第一场雪,我也不知道是不是比二〇〇九年来得更晚一些。反正特别冷。我的前面分别还有一个哥哥和一个姐姐。我是老三。在我后面还有老四、老五、老六、老七、老八。

我的兄弟姐妹都通体雪白。而我的背上却无端地生出一撮黑毛,相当于人的胎记吧!我一落地就冷得抖。可我无法和主人对话,主人听不懂我的语言。当我出生时,主人一家三口很高兴。我听见男主人说:"狗儿,快接着,这是第三个!"男主人又掩饰不住激动地自言自语,狗日的,背上还有撮黑毛!狗儿是主人的儿子,大概八九岁。听见爸爸的喊叫,狗儿就把我抱在一边,用小手摸我背上的黑毛,随口就叫了出来:"爸爸,我喜欢小黑!"于是,我刚一出生就有了自己的名字——小黑。

狗儿把我放在地上。地上铺着厚厚的稻草,让我有了一点暖意。女主人喊:"狗儿,快烧火,雪越来越大,莫把小猪娃冷死了,不然,你就读不成书了!"狗儿马上又去抱来一捆稻草,搓着手说:"冷死了冷死了!"火一烧起来,顿时屋里就有了温度。我慢慢地伸展开手脚,才看见我的哥哥和姐姐也在草堆里蠕动。

接着,老四、老五等也相继来到了草堆里。

我们几兄弟姐妹终于团聚了,在草堆里东倒西歪的。主人一家都异常高兴,看着我们八个兄弟姐妹一个一个粉嘟嘟的躺着,主人一家都笑眯眯的,表情是那样的欣慰。男主人就开始表扬我妈："真看不出来,一下就生了八个。老婆,你要好好的把母猪给老子喂好!"女主人就带着媚笑说:"我还不知道吗?要你操心!"男主人就开始吆五喝六地诈唬。快端一盆热水来!快去把母猪喂一下! 女主人就欢快地做着这一切。

知道自己出生贫寒,也是从这一刻开始的。女主人端来热水给我妈洗身体的时候,我看见她拿着一条很破烂的毛巾。我妈是产妇啊,怎么能够这样对它呢?后来,我又看见女主人拿这张破毛巾又揩了一下自己的脸,我就明白了。这个家穷啊!我们出生时以稻草做褥子,还不能说明穷吗?当我睁开眼的时候,看见的是小瓦数的一只电灯泡吊在空中,昏暗的灯光映照出周围的一切。我们的猪圈是茅草房,有的地方,已经可以感觉到茅草的变腐和变薄,极有可能不能遮风挡雨。茅草,就是本地人说的稻草,这东西应该禁不住长年累月日晒雨淋的。这样的材料做房顶盖料,每年都得必须翻检一次,稍微好点的家庭早用上青瓦了,结实又省事,谁还用那费事费力的稻草?

我听见了妈妈的哼哼声。男主人就大吼:"快去端点猪食来!"男主人又指挥狗儿把我们八兄弟姐妹一个一个抱到我们的母亲身边。我听见主人说拿吃的,我也感到自己特别饿了。我很急,可狗儿先把我的兄弟姐妹抱完了,最后才抱我过去。我来到妈妈身边的时候,我的兄弟姐妹早已含着妈妈的奶头在享受第一次盛宴了。狗儿把我的兄弟姐妹推开,把我放在母亲最大最胀的一个乳房面前,我就贪婪地吃了起来。男主人就笑着骂,狗儿,你狗日的偏心!狗儿就委屈地说,我就是喜欢小黑。我只顾和兄弟姐妹抢吃着妈妈的乳汁,没有来得及对狗儿表达一下笑脸。我心里悄悄的感觉这个世界虽然寒冷,可是有母亲,兄弟姐妹给我温暖,更有狗儿对我的好,这些温暖,让我一来到这个世界,就有些许安慰。

大雪过后,就是太阳。太阳暖烘烘的挂在天空,可空气中始终有寒流在涌动。就是人们所说的"落雪不冷化雪冷,上头不冷胯下冷"吧?意思好像是说,下雪的时候,不会冷,因为气温变化不大,雪融化的时候就会太冷,因为雪融化要吸收大量的热量。外面已是光芒万丈,而我们的家却阴暗潮湿。我们兄弟姐妹依偎着妈妈,互相捅挤在一起取暖。妈妈在幸福的甜睡着,她的鼾声均匀而幸福。她产下我们后,实在是太困了,又被我们八兄弟姐妹吸尽了乳汁,作为一个母亲,真是太伟大了,我由衷地为我的母亲感到骄傲和自豪。和妈妈形成鲜明对比的是,我们却怎么也睡不着,望着外面的阳光,我们充满向往。

还是狗儿理解我的心思。中午一放学回来,他就跑进猪圈来看我。他最喜欢摸着我背上的一撮黑毛叫:"小黑、小黑!"每当他摸着我的黑毛的时候,我就感受到了他对我的喜欢,心里暗暗的高兴,每当这个时候,我就柔情蜜意地看着狗儿。狗儿说:"爸爸,外面太阳那么大,我把小黑抱出去晒太阳!"这是我的盼望啊,难道狗儿能够读懂我的心思?男主人马上就同意了。狗儿就抱来一捆稻草放在院坝里,做成一个大窝,又用手把稻草揉了揉,企图把我躺的地方揉柔和一些,以免让稻草梗划烂我细嫩的皮肤。狗儿真是一个心细且有爱心的孩子,我想,生长在这样的家庭,即使再贫寒,对我来说,也是幸福的。

狗儿第一个抱出了我。从昏暗的猪圈,再到院坝的草堆,阳光的反差太大了。我连忙闭上眼睛,但仍然感觉到了眼睛的不适。特别是身体,突然感觉暖洋洋的了。忍不住对天空打了两个喷嚏,再伸伸懒腰,感觉真是舒畅极了。狗儿抚摸着我的黑毛,小黑小黑的喊着。他这样一喊,躺在旁边的兄弟姐妹就用嫉妒的眼神看我。弄得我有点不自在,索性就闭上眼睛装睡。太阳暖暖地照着,没装一会,我就睡着了。

不知睡了多久,我听见狗儿喊:"小黑、小黑,吃饭了!"我仍旧瘫软着身子不想动弹,只用慵懒的眼光瞟了狗儿一眼。狗儿就欢快地跳了起来,说:"小黑醒了,快吃饭。"

狗儿给我们端了一大盆米羹,里面加了一点菜叶,这饭真好吃啊。米羹黏黏的,菜叶香香的,空气中都弥漫着这种香味,感觉一切都是香香的,我们在吃饭的时候,主人家的一只猫和一只狗都围着看我们。那狗伸着长长的舌头,羡慕地看着我们吃。那猫在跑上跑下的,一时闻我的身体,一时又闻盆里的伙食。忍不住还用小嘴舔盆里的米羹。还没吃着,就被狗儿制止了:"花虎,这是小黑的,你吃什么?"说着用手一拍,花虎就"妙"的一声跑开了。我多么希望能够像花虎那样尽快跑起来,那样的话,就自由自在了。

我把我们吃的东西告诉妈妈。我看见妈妈的盆里已经被舔得精光,就不知道妈妈吃的什么,妈听了,很欣慰地说:"这是我们吃得最好的了。你不知道啊,我小时候吃的是什么,全是烂菜叶。"妈又自我安慰地解释:"其实,我们一生啊,不能对生活有过多要求,我们本来就是挨刀的命,不该吃的坚决不能吃。这是常识,比如猫吃耗子,狗啃骨头,耗子和骨头我们都不能吃。如果吃了,就是抢了别人的口粮。如果都这样乱吃,社会就必定会乱套。社会没有了秩序,就不成样子了。"

我对妈妈说的话似懂非懂。作为一个三岁猪龄的妈妈,应该是看透了人间的一切,不然不会有这样的感叹。不像我,对这个世界一无所知。

大雪之后,天气就异常的晴朗了。每天都是艳阳高照。我们连续晒了三天太阳,吃了三天乳汁和米羹后,身体就慢慢的强了起来,有种想奔跑的欲望。这天是星期六,一大早,狗儿就起来了,他先来圈里看了看我,照样抚摸了我的黑毛,对我说,我们一会去山上晒太阳。说完就走开了,忙着去帮妈妈做事。我不明白山上是什么意思,也不明白,为什么晒太阳要去山上,这两天,我们都是躺在院坝的稻草上晒的,特别舒服和暖和,在太阳下美美的睡一觉,就感觉自己的身体在迅速成长。

早饭过后,狗儿说,爸爸,我去放猪了。男主人就说去吧,别弄丢了。我们就被狗儿赶出了圈门,通过几天的静养,妈妈的身体也恢复了,她走在前面,不时地照顾着自己的子女。我走在最后,可是狗儿却抱我抱到前面,放在妈妈的身后,跟着妈妈往山上走。

这是我第一次走出家门。大雪过后,太阳高照,但地上很潮湿,还有一些寒气。我们边走边找吃的。妈妈在前面示范,它用嘴在地里拱来拱去。我们不知道拱什么。只好跟着拱,妈妈说,这地里人们挖过红苕,但是没有挖干净,我们用嘴找出来,先吃这样的根或者小红苕,是很有营养的。以后对你们的奔跑啊,抵抗病啊什么的都有好处。我们听话的在地里拱着。拱出一块红苕后,就问妈妈是这个吗?妈妈就鼓励我们吃。我们试着吃了一口,有股脆甜的味道,吃在嘴里口舌生津。老二突然就吐了出来,说妈妈,一点都不好吃,还有泥巴。妈就很忧虑地看着我的二哥,摇了摇头:"孩子啊,吃点泥巴有什么不好呢?难道让你天天和人一样吃就好吗?"二哥赌着气回答,就是没有米饭好吃。

吃了一会地里的红苕,我们又向山上行进。狗儿一出家门,就对我们放任自流,我们兄弟姐妹在山野里追逐着,特别放肆。二哥还到处跑到处撒尿。兄弟姐妹们满山疯跑。我好像天性好静,不喜欢跟着他们跑,就在妈妈旁边走来走去的。妈妈就说:"小黑,去玩吧!"自从狗儿喊我小黑后,妈妈和兄弟姐妹都喊我小黑了。妈妈就开始教育我。妈说,我们猪呢,天生就是给人类奉献美食的命,没有猪肉,人类生活将是多么乏味,他们要靠我们来增加营养,调节生活。我岔开话题问,反正都是猪肉,又有什么关系呢?妈妈吸了一口气说,小黑啊,你怎么啥都不明白?肉和肉是有区别的。比如,我们身体上每个部位的肉做法不一样,吃起来的口感味道完全不一样。我不明就理的点点头。妈又说,还有,贪吃贪睡也不好,虽然长得肥,长得快,可是肉质不好。要多靠自然食物和运动。我明白了。妈妈就说,其实,我们真正的一辈子时间,正常情况下是一年,不要虚度,更不要放纵,好了,小黑去活动吧。

我就跑向溪流。我的兄弟姐妹正在戏水。看见我来了,都喊,快来小黑,好好耍哟。我就看他们。大姐在水边吃着什么草,边吃边咂小嘴。四妹和五弟在一边洗澡,用蹄子在互相踢水玩。六弟和七妹在打架,好像是为了吃什么菜叶,抢了起来。六弟把七妹找到的菜叶抢了过来就跑,七妹在后面嗷嗷的叫着追逐着,只一会,六弟就跑得不见了踪影。七妹跑来对我说,三哥,你一定要给我报仇。我正不知道做什么,正闲得慌,接过话说,好。我就向六弟奔跑的方向追去,追出一个小山堡,就看见六弟,他正躺在一块石板上晒太阳哩。四脚朝天,在石板上滚来滚去的玩。我吭哧吭哧的奔跑声并没有惊动六弟,他玩性正浓。根本没有发现我。我跑拢的时候,惊了它一跳。六弟看见是我,他才松了一口气说,吓了我一跳,我以为是七妹,原来是三哥。我唬着脸说,拿出来!六弟装着一脸无辜说,拿什么出来啊。我愤怒地说,你别装,坦白从宽,拿出来就没事了。六弟说我真不知道拿什么。我说七妹的菜叶,你还装!我边说边上去给了他一脚。六弟嘿嘿一笑,拍了拍肚子说,我早吃了。一副心满意足了样子。我不明白,一片烂菜叶有什么好吃的。六弟说,你不知道吗?妈妈说了,我们就是要吃这样的食物才是真正的猪,才正常,我说,哦。

我们最喜欢在山上的生活,自由自在。饿了就到地里找东西吃,口渴了就饮小溪水。在太阳下奔跑,在草地上追逐。作为猪,我是多么盼望这样生活一辈子。狗儿放猪的时候,从来不呵喝我们,也不打我们。他拿出一本书在看,偶尔还望着天空背几句课文。这个时候,我就蹲在狗儿旁边。有时候,猫啊、狗啊也同我们一起上山。特别是猫狗,也很有意思。我的兄弟姐妹拱出食物后,它们就围上前去。他们并不吃这些东西，只是很好奇。有时候还和我的兄弟姐妹争抢一番，简直太有趣了。我的妈妈就大吼一声，我们的雄性猪就冲过去围堵，弄得猫狗都害怕。

然而，这样幸福而快乐的生活并不长久。大约是一个月吧，这天中午来了两个人，找到男主人，说想把一窝小猪全买了。我的男女主人很激动。在山里，这样的情况并不多，一般都是农户家来买一只猪崽，喂到来年春节过年。很少有一下就买八只的。女主人说。要满四十天才叫出槽啊，现在才三十天！来人说，像你们这么喂猪，一辈子都发不了财。好了，我价钱给高一点。男女主人就动心了，看着我们。我们一个一个的身体都很健康，毛色漂亮，气色红润，这是狗儿经常给我们擦洗的功劳。男女主人就估算了我们的重量，又估算了总价格，就说，好，卖了！

这个时候，狗儿却跳了出来，他抱着我说，爸爸，不卖小黑，留在家里我好放。狗儿把我抱得很紧，生怕我跑了似的。我多么希望主人能够答应狗儿的要求啊，一个月来，我熟悉了山川、熟悉了田野、熟悉了溪水。每当吃下一口青草时，是那样的可口，每当喝下一口溪水时，是那样的甘甜。我的食欲很好，加上运动，长得很结实。妈妈都夸我，小黑身上的肉有质量。如果都像他这样的肉，就是对人类最大的贡献。我已经习惯了这里的一切环境，我深深地爱上了这样的生活。

可是，主人却犹豫了。他们说，狗儿，不卖小黑钱就不够修新房，就不够你上学。狗儿开始抽泣，我的心里也不是滋味。狗儿就把我抱出屋外。人们还在猪圈边讨价还价。狗儿把我放在院坝里说，小黑，你跑吧！我不知所措。这一切来得太突然了。狗儿流着泪，说你跑啊小黑。我就在狗儿的脚边缠来缠去。狗儿给了我一脚："再不跑就来不及了！"狗儿这一脚下力很猛，直接踢在了我的屁股上。痛得我叫了一声。狗儿哭着跑进屋了。我愣了一会，就往山上跑。我也不知道能跑多远，跑哪里去？既然狗儿喊我跑，我就跑。我相信狗儿不会害我的。

然而，我并没有跑多远，就被男女主人和买主抓住了。和兄弟姐妹一起被卖了。

我的短暂新家在镇上，到了我才知道这是几个人搞的一个小型养殖场。他们要做的就是在农户家收猪崽,再经过十天半月的拔苗助长,然后,再卖到市里的大型养猪场。相当于私人旅行社买人卖人吧!

当天晚上,我们的生活习惯就完全被打乱了。首先表现在住上面。这是一个大家,里面已经看不见稻草。那干稻草的香味已经在我的心根深蒂固。地上铺的好像是什么锯木灰。其次是吃,中间放了一个大大的条形食槽。里面的食物不再是我们以前吃过的。而是一些成块成袋的食物。我虽然饿了,但我没有食欲。灯光吊在空中,晃得眼睛难受,我就眯着眼卧着。我们的圈里一共有二十多头猪,我看见他们去疯抢食物,就更加没有食欲了。以前吧,在家主人对我们好,狗儿对我们好,怎么突然成了这样了。真是物是人非啊!

我的五弟和我住在一起。他也参与了疯抢食物。它咂着嘴来到我身边,见我还趴着不动,就惊讶地问,三哥,你没吃饭吗?我懒得答理他。五弟就说,妈的,吃的啥东西哟,真好吃。轮到我惊讶了。因为我看见人拿那东西,根本不像我们猪吃的。五弟居然还说好吃。我没好气地问,真好吃吗?五弟说你去吃点吧!

我就来到条槽边。通过一阵疯抢后,同伴们都已经吃饱了,在东倒西歪的闲逛或睡觉。槽里还有部分食物,我闻了闻,一股奇香沁入心脾,这哪里是食物啊,这香味简直就是闻所未闻啊。

香味,刺激了我的胃,一时咕咕的叫起来,我也吃了一口这食物。食物通过嘴,慢慢的进入了胃,食物一刺激到胃就突然感到一阵胃绞痛,咳嗽几声后,我就吐了出来,这让我奇怪,在山里吃草,吃菜叶,吃地里人们丢弃的小红苕都特别适应和舒服,甚至吃泥巴,我的胃也接受啊,怎么吃这么精美的食物却难受呢?我再试着吃了一口,仍然感到胃不接受,就放弃了努力。趴在圈角养神和想心事。

从出生到现在,我才经历了三十来天,然而,却已经搬了两次家,我不知道,我的一生将如何度过。对未来的恐惧,加上对现实的不适,我感到阵阵心痛。以我在山里锻炼出来的体质,根本不应该胃痛、心痛啊。我怎么这么不适应新环境呢? 就像把一头猪放进了一群大象里,让这个猪无所适从。

有人来巡查了。人说,妈的,多加点催肥剂,再有五天就要送市里,你们要以最大的本事把他们催胀。我听不懂人们说话的意思,但我可以感受并不是什么好事。后来几天,果然食物里有了更多的东西。我的同伴吃得肚儿圆圆的,吃了就睡,鼾声此起彼伏。看着这些同伴,我的眼睛开始模糊,看什么都感到在晃晃的不真实。特别是看见他们睡觉,肚皮一鼓一鼓的,我感觉越鼓越大,很快就长大了一倍一样。同伴的变化真可谓日新月异。这个变也只在个头上,在不断地长大,在迅速地长,看得我脑壳都大了。

接下来这几天,我仍然没有任何食欲,吃不了任何东西。胃酸开始往外冒,弄得我精疲力竭,连起来喝水的时候,我都摇摇晃晃的很吃力。

每天趴在这里,周围全是食物的味道。这味道在空气中弥漫。我闻着就胃痛,感觉胃在一扯一扯的难受。同伴在吃饭的时候,互相疯抢,我真羡慕他们,他们的胃口真好,每顿都吃得乐不可支,吃了就睡,睡着就疯长。

我讨厌了这里的一切。我后悔自己变成了猪,我为我的未来担忧,我想离开这里。可是高高的围墙,牢固的圈门,都让我望而生畏,到了这里,也许插翅难逃。就这样认命吗?我心有不甘,在心里祈祷着。

也许是我的祈祷起了作用。第八天,我们就上了车。这是一辆大东风车,在车厢上面加了一圈铁的围栏。我虽然已经饿了几天,只靠水维持生命,但是一想到马上就离开这里,我的心一阵激动,身体突然就充满了活力,我坚持着站起来,很快挤进猪群,随着猪流上了车。

汽车在飞跑。外面是绿油油的庄稼。公路边是成排绿茵茵的树。一看见这些绿色,我就莫名的激动。我趴在栏杆上,贪婪地看着外面的一切。我还看见了山,看见了溪流。这些都是我以前所熟悉的一切啊,要是这辆车直接把我们拉到山上,让我们自食其力多好啊!

然而,汽车并没有往山里开。路边的树越来越少,绿色的庄稼越来越少。刚上车时,我还在不断数着向后移动的树的数量,怎么也数不过来。可是,跑了一个多小时后,我注意着外面,很久才数到九。这让我沮丧。我看见房屋越来越多,越来越高,越来越密集。

中午时,到了新家。这是一个更大的养猪场。一群人把我们赶下去。长途劳累,让我更加疲惫,感觉我的胃已经没有了。走路更加吃力。

这个家应该是现代化了。进去的时候,我看见还有单间,还编了号,叫什么一号区。三到五头猪住的宿舍叫二号区。十头左右住的宿舍叫三号区。其他小猪崽就在四号区、五号区。这里的环境让我惊讶。特别是单间，里面躺着的猪都在八百斤左右，里面还有空调，后来，同伴说他们不是猪妈妈，就是要送屠宰场的成品。他们这样一说，我的心都凉了。人们又来喂食了。这次吃的，和我们在镇上吃的完全不一样。食物是用车推来的。人们扬起铁锹把食物就往我们的宿舍一角抛，如扬场一般，食物纷纷下落。随风一吹，香味四溢。饿极了的同伴就去抢食物，一个一个的心满意足，我没有体力去拼抢。我就趴着休息，我看见墙角有一个水笼头，滴水不漏。我就坚持走过去，用嘴一咬着，自来水就来了。我就喝了几口水。水流入我体内，我的肚子就咕咕的叫了起来。

我想去吃点东西。如果再这样下去，我就得饿死了。可是当我接触这些食物的时候，我的胃又完全不接受了，吃了一点颗粒状的东西，确实吞不下去，反胃，我强迫自己必须吃，吃下去后，又吐了出来，连我喝下去的水也连着吐了出来。

我想，我是病了。

有人来了。一人问，瘦肉精加了多少？有人回答了。那人说，加少了，晚上多加点。马上有人回答说好。问的那人又发脾气了，像你们这么养猪，还赚什么钱，你们不明白吗，多喂一天，饲料和添加剂就要多开支多少？你们不当老板不心痛，只等拿我的钱，再这样下去不行。从猪崽到卖肉，怎么也不能超过三个月，明白吗？我明白了，发脾气的人是这个养猪场的老板。可我不明白，妈妈说我们的寿命应该是一年啊，怎么三个月就要我们的命？

一行人唯唯喏喏的。老板突然指着我说："这头猪怎么这么瘦？"马上有人跳了进来，在我身上摸来摸去的，摸了一会，就说："老板，这猪好像没吃东西！"

我趴在地上，已经没有多少力气了。看着他们忙着这一切，我的意识开始模糊，周围的一切在慢慢的移动。

老板责问，你们怎么喂的？回答说才送来的！老板就骂，狗日的王麻子敢把病猪卖给我，老子收拾他。老板骂了一会，就说，你们仔细检查一下，这猪怎么了。

过了一会，我就被抬到了医务室。人们忙碌一阵后，其中的一个说，这猪是不是不是得了胃病？有人附和，可能吧，吃不下东西就是胃病，这时我才知道，我是得了胃病。可是当我知道这个病根时，我已经病入膏肓了。我已精疲力竭，人们的说话声音在我耳朵里慢慢的远去,如缥缈的烟雾。

　　我的脑子突然出现了海市蜃楼,青青的山,绿绿的田野,流动的小溪,我们在蓝天白云下自由自在的吃草,拱地里的农作物吃,喝清清的溪水。我们兄弟姐妹在狗儿的带领下,在自由的奔跑。我的胃口特别好,吃了草,吃了红苕,吃了田野里我们猪可以吃的一切!

时来运转

一

走出拱北海关，一踏入珠海土地的一瞬间，大家都感到了一身轻松。王明武马上掏出一支烟并号召大家："现在不会有五千元的罚款了，吸吧！"几位烟民马上响应，纷纷吸了起来，吸一口、出一口长气，感叹道："妈的，还是社会主义制度好！"

一行八人有的抽着烟，女士就唧唧喳喳的说着香港和澳门的见闻，以及纷纷在嘴巴上展示着所购的物品。每人就在各自的心里默算了一下，这一算都惊了一跳，每人至少购了两千五百元以上的物品。都感叹："啥鸡巴港澳游啊，简直就是一个强制购物团嘛！"尤其是想到自己在香港很多东西是不情愿的，但却不得不买，心里就来气了，这是一股受了委屈的无名火，都知道向谁发，但是都不能当场发出来，自己在香港、澳门几天的小命捏在别人手里，你敢发吗？香港是什么地方？澳门是什么地方？人生地不熟的，连法律都不一样，一切都得听人家的。大家这一合计，结果就出来了：导游不是个东西！导游已经不是导游，而是导购了！大家这样在珠海的口岸边胡乱聊着，等着珠海的导游来接人。

二

王明武是临时决定旅游的。王明武是南充的一所中学教师，是高三班的班主任，他的班有两人考上了清华大学、一人考上了北大，这个成绩是足以让其

238

他中学眼热了。校长一高兴就奖励王明武旅游。校长说,只要不出国,随便哪里,团费都给报。王明武还没出过省,就是四川境内的九寨沟、峨眉山、乐山大佛什么的,别人都去得不想去了,他也没机会去。看看电视里老外对以上风景翘大拇指:"OK!OK!"他就感到自卑。心想,你个老外,在我们的地盘想来就来,想去就去,像到姥姥家串门一样自由,为什么呢?还不是你老外有钱吗?这样一想王明武就更自卑了。自己一千多元工资,老婆下岗了,儿子在上高中,一年既没时间,又没闲钱出去游山玩水。现在机会终于来了,而且是免费,多让人激动啊!校长找他谈话后,王明武兴奋得三天睡不着,老婆激动地说:"明武,你时来运转了!"他这样翻来覆去的,弄得老婆也很兴奋:"明武,去问问校长,可不可以带家属一起去?"王明武一听,不翻身了,坐直了身体开始教育老婆:"你怎么想占这便宜啊!你是教师家属,是应该有觉悟有素质的,这样的要求,合适吗?你教过一天书吗?你带过一天学生吗?亏你想得出来!一件小事,就能看出一个人的人品,还是素质问题啊!"老婆是普通工人,一个初中毕业生,听王明武像工会主席一样的口气就越发显出素质问题来:"我经常看电视,人家胡锦涛主席出国还带夫人呢!"王明武就气笑了:"我是国家主席吗?我连副主席都不是。再说,人家那是工作需要,是外交礼仪的需要。你跟着我算什么?"老婆说:"我跟着你,是你生活的需要!"王明武就笑了,很欣赏地表扬:"你这句话说得真有水平!"的确,老婆是王明武生活的需要。家里任何事情都不用王明武操心,迎来送往啊,每年给双方父母什么礼、多少钱啊,这些烦人的事情,老婆都安排得井井有条,他一心只教他的书,因此,才有如此的成绩。这样一想,王明武就感动,就安慰老婆:"下次单位如果搞活动,我带你去!"老婆就抱住了王明武,身体在他身上一揉一揉的要求着什么。边揉边配音:"明武,我这次不去了,我理解你,我以后加强学习,提高素质,争取做个合格的教师家属!"身体的挑逗加上柔情的勾引,已是四十七岁的王明武就分心了,就不再考虑去哪里旅游了,心想,还是先旅游老婆的风景区吧!于是就趴在老婆身上,老婆就用双脚蹬掉自己的内裤,口里喊着明武明武,手就开始找王明的"小铜炮"。刚结婚时,老婆还没下岗,工人都爱说荤话,因此,老婆也学了不少。新婚之夜她就管王明武那砣肉叫"小铜炮",王明武很疑惑。老婆就摸着他的东西给他讲解:"你这根硬的肉棍像不像枪管?"王明武说像。她又摸下面,手轻轻的捏着:"这两个像不像车的两个滚滚?"滚滚就是轮胎的意思,王明武说很像。老婆就说有枪管有滚滚一组合不就是小铜炮吗?这样一翻译,王明武就感到,工人阶级确实有智慧,怪不得能领导一切哩!自己是大学生,人民教师,最差也算半个知识分子吧,就是把自己关在房里三天三夜,喊你回答那砣肉像什么?你能把它比喻成小铜炮吗?王明武的那东西从新婚之夜起就叫小铜炮了。人年轻也确实有小铜炮的威力,天天晚上都用小铜炮射击,有时,弄得老婆也惊讶:"我以为打石匠身体好,原来知识分子身体也强啊!"老婆抚摸着身体瘦弱的王明武,醉眼迷茫地表扬:"怪不得别人说瘦是瘦,力气够,瘦长瘦长,杀伤力强!"

人一过四十,王明武就感到小铜炮需要保养甚至大修了。一来是身体衰老,二来是当班主任后压力大。因此,再射击的时候,质量明显不高。在这个说着旅游计划,心情高兴的晚上,王明武又开始发威了。当老婆牵引小铜炮的时候,王明武就长驱直入了,一阵疯狂的扫射后,王明武就先撤退了,躺在一边喘粗气。老婆似乎也很满意王明武的表现,就摸着王明武的胸部说:"你要去就走远的地方!"王明武问哪里远?老婆说香港、澳门啊!王明武一惊连忙阻止:"校长说不能出国!"老婆就笑了,笑得王明武不知底细,笑得差不多了,老婆也喘着气反问:"香港、澳门算外国吗?"这样一问,王明武也笑了,就感觉自己可能也存在素质问题,要不就怎么犯这样低级的错误。王明武拍拍老婆光滑的后背,自嘲地解释:"老革命遇到了新问题!"

第二天王明武就去向校长请示要去香港澳门 7 日游。校长一愣。因为校长也没去过。全校教职工没有一个去过。在他们心里,香港澳门的路太远,那里仿佛就是外国。王明武以为校长不同意他去,就画蛇添足的找理由:"香港回归今年就是十年了,我想去看看我们的国土,回来讲课会有说服力。"校长问要多少钱?王明武就回答说我去打听了几家旅行社,最高的六千八百元,最低的三千一百元。校长不解了:"去同一个地方,怎么差距这么大?"王明武就解释说六千八百元的团不要求购物,三千一百元的团可能是以购物为主。帐在那里明摆着,三千一百元只是够来回的路费,还有吃、住 什么的,该哪个负责呢? 还不是在购物款里的回扣! 这些都是旅行社告诉王明武的,王明武再转述一次给校长,校长就懂了,校长就表态了:那就 3100 元的吧! 又叮嘱不要在学校声张。

三

珠海这边的导游终于来了,仍然是个三十岁左右的女人。八个人见了举着接×××的牌子的导游,如同走失的孩子终于见到了亲人。正是七月下旬,天气仍然很热。导游说:"这一带很乱,大家跟着我,到那边坐车,把自己的包背好,最好不要和什么卖手表的搭腔,一个跟着一个,不要丢了!"气氛又紧张起来了。一个跟着一个,像幼儿园小朋友一样听话。只横穿一条街,果然就有很多拿手表的人兜售,不停吆喝"世界名表,只卖五百元!"边吆喝边往大家手里递:"看一下嘛!"都管着自己的手,坚决不搭腔和不摸手表。

一上车,导游开讲了:"珠海是个新兴的城市,没有看的。你们从香港澳门过来,该买的买了,出门时是陆军、海军,现在口袋里多是'空军'了。"导游一席话,把大家都逗笑了。大家心情开始放松。导游又说:"现在还不到十一点,我们再参观两个地方。你们知道,有很多人走私,那么海关就要没收,没收的物品都是真货,可是价格却低得很,比你们四川至少低一半。"一提到又是购物,大家都哑口了。

导游就把大家带到一个店里。这里的烟、纪念品等果然便宜。王明武想了想,又买了一条"澳门总督"烟。在这里只抽烟的五个男人买了烟,三个女士都没再买东西。

接下来又到了珠宝行。大家一看,头都大了,与在香港一样,每人进去的时候,都发一个小吊牌,标明你的身份。大家就商量,随便怎么都不买东西了,在内地未必还能把你拦住不让走吗?这样一统一,大家的心齐,胆就壮了。就往里走。售货员连忙迎住大家,给大家展示各种珠宝玉器。大家在里面逛了一圈,就往外走。这时一个服务员问:"你们是四川的吗?"大家说是啊!售货员马上说:"大家不要走,我们老总也是四川人,今天刚好回国在店里。老总交代过,只要是四川老乡来了,如果他在的话,一定要和大家见面的。大家贵宾室有请!"还未等大家反应过来,售货员就急忙把大家引入贵宾室,并倒上茶水,对门口的另一个售货员喊:"快去喊刘总,他老乡来了!"一会儿,一个三十多岁的男人走了进来,一身名牌,左手戴一只硕大的玉石戒子,右手拿着手机进来,那售货员就像猫见了老鼠,马上低下头:"刘总好!"被叫着刘总的人笑呵呵地问:"你们都是四川人吧！"都用冷漠的眼光看着这个老板。

刘总招呼售货员："你出去顺便把门带上，我和老乡叙叙旧！"

刘总坐下就说了第一句话："今天不要大家买任何东西，今天只叙旧！"

刘总就告诉大家，他祖籍是四川郫县人，父亲从小就到马来西亚去了。成了马来西亚富翁。虽然自己出生在马来西亚，但是他父亲每天都要教育自己不要忘本，始终要记住自己是个四川人。不管自己地位多高，多富有，必须要对四川老乡热情。

说到这里，刘总就给每人发了一张名片。王明武仔细看，上面的头衔果然来头不小。还有马来西亚的地址，电话什么的。

刘总接着说："说来真的是有缘。这个珠宝行就是我父亲给我的。我平时很少来珠海，都在世界各地跑生意。我昨天才回到这里，一来是我住在珠海的老婆生了双胞胎，我回来看看。二来是我这个珠宝行，后天就是五周年庆典。"

刘总话没说完，大家就自发鼓掌："热烈祝贺老板双喜临门！"

刘总笑了，笑得很开心："同喜！"

刘总又说："我回过老家，四川的××领导接见过我，欢迎我回四川投资，郫县的××领导我也很熟，他喝酒很厉害！"他边说边问你们中有成都的人吗?八人中确实就有两个人来自成都的，当即表示，确有此人。

气氛空前的活跃了。大家纷纷向老板发出邀请回四川发展："家乡人民欢迎你！"

刘总说以后肯定回四川发展的。

刘总向关好的门看了一眼，推心置腹地说："出门旅游，导游的话千万不能听，大家都是四川老乡，我就给大家揭开这个底！"

大家都用崇敬的心情看着刘总。

刘总说："其实你们一出门，就掉进了旅游生物链！香港接你们的导游是向旅行社承包了的，你们八人，她就要上交两千四百元的承包费！"

王明武到成都双流机场登机的时候才知道他们这个团是八个人。两人来自成都，其他五人来自德阳市，一人来自南充。

· 时来运转 ·

从成都到深圳乘飞机,一下飞机,就进入了旅游生物链。

先是送关员。他给大家讲了很多到香港、澳门旅游的注意事项,最后,很体贴地告诉大家:"香港多数时间用港币,特别公交车等必须使用港币。再有,出门在外,要经常与家人保持联系,我这里有专门的手机卡,在港澳打不完的费用,回内地可以继续使用,另外,香港的充电器插头都是三相的,因此,你的充电器到了香港已经用不上了!"

大家一脸的焦急。导游说:"不要急,这些我们都为你考虑好了!"

于是大家就一比一的先换港币,买手机卡,买充电器。大家后来算了算,先是送关员在半个小时的时间,就赚了大家至少二百元。

一踏进香港境地,环境就陌生了。接王明武他们这个组合团的是一个二十多岁的小女子,姓王。香港本地人,她交代了一些注意事项说,香港是很讲究法治的,乱毛烟头和在不该吸烟的地方吸烟罚款五千元,在车上不能吃零食等。说得大家冷汗直冒。小王导游又特别强调,必须保存好自己的"港澳通行证"。在香港、澳门只有这个个证管用,其他任何证件都无效,如果谁不小心弄丢了,后果是想不到的。全团所有人都得在港滞留,滞留期间,所有费用由丢证的负责。大家都不约而同的检查自己的证件。王明武用右手在裤袋里摸了摸,那个小本本还在,就收回了手。一想到丢了可是要人命的事,又把小本本拿出来验证,装着不经意的翻了翻,再把证件放在屁股后面的口袋里,扣上扣子,这样随时用手一按,就能感觉到小本的存在。在香港和澳门期间,王明武养成了随时摸屁股的习惯。

小王导游马上开始煽动了:"来香港干什么?主要是购物。要说玩,世界上没有哪里的风景能和你们四川比,你们的九寨沟、峨眉山、乐山大佛等名扬天下,世界各地的游人都到你们四川去游玩了。那么每天为什么还有这么多人来香港呢?大家知道,香港是一个国际免税区,这里的商品汇集齐世界各地的精品,而且非常便宜,没有加任何关税。特别是日用品、数码产品等,内地的深圳天天都有市民来导购。越贵的产品,与内地差价越大。当然像奔驰等你们想买也带不回去!"

大家笑了,谁也没想过来香港买奔驰。

接下来,小王导游就带大家去紫荆台照像,就是香港回归时的政权交接地方。虽然只是一座小小的紫荆花雕像，仍然看得王明武热血沸腾。心想回去后，一定要感性加理性的解释给学生讲解中国政府的强大。

接下来就去购物。小王导游说："出来干什么？就是买个开心！我们去的这家珠宝行，货真价实。大家每人必须要买一件东西。"

王明武不解，香港也是中国的地盘啊，怎么还会有强买强卖的现象。

小王导游似乎明白大家都有这样的疑问，就解释说："这家珠宝行给你们每人每天五十元的补助，你们想想，你们那点团费，在香港够什么啊！"

这样一解释，心就通了。买就买吧，反正人家出钱喊你来耍，买点人家的东西也是应该的。

珠宝行里人头攒动。大部分都是内地游客。都跟王明武他们一样，被导游带着进来的。

售货员确实素质高，业务能力也强，把各种珠宝吹得天花乱坠。大家都在里面乱转，找自己喜爱的东西。里面最低价二百元，其余都是成千上万的。王明武就犹豫了。大家都在犹豫。

小王导游把大家拉在一边，动员了男人买，又动员女人买，她说："男人花点钱给情人买点礼品，情人更加喜欢你，女人不用男人的钱，他拿去养小老婆，女人就亏大了！"

小王导游这样说了一会，大家就又去看商品，看来每人不买一件东西，确实无法再出这个门。

售货员拿着一个链状物介绍："这是时来运转！"她用手一摇，下面的坠物就开始旋转，她接着说："这链子是白金的，坠物是吉祥物，随便怎么转，都是好的。左转来财，右转去灾！"

于是每人就买了一个二百元的"时来运转"。女人们当时就挂在了脖子上。

五

刘总招呼大家喝茶，大家已经完全把刘总看成了老乡、看成了自己人。

刘总接了一个电话，好像是该公司庆典请示他要邀请哪些领导。刘总就在电话里说了一大串领导的名字。

243

时来运转·

大家说:"刘总忙啊!"

刘总显得很无奈,说做生意嘛,摊子越大越忙。刘总笑呵呵地说:"当然越忙越赚钱!"

大家都跟着刘总笑了。

刘总盯住大家说:"我这人不喜欢赚老乡的钱。四川人挣钱不容易。虽然我给旅行社为你们每天资助了50元,但是,我不要你们买分文东西!"

大家感叹,还是家乡人啊!

六

香港小王导游可不是像刘总这样。在香港三天的时间,带大家游了浅水湾、黄大仙、走马观花的看了成龙、李嘉诚、董建华等名人明星别墅。走了星光大道,王明武还专门在李小龙的塑像前照了像,因为李小龙是儿子最崇拜的偶像。

晚上乘游艇游了维多利亚港湾,每人还补交了一百五十元住了一晚上公海。

总的来说,香港给人的感觉是繁华。到处是高楼大厦,车水马龙。香港给人的感觉是富有,哪是富豪的别墅,哪是富豪的游艇,哪是富豪的产业,等等。

小王导游问:"你们知道香港的房价吗?"

都说一万一平方米吧?

小王导游笑了,很形象的比喻:"如果在香港买房,如果你是穿43码的鞋,那么你双脚并拢这么大一块就是三至五万元!"

王明武正好是穿43码的鞋,这一比喻,王明武就更加佩服香港人的富有了。

其余时间都是小王导游带大家购物,在每一个购物点都是游人不购物,导游就不走。后来每进一次门,大家都像被押赴到刑场般难受却又不得不进,都希望其他人赶快购买一些,花越多钱越好,越早离开。王明武有时也吃惊,自己怎么会有这样的损人不利己的想法。但是一进购物点,同团的其他都是一个城市来的,就王明武一人是来自南充。所以有时导游小王在购物点不走的时候,同团的人都来做王明武的工作,动员他买这买那的。因此王明武明白了,都是一样的心情啊。

这样香港几天下来，王明武的小包也换成了带拉杆的旅行箱。临到出香港，也没有免过最后一关。

小王导游送大家上澳门的船，在车上，她无限动情说感谢大家三天来对她的理解与支持，和大家已有了很深的感情，很舍不得大家离开，她接着说："大家可能也感觉到了，我们这几天非常平安，坐车特别安全，这些都是我们司机的功劳。我们的司机很不容易，很辛苦，他还有任务。因此请大家最后再支持一下，每人买一套香港回归纪念品。这套纪念品浓缩了香港的标志，只卖一百元！"

大家已不再犹豫，反正最后一次了，于是每人又买了一套把景点做成钥匙链、指甲刀什么的纪念品。

到了澳门倒是简单，王明武他们只买了澳门回归纪念品。还参观了萄京大赌场，王明武还拿五十元去赌了几场狗。

七

刘总语重心长地说："你们可能不知道旅游行业的事情，更不知道珠宝行业的价格。都是老乡，我才告诉你们，如果珠宝标价上万，那么赚的就上万，标价上千赚的就上千。我这里的珠宝大家随便看！你们不要买。出门在外，学点鉴别知识很有必要。大家跟我来！"

大家就随刘总走向外间的珠宝货柜。刘总就拿出一个东西问大家是什么？

大家说："时来运转！"

刘总说对。刘总就把"时来运转"的链子在柜台玻璃上拉来拉去，拉得嘎嘎响。把大家都看呆了。

刘总才说："我这里的金链子，是不怕玻璃的。越拉越亮。"边说边把手伸向德阳市的女人："把你的拿来我拉一拉，看是不是真的！"

德阳女人取下挂在颈上的"时来运转"给刘总，刘总看了一看就说："是假的，一拉就坏！"又把"时来运转"还给了女同志。

刘总说："你们在香港至少买成二百元，我这里呢！我只卖一百元！"

这样一比较，几个人又都买了一条"时来运转"。王明武还买了两条。心想回去后，一定送一条给校长。其他要好的同事就送十元一瓶的法国香水吧。

刘总问大家："知道什么是珠光宝气吗？"

大家说不知道。

刘总就让服务员关了灯，拿出一支红外线小电筒，随便拿起一样珠宝放在雪白的墙上，用小电筒一照，果然是光芒四射，各种光线五彩缤纷，看得大家惊呆了。

这一场表演下来，大家群情激昂，都拥向柜台去找自己喜欢的珠宝。一串镶宝石的项链标价两万七千元被德阳女人看中，德阳女人问给多少钱才卖。刘总把手一挥："给七百元就是你的了。"

德阳女人欢天喜地的买了。

在这一个珠宝行，大家都自愿的买了自己喜欢的东西。八个人加在一起，至少超过了两万元购物款！

246

<h2 style="text-align:center">八</h2>

从广州乘飞机回成都。

王明武突然无来由的冒出一句："刘总是真的吗？"

这一问都把大家问住了。

于是大家就互相安慰，三千一百元的团费，只够车费，人家请我们去香港、澳门耍，他们应该赚点。

总的算来，是划算的，买的东西都是自己的啊！如果随高级观光团交6800元的团费。不是一样东西都没有吗？

大家再仔细算算，每个人并没有花掉六千八，而且还带了这么多东西回来。

大家一讨论，就都开心地笑了。都感到此行真是时来运转了！

会飞的自行车

王中突然感到自己的生活节奏可能要紧张几天了。面对这种紧张,王中是不太情愿的,对于一个散漫惯了的人,突然的一时紧张,会打乱好多已成习惯的东西,也就是说,生活不能按照既定的轨迹匀速前进。就像一个驾驶员,要适时处理在前进中的各种障碍,处理好了才能再前进。

王中的这个障碍,缘于昨天深夜。当时,儿子上床睡觉了,儿子第二天要考试。儿子睡得很香,还有了鼾声。王中正躺在床上看书,这已习惯了,到了冬天,他就喜欢每晚早早上床,开着电热毯,然后在被窝里看书。床头柜上堆放了两尺多高的书,有宣传理论方面的,也有小说杂志,甚至还有年度获奖新闻的汇编。不过,这几年来,王中突然迷上了小说,特别是短篇小说,对《小说选刊》上的每篇小说,都很入迷。他看完了其中的某篇小说的时候,就爱把书放在胸前,闭目沉思一会,想想这篇小说为什么要这样写。正这样想的时候,电话响了。

王中一看是老婆来的电话,就不想接。老婆在一家企业工作,企业的工人素质相对要低一些,因此,对看书学习这些,没有多少兴趣,而最热爱的却是打五元的麻将,因此,单位同事隔三差五的就聚在一起打麻将,一打就到深夜十二点,现在已是十二点过了,以往这个时候,老婆应该回家了,莫非老婆出了什么事?这样一想,王中的心就紧了一下。这样的事情出了不少,比如,某女士打麻将回家后,被别人夺了包,人还受了伤。

王中一接电话,就听见了老婆桂芳的声音:"儿子的自行车不见了!"

王中还没有反应过来，还沉浸在小说的情节里，听老婆这样一说，当时语塞。老婆又说："你快下来一下！"

楼下，已清晰地传来老婆和守门人的争吵声。

老婆的声音异常高："丢了就要赔，我们是给了钱的！"

对于这样的事情，王中以前是从来不爱过问的，家长里短，人情往来，王中都当甩手掌柜，特别是在送孩子上、下学上，王中从来没有管过。他认为，儿子读高三了，应该自己走路上、下学。既锻炼了身体，还磨炼了意志，可是偏偏老婆认为，儿子学习紧，来回走路耽误时间，就坚持给儿子买了一辆新车，没想到车却丢了。

王中躺在床上仍然不想起来，心想，车丢了，守门的自己要给个说法，何必大吵大闹呢？再说，自己现在下去，又能解决什么问题呢？大不了丢就丢了，不就是一辆自行车嘛？

老婆在下面仍然大声的吵闹着。见王中没有动静，又打来电话了："赶快下来，我已报警了！"

惊动警察了！王中才突然感觉事情严重起来，迅速穿上衣服下楼。他住的七楼，边走边想怎么样解决这个问题。守门的老两口是很慈祥的，每次，居民在他门前放个东西，代管个什么的，都很方便。老两口为人热情，平时特别负责任，就是守一个大门，住户也不多。每辆自行车、电动车进出都经过大门，这么多年也没有丢过，这次居然就丢了。当初，买这个房时，就考虑到物管不是多好，但房价便宜就买了。王中买的是单位房，只一幢，构不成一个小区，因此，就没有请物管。对面是个很小的小区，找了农村的老两口守门。因此，在搬来后，老婆的电动车、儿子的自行车就寄存到对面小区车棚里，每月给十二元钱。

走下楼来，警车也同时到了。

王中连忙走过去。老太婆看见了王中，卑谦地习惯性地叫了一声"王领导"。王中也习惯地点了点头。

一胖一瘦两个警察从110车上下来了。胖警察拿了一个本本，就开始问："谁报的案。"

老婆桂芳就说："警察，是我报的案，我刚才才回来，停电动车的时候，看见我儿子的自行车不见了，他们还不承认丢了！"

桂芳还喘着粗气。王中就到处看，老大爷躺在床上，许是病了，大娘站在大铁门旁边，好像在躲避着警察抓她。

老婆话音未落，老大娘突然开口了："我就是看见你儿子把车骑走了！"

桂芳马上接着说："我儿根本没回来，在学校上自习！"

一个说亲自看见儿子把车骑走了，一个说儿子在学校上自习，两人就这样扯来扯去的争吵。语速都太快，急于表白自己说的是真的。

胖警察说："一个一个的说。"

都住了口。

胖警察问老大爷："自行车是几点骑走的？"

老大爷说："是几点不知道。当时我也没在场。是我老太婆亲眼看见她儿子骑走的！"

老太婆说："我没有乱说，我就是亲眼看见的。"

警察又问桂芳："你说说情况！"

桂芳说，以前，很多时候，确实是儿子四点过放学回家吃饭，然后骑车去学校上自习，但是今天是，中午我们在我妈那边吃午饭，根本就没有回这个家。下午4点半，我送儿子去了学校，守着儿子把饭吃了，我才离开，还和班主任打了招呼的，当时，课堂上已经坐了七八个学生了。学校要求严格，尤其是高中生，每晚都要到九点过才放学回家。我儿子读高三，抓得更紧。

警察听了点了点头，表示同感。哪家有个上高中的孩子都能体会到那种艰辛、忙碌和无奈。

警察鼓励她继续说下去。桂芳说："自行车是昨天晚上放进车棚后就没有动过，早上是我用电动车送儿子上的学！不相信可以问他们。"老婆指了指老太婆。

两老口不说话。

警察说："这个案子很明显了，也很简单。"

大家等着警察怎么断。王中还递过去一支烟，警察摆了摆手，表示不抽烟。

警察说："我看得出来，其实呢！这个车主也没有非要你们赔的意思，只是你们说话不当，一个非咬住说亲眼看见骑走了，一个非说没骑！"老太婆连忙再接过去："我反正看她儿子骑走了！"

王中再也忍无可忍了："老人家，你既然这样说，那我就要和你理论到底了。现在是法制社会，说话要讲证据，我既然说了我儿子没有骑走，我就找他没有骑车的证据！，你说是四到五点之间骑的，我可以把时间延长四至十点，如果这期间我儿子一直在学校，我看你还怎么说。"

老太婆沉默了。

警察继续分析："这个事情其实也简单，就像车主说的，找到没有骑走的证据，那你们就无话可说了，至于赔多赔少，自己就可以私下商量了！"

老婆桂芳又冒出一个问题："那他仍然不赔呢？"老婆说，才买一个多月的新车啊，七百二十块！家里有发票。

警察说："这好办，你带上证据去法庭告。"还没说完，就在纸上写了社区法庭的地址："你直接去找法庭！"

王中接过地址说："我明天就去学校开证明！"

老大爷病恹恹说话了："开个假证明，谁不会！"

王中听了那个气啊，但仍然忍了："老人家，学校那么大，人那么多，班主任，学生应该都是有文化的人，应该都懂法，没有亲眼所见，难道还有哪个出来做伪证吗？"

警察问大家还有什么没有？

王中说没有问题了，明天我就行动。

老两口啥话也不说了，大家目送警察离去。

这时，老婆桂芳又冒出一句："明明我儿没骑！"

老太婆马上接过去："我明明看见骑了！"

两个又扯回老路了。王中说："走，回家，明天再说！"

回到家，已是一点过，儿子还在酣睡，他还不知道晚上发生的一切。王中对老婆说："儿子要考试，不能让他知道车丢了，免得分心。老婆仍然唠唠叨叨："七百二十块啊，才买的新车！"

王中也跟着打趣："就是新车才有人偷！"

老婆又迷惑了："车是怎么偷走的呢？明明知道是我儿子的车！"

王中的大脑已经跟不上思维了，就说："管他呢，反正丢了，急也没有用！"

老婆却不依了："说得轻巧,那你拿七百二出来,再去给儿子买一辆!"

当初给儿子买车,王中就不太同意,儿子已经上高三,马上毕业考大学走了,这车不就浪费了吗?可是老婆的麻将瘾越来越大,有时还在吃饭,同事就开始打电话邀约打麻将了。如果把儿子送学校再去打麻将,其实也耽误不了十分钟,可是老婆好像就是等不及。有天晚上,老婆好像赢了五百元,就对儿子说:"妈妈给你买辆自行车,你以后自己骑车上学!"

这话正中儿子下怀。他说过多次了,希望有辆像同学那样的赛车,假日还可去郊游。老婆一高兴,第二天就买回了这辆车。

这车确实漂亮,王中看着这辆车也喜欢上了,蓝色的基调,贴得花花绿绿的,像电视上参加某项比赛的车,儿子高高瘦瘦,一骑上去就像运动员在参赛,真正的人车合一了。

老婆还没有睡意,反复交代:"上班时间,你就去学校,怕时间长了,不好找证人!"

王中:"说知道了,睡吧!"

王中职务是县委宣传部副县级宣传员。一个副县级干部,在县城来说,也算是上层人物了,因此,上、下班回来,熟悉的人都会打着招呼,包括守门的俩老口,一口一个"领导领导"的。一喊他领导,王中就感觉脸红,因为他并不带"长"字,而且也不是具体负责什么的领导。说老实话,副县级宣传员不是实职的领导干部,因此,相对来说,工作、生活的节奏也懒散一些。他曾经在一个酒桌上,与一些聊得来的朋友说自己睡觉有三种醒法:"一是被尿憋醒。二是被电话吵醒。三是睡到自然醒。"

朋友都笑:"共产党对得起你!"

王中特别满足:"虽然不是实职,但是责任少,风险小,再过三年,可以平安着陆了!"都表示赞同:"那是那是,不是谁谁谁,快退休了还进去了吗?划不着!"

但在这天早上,王中要开始行动了。他已经感到,自己的"三醒法"受到了威胁和挑战。其实,这个时候,他才感到自己是一个多么认真的人,是一个心里多么装不住事情的人。老婆送孩子一走,他就起来了,看下表,才七点三十分。这在王中生活中,至少七年来没有起来这么早了。已是冬天,寒气很重,他特别穿了一件防寒服,就开始洗漱。

在自己这个一百五十平米的房间里走来走去的混时间,挨到八点过,王中下了楼。在楼下小摊吃了一碗米粉就奔学校而去。

很顺利的找到了班主任。王中把事情一说。班主任就带着王中来到了班上。班主任问:"昨天下午三点到七点,班上哪些同学一起和王老武同学在一起?"

很快就有十个同学举起了手。班主任老师就说明了情况,知道自己自行车丢后,王中看见儿子的脸马上就变了。

班主任再说:"大家愿意为王老武同学做证吗?"

都说愿意。

于是班主任老师就出具了儿子这个时间段一直在学校的证明。班主任又说:"我也一直在学校,看着王老武同学在的,走,去盖上学校的公章!"

王中连声说感谢!

走出学校,王中又去单位转了一圈,见没有什么事,就和大家闲扯,说到儿子的自行车,都感叹,现在偷车的多,也不知道警察干什么去了。特别是快过年了,小偷硬是飞起吃人,钱物没有安全感。

王中说:"我这个事,看来只能上法庭了!"都支持他:"现在的人为了推卸责任,喜欢睁眼说瞎话,这样的人,收拾一下也好!"还有的马上出主意:"区民庭的我有熟人,要不要他帮忙!"

王中笑了一下:"我本来就有道理,找人帮忙不是自己心虚吗?"

有人问:"守门的是什么背景,万一他找了人呢?"

王中笑了:"就是一对农村的老两口!"

众人一听,哦了一声。又问:"他们多少钱一个月?"

这话把大家都问住了。就开始讨论守门的多少钱一个月,讨论来讨论去,大家普遍认为,每个月不会超过五百。王中的心就紧了一下。

王中下班回家后,老两口视若不见,再没有以前的热情寒暄,把头扭到一边。王中把口袋里的证据捏了一捏,自己上楼了,顿时觉得无趣极了。

出乎意料的是,儿子回家并没有说自行车的事。儿子是个好儿子,每年过年,王中都把儿子带回农村老家去过,儿子看到农村的景象就触景生情。跟自己一样,儿子对农村,农民有着深深的感情,更多的是同情。儿子老说:"爸爸,爷爷他们吃得好简单哟!"每到这时,王中就说:"儿子,做农民不容易!正因为知道农民日子不好过,所以爸爸才奋力上了大学!"儿子懂事的点点头。又问:"那他们怎么不进城去打工挣钱呢?"

王中反问:"进城人生地不熟,进城就能找上工和挣上钱吗?"

儿子再也不说话了。每回老家一次,儿子就成熟一些,成绩越来越好,考大学完全没有问题,这也是王中能够过清闲日子的主要原因,如果一家人都操心孩子的学习,那就乱套了,许多同事以过来人的口气说起孩子的学习,咬牙切齿的都恨不得把读不得书的孩子杀了。

回到家后,王中就把证明藏进了贴身衣袋。老婆问开好了吗?王中就说:"还没有盖学校的章!"儿子在一旁说:"我现在喜欢走路去学校。"王中看了一眼儿子,儿子把眼睛转开了。这样推了几天,老婆好像也不再追问了,王中松了一口气。

有天下午,王中下楼买了一把小白菜,看见了老两口的孙子铁蛋,王中猛然想起是星期六,怪不得铁蛋没上学呢?看见王中,铁蛋还笑了一下。王中也回了一笑,就站下看卖电热水器的功能介绍。

小孙子突然问:"爷爷,哥哥今天早上怎么没骑自行车上学了!"

老大爷马上别过脸去,老太婆用手拉了一下孙子。

王中装着没有听见。当初买回这辆车的时候也是周六。那天铁蛋也在他爷爷这里耍,还摸了儿子的自行车,向爷爷撒着娇:"爷爷,以后我也要一辆这样的自行车!"

爷爷说:"铁蛋,好好读,等你上大学我就给你买!"小孙子说:"上了高中就买,上大学谁还骑自行车?"

老太婆说:"我和你爷爷守门这点钱,怕是三年才能买得起哟!"孙子说:"我刚刚还有三年上高中!"

爷爷笑得更灿烂了:"不管三年五年,我都给你买!我乖孙子上高中要去镇上,我当然要买!"

铁蛋表态:"爷爷,我一定好好读书!"

爷爷,婆婆,孙子三人高兴成一团。

他们看我不顺眼

TAMEN KANWO BUSHUNYAN

　　王中正回想得出神,刚买车回来那一幕还在脑海,感觉被谁碰了一下,一看是铁蛋跑了过来,铁蛋笑吟吟地看着王中:"领导叔叔,早上那么冷,我看见哥哥没有骑自行车上学!"

　　王中摸了一下铁蛋的脑壳,笑了一下:"让他走路锻炼。"

　　铁蛋抽了一下鼻子:"早上很冷啊!"

　　老太婆看了一眼王中,喊:"铁蛋,快回来帮忙!"

　　铁蛋就走开了,王中满脸讪讪的。

　　这几天,王中再也不是三种醒法了,有时,半夜就突然醒了,醒了就望着天花板出神。还老做梦,梦也不连惯,自己好像去了一个从来没有去过的地方,梦里地动山摇,自己抱着一块石头或者一棵树才没有掉下去,醒来一身大汗。

　　八点过,再也躺不住了。王中独自下楼吃早点,顺便买点小菜什么的,以前,这些都是老婆桂芳做的,为此,老婆很是表扬了他:"看不出来,你还变勤快了,难得啊!"可是每次下楼,王中都感到非常为难。因为走出自己单元的大门几步,就能看见老两口,要去后面的市场,还必须经过他们的食宿小间。有几次,王中开单元铁门时向外望,望见老两口坐在食宿外的板凳上守着存放便车的大门,一听见这边单元的铁门响,老两口就条件反射的进了屋,王中走出去的时候,就不会碰面了。

　　日子就这样拖着,王中开始怀念以前的安静生活,他思来想去,还是理不出一个头绪,事情怎么就突然这样了?自己想明白,就反反复复,自言自语:"不就是一辆自行车嘛?"

　　有天下班,铁蛋突然追了过来:"领导叔叔!"

　　王中迷惑地看着铁蛋。铁蛋把王中往一旁拉,这样就来到了正街的拐角处,这个位置完全与小区隔开了,看不见里面。

　　铁蛋说:"领导叔叔,我爷爷要买自行车了!"

　　王中笑:"好哇,你以后就可以骑了!"

　　铁蛋脸色一下就变了,还带着一些伤感。

　　"领导叔叔,不是我骑,是买来赔给哥哥!"

　　王中惊愕了:"谁喊他赔的!"

　　铁蛋说:"爷爷说,丢了东西就要赔!"

254

王中看着铁蛋,不知道说什么好,又用手摸了摸铁蛋的脑壳。摇了摇头。

王中感到心口遭到猛然一击,摸着铁蛋的头说:"铁蛋,叫你爷爷不要买车,把钱存着供你上大学!"

铁蛋不解:"那哥哥的自行车丢了不赔吗?"

王中想了想说:"哥哥的自行车不是丢的!"

铁蛋更不解了。王中蹲下来看着铁蛋的眼睛说:"哥哥的自行车长了翅膀,自己飞走了,不是在车棚丢了,回去告诉爷爷奶奶,不要再想这个事情了!"

铁蛋还是不明白,一种担心涌上心头,迟疑着问:"领导叔叔,你不会把我爷爷送去坐牢吧?"

王中心很是痛了一下。从内衣口袋里掏出那张证明:"铁蛋,把这个交给你爷爷作个纪念!"

铁蛋保证:"我一定交给爷爷!"

"回去告诉你爷爷奶奶,以后再也不许说自行车的事了,自行车真的是长翅膀自己飞走了,我亲眼看见的!你好像也亲眼看见的自行车自己飞了。"

铁蛋跟着笑:"我也看见自行车长翅膀飞走了!"

"这就对了,回家吧。"

王中感觉一阵轻松。

第二天,王中去上班,老两口问:"领导,上班啊?"

王中报以一个特别爽朗的回答:"是啊,领导去上班!"

会飞的自行车